Lore Macho

Mord im Dorfwirtshaus

Kriminalroman

Lore Macho

wurde in Wien geboren, hat eine Tochter und lebt mit ihrem Mann seit 1987 in dem kleinen Weinort Straning, nahe Eggenburg, in Niederösterreich, in der schönen Landschaft, wo Wein- und Waldviertel ineinander übergehen.
Nach dem Besuch der Handelsschule und einigen Jahren als Sekretärin tätig, absolvierte sie 1974 die Sommerakademie für Malerei in Sirmione und ist seit dieser Zeit freischaffende Malerin.
Neben dem Malen gilt ihre große Freude dem Schreiben. Bisher wurden von ihr drei Bücher zum Thema Malen veröffentlicht sowie ihre Dorfkrimis im Verlag federfrei.
Zahlreiche Autorenlesungen ergänzen ihre Tätigkeit.

www.artmacho.at

Von Lore Macho bisher erschienen:
Tödlicher Reichtum
Tod am Nussbaum
Tod in Acryl
Mord im Waldviertelexpress
Tod im Tröpferlbrunnen
Tödliches Tarock

Lore Macho

Mord im Dorfwirtshaus

Kriminalroman

»Jedes Ding hat drei Seiten.
Eine positive, eine negative und eine komische.«
Karl Valentin

federfrei
www.federfrei.at

Alle Ähnlichkeiten mit lebenden oder nicht lebenden Personen sind reiner Zufall und nicht beabsichtigt. Sollte Ihnen, lieber Leser, liebe Leserin, doch etwas bekannt vorkommen, zeigt das nur, dass Sie über mehr Fantasie verfügen als ich.

1. Auflage
Marchtrenk, 2021
www.federfrei.at

Umschlagabbildung:
© Sonja Macho
Lektorat:
N. Paul
Satz und Layout:
Verlag federfrei
Druck und Bindung: in E.U.

ISBN 978-3-99074-137-5

Kapitel 1

»Josef Maria!«

Frau Krügerl, die Wirtin des Klein Schiesslinger Dorfwirtshauses, schlank, mittelgroß, mit einem feschen blau gemusterten Dirndl und Spitzenbluse bekleidet, ist eben dabei, das Gästezimmer für Roswitha und Konrad Mörsebrink aus Essen vorzubereiten, die sich kurzfristig entschlossen haben, bei ihnen im Dorfwirtshaus ein paar Tage auszuspannen.

Die Betten sind bezogen, frische Handtücher liegen bereit und der Raum ist gut durchgelüftet. Nur einen frischen Obstkorb und eine Flasche Grünen Veltliner zur Begrüßung der neuen Gäste muss ihr Mann, Josef Maria Krügerl, noch aus dem Keller holen und aufs Zimmer stellen. Und dazu braucht er, wie immer, ellenlang Zeit. Mit der Stammtischrunde zu schnapsen geht bei ihm wesentlich rascher vonstatten und macht obendrein Spaß. Da ist er in seinem Element, und solche Runden lassen zusätzlich die Kassa klingeln. Wenn so richtig schön geschimpft, geflucht und gelacht wird, trocknen verständlicherweise die Hälse aus, und das verlangt wiederum ordentlich Nachschub an G'spritztem, Wein oder Bier. Und wenn es höher als hoch hergeht, auch den einen oder anderen Schnaps. Ganz selten Mineralwasser. Wenn die Dörfler krank sind, bleiben sie daheim im Bett und lassen sich von ihren Angetrauten gesund hätscheln.

Frau Krügerl lässt noch einmal einen kritischen Blick durch den Raum schweifen. Auf dem kleinen Tisch, mitten auf einem runden Häkeldeckchen, steht ein Keramikkrug mit gelb blühenden Forsythienzweigen und auf der Anrichte an der linken Wand ein dunkelviolettes, üppig blühendes Usambaraveilchen. Die Kopfpolster sind gut durchgeschüttelt und glatt gestrichen, und durch das weit geöffnete Doppelfenster mit Blick in den sonnigen Innenhof dringt Vogelgezwitscher. Es ist Ende März, ein sanftes Frühlingslüfterl weht Wölkchen über den blauen Himmel und bauscht leicht die Vorhänge auf. Für diese Jahreszeit ist es wieder einmal zu warm. Wahrscheinlich schneit es dann im April, um die Temperaturen auszugleichen. Ordnung muss schließlich sein!

Frau Krügerl hat für ihre deutschen Besucher Zimmer Nummer drei gewählt. Es ist ruhiger als die beiden anderen Gästezimmer, deren Fenster sich auf die Hauptstraße von Klein Schiessling öffnen. Dort herrscht untertags ziemlich reger Straßenverkehr. Vor allem dann, wenn die mit Granitblöcken schwer beladenen Laster aus dem nahe gelegenen Steinbruch durchdonnern und Lärm, Staub und Gestank verbreiten. Als kleine Entschädigung dafür bekam Klein Schiessling die Tafel »Gesunde Gemeinde« verliehen, sie prangt groß und unübersehbar hinter beiden Ortstafeln. Das für die neuen Gäste vorgesehene ruhige Hofzimmer verfügt außerdem über einen separaten Zugang. Es ist gemütlich über den Innenhof des Wirtshauses zu erreichen, ohne die Gaststube betreten zu müssen. Die beiden anderen Zimmer des Dorfwirtshauses stehen zurzeit leer, es ist ja noch keine Urlaubssaison. Erfahrungsgemäß trudeln die ersten Gäste mit der warmen Jahreszeit, also mit Sommerbeginn, ein. Da haben auch die meisten Heurigenlokale geöffnet, die Besucher können unter Nussbäumen im Freien sitzen und sämtliche Schmankerln der Klein Schiesslinger Winzer verkosten.

»Wo bleibt er denn nur?«, murmelt sie vor sich hin und ruft neuerlich nach ihrem Mann.

Doch auch das zweite »Josef Maria« bleibt ungehört.

»Wo treibt sich dieser Kerl schon wieder herum?«

Griesgrämig geht sie auf die Suche. Und weil sie annimmt, er holt das Begrüßungsgeschenk für die Gäste, stapft sie hinunter in den Keller. Plötzlich bleibt sie auf der untersten Stufe unvermittelt stehen.

»Ja, geht's noch?«

Anstatt sich um Wein und Obstkorb zu kümmern, sitzt Josef Maria gemütlich auf einem umgedrehten Bierfass und hält ein Glas Rotwein in der Hand. Als er seine Frau erblickt, prostet er ihr freundlich zu.

Ja, hat sie der noch alle? Dem fehlt doch eine Schaube im Oberstübchen!

»Josef Maria!«

Energisch wischt sie mit ärgerlicher Handbewegung sein Zugeproste von sich, verschränkt die Arme vor der Brust und funkelt ihn böse an.

Der Wirt des Klein Schiesslinger Dorfwirtshauses hat in den letzten Jahren beträchtlich an Fülle zugelegt. Sein Bauch wölbt sich unter der weißen Schürze, die einstmals stolze Haarpracht ist schütter geworden und seine dicken roten Bäckchen schwabbeliger. Lächelnd blickt er seiner lieben Frau Gemahlin ins grimmige Gesicht.

»Du sitzt da herum, während ich oben auf den Obstkorb und die Flasche Wein warte? Die Gäste werden gleich da sein und nix ist fertig! Wie immer halt! Was denkst du dir eigentlich dabei?«

»Aber das ist doch schnell geschehen«, wendet er besänftigend ein.

»Der Korb liegt da drüben, das Obst ist gleich eingeschlichtet und die Flasche Grünen Veltliner brauch' ich auch nur aus dem Fach zu nehmen.«

Am Gesichtsausdruck seiner Frau kann er jedoch erkennen,

dass sie damit ganz und gar nicht einverstanden und im Augenblick mit ihr auch nicht gut Kirschen essen ist. Deshalb erhebt er sich mühevoll, platziert sachte das Weinglas hinter sich auf einer Stellage, streicht die weiße Schürze glatt und wandert murrend in das hintere Kellerabteil, wo Weine der ortsansässigen Winzer lagern, um vorerst einmal eine Flasche für die deutschen Urlauber auszusuchen. Den Rest mit dem Obstkorb kann er ja später noch erledigen.

Die Wirtin des Dorfwirtshauses, Frau Krügerl, heißt eigentlich Clementine. Da sie diesen Vornamen jedoch nicht ausstehen kann – erinnert er sie doch stets an eine saure Zitrusfrucht – und zusätzlich gegen Kosenamen jeglicher Art allergisch ist, wird sie von allen der Einfachheit halber Frau Krügerl genannt.

Josef Maria rief sie vor ihrer Ehe liebevoll Tinchen, was sie ihm mit zunehmendem Alter strikt verboten hat.

Nun rauscht sie mit wehendem Dirndlrock über die ausgetretenen Kellerstufen zurück, durchquert die Gaststube und jagt weiter in den Oberstock, um in Zimmer drei zu verschwinden. Geräuschvoll lässt sie die Türe hinter sich ins Schloss fallen.

Kurz nach ihr erreicht Josef Maria keuchend und mit hochrotem Kopf das Gästezimmer und stellt die Flasche Grünen Veltliner neben den Krug mit den gelb blühenden Zweigen ab.

»Ich geh' dann noch einmal in den Keller und hole den Obstkorb.«

Die Türe von Zimmer drei gleitet sanft hinter ihm ins Schloss und Frau Krügerl stiert ihrem Angetrauten grimmig hinterher.

»Den konntest nicht auch gleich mitbringen?«, murrt sie und platziert verärgert zwei Weingläser neben der Flasche, während ihr Mann zurück in den Keller stapft. Hoffentlich vergisst er nicht wieder die Hälfte. Resigniert schüttelt sie ihren Kopf mit den brünetten, dauergewellten Löckchen.

Männer!!!

In der Gaststube ist wenig los, nur der Dorfboss von Klein Schiessling, Bürgermeister Alfons Pummerl, brütet am Stammtisch vor sich hin. Sein kariertes Flanellhemd wirkt zerknittert und das Kragenzipferl ist nach innen gebogen. Sonst sind im Moment keine gravierenden Toilettenfehler festzustellen, weil er sitzt und seine Hose vom Tisch verdeckt ist. Um ihn bei Laune zu halten und weil er von der vielen Arbeit ohnehin müde geworden ist, lässt sich der Wirt, nachdem er auch den Obstkorb brav und folgsam im Gästezimmer abgeliefert hat, neben ihm auf die Bank fallen. Seinen guten Tropfen hat er aus dem Keller mitgenommen. Immerhin ist dieser Blauburger von Gemeinderat und Winzer Michael Rieslinger. Und dessen Weine sind in der gesamten Region wegen ihrer besonders guten Qualität äußerst begehrt. Es käme einer Todsünde gleich, auch nur einen einzigen Tropfen davon zu vergeuden.

»Was gibt's Neues, Bürgermeister? Ärger in der Gemeinde?«

Alfons Pummerl hebt das vor ihm stehende Weinglas, steckt seinen Riechkolben hinein, nickt zustimmend und macht einen Schluck, bevor er mit einem brummigen Ja antwortet.

»Ja? Was ja, Bürgermeister? Hast Ärger auf der Gemeinde?«

Josef Maria Krügerl kennt zwar die Wortkargheit seines Dorfbosses, hätte aber im Moment doch gerne gewusst, was ihn bedrückt.

»Was meinst damit?«, wiederholt er deshalb und rückt seinen Allerwertesten zurecht.

»Na alles halt!«

Aha!

»Aber das ist ja nix Neues, Bürgermeister.«

Krügerl will gerade sein Glas in Richtung Pummerl erheben und ihm zuprosten, stockt jedoch in der Bewegung, weil seine Frau an ihm vorbeifegt und die Eingangstüre sperrangelweit aufreißt. Beide Männer stieren erstaunt zur Tür, durch welche sich eine kleine, zierliche blonde Frau mittleren Alters schiebt.

Sie ist bekleidet mit einer beigefarbenen Marlenehose, hellen Sneakers und einem weißen T-Shirt mit der Aufschrift »Heiopei«.

»Griaß Gott!«

Frau Krügerl heißt den Gast willkommen. Oder muss man, wie gelangweilte Feministinnen verlangen, die Gästin sagen?

Irgendwann sollte genug sein mit diesem Vermurksen und Verunglimpfen unserer deutschen Sprache. Sonst muss man sich wirklich fragen, wohin das führt, wenn im Restaurant nicht allein nach dem Ober, sondern in Zukunft auch nach der »Oberin« gerufen werden muss. Oh, Verzeihung! Dieser Titel ist ja bereits vergeben.

Frau Krügerl eilt die Stufen auf die Straße hinunter, um auch einen Mann, der soeben aus einem dunklen Audi klettert, zu begrüßen. Langsam dämmert es Herrn Krügerl, dass es sich bei den Ankommenden um seine deutschen Gäste handeln könnte. Mühsam erhebt er sich und streckt der Dame seine Pranke entgegen.

»Griaß Gott!«

Alfons Pummerl dreht sich behäbig um und nickt kurz in Richtung Tür.

»Mörsebrink! Roswitha Mörsebrink!«

Das »Heiopei«-T-Shirt kommt freudestrahlend auf Josef Maria zu, ergreift seine Hand und schüttelt sie wie einen Zwetschkenbaum bei der Ernte.

»Mein Mann, Konrad!«

Sie dreht sich um und deutet auf einen schlanken, großen und dunkelhaarigen Mann mit krummer Nase, der, zwei pralle Koffer schleppend, die Gaststube hinter Frau Krügerl erreicht.

»Konrad Mörsebrink!«

Lächelnd lässt er beide Koffer sinken, schnappt zunächst Frau Krügerls Hand, danach die Wirtspranke und drückt sie platt.

»Einen schönen guten Tag allseits!«

»Herzlich willkommen in Klein Schiessling«, erwidern Herr und Frau Krügerl hocherfreut im Chor. »Wir wünschen Ihnen einen schönen Aufenthalt bei uns.«

Eilig wuselt Josef Maria hinter die Theke, schenkt zwei Glaserln Grünen Veltliner ein und reicht sie freudestrahlend Roswitha und Konrad Mörsebrink.

»Prost!«

Die deutschen Gäste betreten anerkennend ihr Zimmer. Frau Mörsebrink startet sofort zum Fenster, atmet tief die frische Luft ein und klatscht in die Hände.

»Schön haben Sie es hier.«

»Ja«, erwidert Frau Krügerl. Sie steht dicht hinter ihr und genießt ebenfalls die frische Luft.

»Das Zimmer ist ruhig, und wir dachten, der Ausblick in den Innenhof gefällt Ihnen sicher besser als der auf die doch manchmal ganz schön laute Dorfstraße.«

»Das ist sehr nett von Ihnen«, wirft der Mann ein.

Seine Frau dreht sich um und lacht Frau Krügerl freudestrahlend ins Gesicht.

»Vielen Dank, Frau Wirtin. Vielen, lieben Dank.«

Überglücklich räumt die kleine, quirlige Roswitha alle Koffer aus, schlichtet Unterwäsche und Oberbekleidung in den großen, breiten Kasten aus dunklem Eichenholz, danach werden sämtliche Toilettenartikel ins Bad befördert.

»Wir haben Glück, Konrad. Der Entschluss, uns hier einzumieten, war grandios. Wie sind wir nur auf diesen schönen Ort gekommen?«

Konrad Mörsebrink enthält sich einer Antwort und lobt stattdessen das gemütliche, sonnige Zimmer, die Aussicht und auch das strahlend schöne Wetter.

»Hier wird es uns sicher gefallen, Roswitha!«

Schweigend beobachtet er seine Frau, wie sie ihre Cremetiegel auf der Etagere im Bad schlichtet: Tagescreme, Nachtcreme, Augencreme, Gesichtsserum, daneben Parfüm, zahlreiche Schminkutensilien, Haarshampoo, Haarfestiger, Haarspray …

»Wo ist eigentlich dein Rasierwasser, Konrad?«

»Mein Rasierwasser? Das hast doch du eingepackt!«

Roswitha durchsucht den zweiten Koffer und wird fündig.

»Ah, da ist es.«

Auch dieses wichtige Utensil wird im Bad verstaut, danach gesellt sich Roswitha Mörsebrink zu ihrem Mann und strahlt ihn an.

»Was fangen wir nun mit dem schönen Tag an, Konrad?«

»Wir könnten uns ein wenig die Umgebung ansehen«, schlägt er vor und mustert seine Frau. »Die barocke Kirche aus dem 18. Jahrhundert soll imposant sein. Und einen Spaziergang durch die Kellergasse mit ihren Heurigenlokalen und die Weinberge rund um den Ort sollten wir auch unbedingt in unser Besichtigungsprogramm einplanen.«

Schockiert blickt Roswitha ihren Mann an.

»So viel auf einmal?«

»Was der alles will«, denkt sie, schlüpft aus der eleganten Marlenehose und in eine enge, dunkle Jeans. Das weiße T-Shirt mit dem Aufdruck »Heiopei« behält sie an. Immerhin hat sie dieses zuletzt in Essen in einer Boutique erstanden und umgehend zu ihrem Lieblingsshirt erklärt. Und dies nicht nur deshalb, weil ihr Mann sie seit geraumer Zeit »Heiopei« nennt.

Das Shirt ist hübsch, knittert nicht, lässt sich gut waschen und ist im Nu wieder trocken. Und den Aufdruck findet sie trotz allem witzig. Was will man mehr?

Kapitel 2

Pfarrer Miroslav Jankovic, der seit einigen Jahren die Gemeinde Klein Schiessling betreut, sitzt gebeugt über dem Schreibtisch und bastelt an seiner Sonntagspredigt. Jede Woche muss er sich etwas Neues einfallen lassen, um die Gottesfürchtigkeit seiner Schäflein zu pflegen, sie vor allem auf den richtigen Weg zu lenken, was nicht einfach ist, gehen ihm doch schön langsam die entsprechenden Bibelzitate aus.

»Liesel!«

»Ja, Herr Pfarrer?« Die Köchin, die bereits seinen geistlichen Vorgänger betreut hat, baut sich vor dem Schreibtisch auf.

»Geh, Liesel«, meint er, »hast eine Idee, worauf ich in meiner kommenden Sonntagsrede eingehen könnt'? Manchmal hab' ich das Gefühl, meine Schäflein entgleiten mir. Vor allem die Jugend, Liesel! Die jungen Leute lassen mich manchmal stark an meiner Kompetenz zweifeln.«

»Ja mei, Herr Pfarrer! Wenn S' mich so direkt fragen?«

Liesel zieht Dackelfalten in ihre Stirne und wiegt den Kopf.

»Fällt dir nix ein?«

Pfarrer Miroslav Jankovic ist unzufrieden.

»Denk halt nach, Liesel«, setzt er hinzu und spielt mit seinem Kugelschreiber.

Er rollt ihn mit der rechten Handfläche auf der Schreibtischplatte hin und her und schaut seiner Köchin erwartungsvoll ins Gesicht.

»Wie wäre es denn, Herr Pfarrer, wenn Sie darauf hinweisen würden, dass unser schöner Ort sehr friedlich ist. Immerhin hatten wir, Gott sei's gedankt, schon längere Zeit keinen Mord mehr im Dorf.«

»Um Himmels willen, Liesel! Verschrei das nur nicht. Ich trau' unseren lieben Dörflerinnen und Dörflern allerhand zu. Und du weißt selbst, wenn sie längere Zeit in ihren Kellern bei mehreren Glaserln Wein verbracht haben, sind sie unberechenbar.«

»Aber Herr Pfarrer«, widerspricht Liesel, »das stimmt so nicht ganz. Immerhin ist die Frauenquote unter den dörflichen Mördern drastisch angestiegen. Und die sitzen nicht in den Kellern herum und ... und bechern eins nach dem anderen.«

Sie streicht energisch ihre Küchenschürze glatt und Pfarrer Jankovic gibt sich damit zufrieden. Vorerst einmal zumindest! Denn ganz traut er dem Frieden in seiner Gemeinde nicht.

Immerhin kann er die männlichen Schäflein besser beurteilen als seine Köchin, sitzt er doch oft genug mit denen im Dorfwirtshaus oder in den Weinkellern beisammen und ... bechert, wie Liesel es so treffend ausgedrückt hat.

»Aber was anderes, Liesel!«

»Ja, Herr Pfarrer?«

Das Glattstreichen der Schürze wird kurz unterbrochen und Hochwürden aufmerksam betrachtet.

»Was sind denn das für Leute, die seit ein paar Tagen im Dorfwirtshaus wohnen? Ist dir da irgendetwas aufgefallen? Weißt du da was darüber?«

»Nein, Herr Pfarrer. Warum?«

Langsam faltet Pfarrer Miroslav Jankovic seine Hände wie zum Gebet und legt das Kinn drauf.

»Es ist doch noch gar keine Saison für Urlauber«, überlegt er laut. »Was die wohl hier um diese Jahreszeit in Klein Schiessling wollen?«

»Ja mei, Herr Pfarrer. Erstens ist es bei uns sehr schön und zweitens sind das nicht die einzigen Urlauber. In Eggenburg ist auch ein kurioses Pärchen abgestiegen, hat mir die Köchin von Hochwürden erzählt. Angeblich aus Frankfurt am Main. Zumindest das Autokennzeichen ist von dort. Die haben das kleine Haus Richtung Stoitzendorf gemietet. Es hat früher dem alten Kittlinger gehört und steht seit dessen Tod bereits längere Zeit leer.«

»Merkwürdig, Liesel. Findest du nicht auch? Gleich mehrere Urlauber aus Deutschland zu so einer ungewöhnlichen Jahreszeit? Und das Kittlinger-Häusel? Das ist doch nicht einmal besonders schön!«

»Mich wundert heutzutag' gar nix mehr, Herr Pfarrer. Die Menschheit spielt verrückt! Unser Herrgott hat halt, wie's so schön heißt, einen großen Tiergarten.«

Nun stolziert sie endlich zurück in ihre Küche, um das Gemüseputzen fortzusetzen, bei dem sie Pfarrer Jankovic gestört hat.

»Was hat er denn nur, unser Herr Pfarrer?«, grübelt sie, während eine Karotte nach der anderen sorgfältig geschnitten wird. »Sonst ist er doch auch optimistisch und hält nur das Beste von seiner Herde. Das wird doch kein schlechtes Omen sein?«

Nachdenklich befördert sie Karotten und Lauch in eine Pfanne, in der das Fett bereits heiß geworden ist.

Miroslav Jankovic schickt unterdessen einen tiefen Stoßseufzer gen Himmel, nachdem er mit dem Satz aus Psalm 36,6,

»Herr, deine Gnade ist so weit wie der Himmel,
und deine Treue reicht so weit, wie die Wolken ziehen«,
seine Sonntagsrede zu Ende geschrieben hat.
Zufrieden lehnt er sich zurück.

»Aber«, überlegt er eine Weile später, »was geschieht mit der Treue des Herren eigentlich bei wolkenlosem Himmel?!?«

Erschrocken wischt er diesen, eines Gottesmannes unwürdigen Gedanken, unverzüglich aus dem Kopf.

Wie kann er nur?

Sinnierend wandert er in sein Gotteshaus hinüber, betritt ehrfürchtig die heilige Halle, taucht zwei Finger in das Weihwasserbecken, bekreuzigt sich, kniet auf der kleinen Holzbank vor dem rechten Seitenaltar nieder und beginnt, Gott für diesen frevlerischen Gedanken um Vergebung zu bitten. Und weil er schon einmal dabei ist, schiebt er gleich noch ein Gebet hinterher, in welchem er für seine Dörfler um Frieden bittet:

»Herr, bewahre sie davor, allzu mörderische Gedanken mit sich herumzuschleppen. Herr, bewahre sie davor, diese gar in Taten umzusetzen, bewahre sie davor … bewahre … Herr … davor …«

Dabei sinkt sein Kopf immer tiefer auf die Brust und er schlummert ein.

Roswitha und Konrad Mörsebrink weilen bereits seit Tagen in Klein Schiessling und konnten sich nun endlich dazu durchringen, die Umgebung zu erkunden. Bis jetzt haben sie ihr schönes Zimmer mit Blick in den Innenhof und das gute Essen Frau Krügerls genossen. Roswitha Mörsebrink hat sich meistens nach dem ausgiebigen Abendessen ein wenig die Füße vertreten, während ihr Mann in der Gaststube das Fernsehprogramm verfolgte.

Aber heute wollen sie alles nachholen.

Konrad Mörsebrink wirft über sein blau kariertes Hemd einen leichten hellblauen Pullover mit Zopfmuster, der gut zu seiner dunklen Jeans passt, und seine Frau, ebenfalls mit Jeans bekleidet, hat sich wieder für ihr weißes »Heiopei«-Shirt entschieden.

Sie verlassen ihre Unterkunft durch die Gaststube, wo sie den Wirtsleuten zuwinken, peilen die gegenüberliegende stattliche Kirche von Klein Schiessling an und folgen den Stufen, die zum Gotteshaus hinaufführen. Ehrfurchtsvoll öffnen sie die in den

Angeln leise quietschende, schwere Holztüre und werden augenblicklich von Weihrauchdämpfen empfangen, in die sich leises Schnarchen mischt.

Frau Mörsebrink fröstelt leicht, ist es doch im Inneren des Gotteshauses saukalt. Warum hat sie nicht wie Konrad einen Pullover mitgenommen? Sie schaut sich um und deutet in Richtung des rechten Seitenaltars. Ein Mann in schwarzer Soutane, den Kopf weit nach vorne gebeugt, die Hände vor der Brust zum Gebet gefaltet, sägt leise vor sich hin.

»Wahrscheinlich ist Hochwürden während des Gebets eingeschlafen«, flüstert sie ihrem Mann ins Ohr.

Dieser nickt geistesabwesend.

Auf leisen Sohlen bewegen sie sich, von intensivem Weihrauchgeruch begleitet, Richtung Hauptaltar, bleiben kurz davor stehen, drehen sich um und bestaunen die prunkvolle Orgel, die vor ein paar Jahren allein durch aufopfernde Spenden der Klein Schiesslinger Bevölkerung komplett restauriert werden konnte und nun wieder in vollem Glanz erstrahlt. Danach wendet sich das Ehepaar der Apsis zu und betrachtet die üppig mit Gold verzierten Schnitzereien. Große Steinvasen, gefüllt mit bunten Tulpen, stehen auf weißen Spitzenläufern und vermitteln Würde und einen Hauch von Frühling.

Das schwere Holztor hinter ihnen quietscht neuerlich.

Kapitel 3

Hedwig Uhudler, Berta Pitzer, Dorftratschen Annerl Passer und ich sitzen etwas beengt um einen runden Tisch in der Eggenburger Bäckerei. Hedwig deutet stolz auf ihren neuen Loop-Schal in hellem Grün. Diesen hat sie bei ihrem letzten Besuch in Salzburg von ihrer Tochter geschenkt bekommen. Er passt wunderbar zu ihrer hellgrauen Seidenbluse. Seit einigen Monaten trägt sie einen pfiffigen Kurzhaarschnitt, während Bertas rotbraun gefärbte Haare wiederum farblich gut zu ihrem geblümten Kleid passen. Annerl – wie könnte es anders sein – ist komplett in Schwarz gehüllt. Und das, seit ihr Mann vor vielen Jahren gestorben ist. Öfters habe ich sie gedrängt, etwas Buntes anzuziehen, weil Schwarz ihre magere Gestalt noch dünner erscheinen lässt, was sie jedoch stets negiert. Wenn der Kasten voll mit schwarzer Kleidung ist, wäre es reine Verschwendung, neue zu kaufen.

Es geht auf Mittag zu. Jede von uns hat wie immer einen großen Braunen vor sich stehen. Nur selten irrt die Kellnerin, hält uns für Kälber und bringt uns irrtümlich ein Milchg'schlader, hochtrabend als Latte macchiato bezeichnet, an den Tisch. Berta und Hedwig bestellten zusätzlich eine Kardinalschnitte und Annerl schmatzt an einer Topfengolatsche. Ich musste diesmal leider aus waagetechnischen Gründen auf Mehlspeise verzichten. Schade!

Wir sind soeben dabei, uns über die neuen und einzigen Gäste in unserem Dorfwirtshaus zu unterhalten, als ich einen heftigen Niesanfall bekomme und lospruste.

»G'sundheit!«

Berta stellt ihr Kaffeehäferl ab und nickt mir zu.

»Das sind die Pollen!«

Nachdem ich meine Nase geputzt habe und wieder klar sehen kann, fixiere ich sie belustigt.

»Was denn für Pollen, Berta?«

Sie zieht ihre Augenbrauen bis zum Haaransatz hoch.

»Wahrscheinlich von den blühenden Haselsträuchern. Oder von den Birken.«

Aha!

Ich befördere mein Taschentuch zurück in die linke Hosentasche.

»Dann waren es im Dezember wahrscheinlich die ›Schneepollen‹.«

Wir lachen so laut, dass sich eine ältere Dame am Nebentisch umdreht und uns tadelnd mustert.

»Entschuldigung«, meine ich und hebe meinen linken Arm. »Wir wollten Sie nicht stören!«

Annerl beugt sich über den Tisch.

»Die alte Schreckschraube«, wispert sie hinter vorgehaltener Hand und beginnt zu kichern.

Einstimmig nicken wir, bekämpfen unseren nächsten Lachanfall und kehren zu den Urlaubern im Dorfwirtshaus zurück.

»Das Pärchen sieht schon suspekt aus. Die Frau läuft immer in einem weißen T-Shirt mit einer merkwürdigen Aufschrift herum und er schaut mit seiner Hakennase auch nicht besser drein. Und was wollen die eigentlich um diese Jahreszeit bei uns?«

Berta Pitzer räkelt sich nach dieser Feststellung, greift zur Mehlspeisgabel und beginnt, ihre Kardinalschnitte zügig zu reduzieren.

»Das alles ist schon sehr merkwürdig«, nuschelt Annerl, während sie an ihrem Kaffeehäferl nippt.

»Da hast du recht.« Ich nicke. »Das stimmt auch mich nachdenklich.«

»Es gibt noch keine offenen Heurigen, wettermäßig ist ja auch nicht grad viel los und außerdem …«, Annerl legt eine Kunstpause ein und blickt über den Tisch, »… hab' ich sie neulich in der Nacht mit einem Mann g'sehn.«

Berta, Hedwig und ich reißen unsere Köpfe in die Höhe.

»Die zwei sind in der Nacht spazieren gegangen?«, frage ich interessiert und rolle mit den Augen.

»Nein! Nicht *die zwei!* Hör mir halt zu, Sandra!«

Unsere Dorftratschen plärrt so laut, dass die Schreckschraubennachbarin neuerlich ihren Kopf in unsere Richtung dreht.

»Ich hab' g'sagt, dass ich *sie* g'sehn hab, nicht *ihn*!«

»Und wer war dann der Mann, mit dem du sie angeblich g'sehn hast?« Das würde mich schon brennend interessieren, Annerl zuckt jedoch nur mit den Schultern.

»Keine Ahnung.«

Hedwig ergreift ihre Mehlspeisgabel und deutet damit auf Annerl.

»Und wieso konntest du sie überhaupt sehen?«

»Habt's ihr meine Schlafstörungen vergessen?«

Ich schüttle den Kopf und Hedwig lässt ihre mit Kardinalschnitte beladene Gabel zurück auf den Teller sinken. Neugierig warten wir auf eine Erklärung unsere Dorftratschen, stattdessen kommt eine solche von Berta.

»Vielleicht hat sie einen Verdauungsspaziergang g'macht und dabei jemanden getroffen.«

Man kann ihr jedoch ansehen, dass sie selbst nicht an diese Möglichkeit glaubt. Und wir schon gar nicht! Das wäre zu weit hergeholt.

»Wie hat denn der nächtliche Begleiter ausgeschaut, Annerl?« Auch Hedwig hat die Unruhe gepackt. »Kannst ihn uns beschreiben?«

»Hab' doch schon g'sagt, dass ich das nicht kann. Ich hab' die zwei ja nur von hinten g'sehn und finster war's auch. Wie's halt in der Nacht so ist! Das Einzige, was mir aufg'fallen ist, war, dass es sicher nicht ihr Mann war, weil der viel größer ist. Der, den ich g'sehn hab, war kleiner.«

»Wie groß war er denn? War er dünn oder dick? Irgendwas musst du doch bemerkt haben, Annerl. Denk halt nach!«

»Was glaubt's denn ihr, was ich schon die ganze Zeit mach'? Nachdenken! Nachdenken und no a mal nachdenken! Aber mir fallt nix ein, zum Kuckuck!«

»Hat er wie einer aus unserem Dorf ausg'schaut?«

Hedwig lässt nicht locker und hypnotisiert förmlich unsere Dorftratschen mit ihrem Blick. Eine gute Weile hört man nur Schmatzen und Schlürfen, bis Annerl sich zurückmeldet.

»Wenn du so fragst, Hedwig, könnt es vielleicht sogar der Huaberl g'wesen sein. Der Größe nach. Der Gang hat eher nach was Jungem ausg'schaut. Nicht so ein alter, behäbiger Hatscher wie ihn unsere Männer ham. Die sind doch alle blad und watscheln wie lahme Enten.«

Unsere Schreckschraubennachbarin wäre fast vom Sitz gefallen, so laut ist unser Gelächter.

»Was ist?«, fragt Annerl. »Was lacht's denn so?«

Ich wische ihre Frage mit einer raschen Handbewegung fort und versuche, einen weiteren Lachanfall zu unterdrücken. »Wir könnten ja den Huaberl fragen, ob er mit der schönen Roswitha Mörsebrink unterwegs war?«

Berta springt auf. »Das machen wir. Ich fahr' gleich zu ihm und frag' ihn, ob er das deutsche Paar kennt. Oder ob er wenigstens die Frau kennt.«

»Und wenn er Ja sagt? Was dann, Berta?« Sie lässt sich zurück auf ihren Sitz fallen. »Ich kann mir nicht vorstellen, dass unser junger Gemeinderat etwas mit der zu tun hat. Der hat doch selber eine Freundin.«

»Warten wir ab, was der Huaberl dazu sagt.«

Darauf wendet sich Hedwig ihrem Kaffee zu und ich ebenfalls.

Der Besuch dieser deutschen Gäste ist zumindest auffällig, wenn nicht gar merkwürdig. Noch nie haben sich außerhalb der Saison Fremde zu uns nach Klein Schiessling verirrt.

»Die Krügerl hat g'meint«, weiß Annerl zu berichten, »dass die beiden aber sehr nett sind. Und wie ich sie g'fragt hab', wieso die Frau in der Nacht ohne ihren Mann auf die Straße geht, hat sie g'sagt, dass ihr das noch nie aufg'fallen ist. Aber das Zimmer drei hat ja einen separaten Ausgang durch den Innenhof. Und wenn die Frau dort hinaus ist, kann die Krügerl sie auch nicht g'sehn haben.«

Unsere Dorftratschen greift nach ihrem Kaffeehäferl.

»Und die Liesel hat obendrein erzählt, dass auch in Eggenburg ein Paar aus Deutschland abgestiegen ist. Auf ihrem Auto ist ein Frankfurter Kennzeichen.«

»Noch einmal Urlauber um diese Jahreszeit? Was wollen denn die auf einmal alle bei uns!«

Riesige Fragezeichen schweben über uns.

»Vielleicht ist das alles ja ganz harmlos und die sind beruflich hier«, wende ich zögernd ein, aber selbst das kann ich mir nicht vorstellen.

»Mit wem sollten die denn hier beruflich zu tun haben?«, haut Hedwig auch sofort in diese Kerbe. »Mit einem Weinbauern aus unserem Ort sicher nicht, das wüsste ich!«

Langsam gehen mir die Ideen aus.

»Das mit dem Ehepaar in Eggenburg«, druckst Annerl herum, »hat der Liesel die Eggenburger Pfarrersköchin im Vertrauen zug'steckt.«

»Na ja! Ein bisserl komisch erscheint mir das schon auch«, meine ich nachdenklich. »Gleich zwei Paare aus Deutschland, und das in der Vorsaison?«

»Vor allem der nächtliche Spaziergang der Frau in männlicher Begleitung. Das finde ich mehr als merkwürdig.«

Berta Pitzer schüttelt diese Vorstellung ab, schiebt sich den letzten Bissen Kardinalschnitte hinein und steht vom Sessel auf.

»Also, pfiat eich, ich fahr' jetzt zu unserem Herrn Gemeinderat. Der soll mir beichten, was er mit der Deutschen zu tun hat.«

»Wenn er es überhaupt war«, wende ich zweifelnd ein.

Kaum ist Berta bei der Tür draußen, flüstert Annerl aufgeregt:

»Da müssen wir dranbleiben, Sandra!« Sie wird putzmunter und ihre Augen beginnen zu leuchten. »Stellt's euch vor, wenn die was Schlechtes vorhaben! Dann gibt's Arbeit!«

»Was sollen denn die schon Schlechtes vorhaben, Annerl, noch dazu bei den Krügerls?«, versucht Hedwig sie zu beschwichtigen, jedoch vergebens.

»Was weiß denn ich? Vielleicht planen sie ein Attentat auf unser schönes Kulturhaus?«

Unser neuerliches Gelächter lässt die Dame am Nebentisch in die Höhe schnellen und nach der Servierin rufen. Kurz darauf verlässt sie mit wehenden Fahnen das Lokal.

»So, jetzt ham ma Ruh!«

Annerl rutscht auf Bertas Platz, grinst und mustert Hedwig und mich eindringlich.

»Also, wie können wir rausbringen, was diese Fremden bei uns wollen?«

»Wir sollten uns nicht schon wieder in Angelegenheiten einmischen, die uns nix angehen, Annerl!«

Dieser Einwand wird vom Tisch gefegt wie ein lästiges Kuchenbröserl und das interessante Gesprächsthema wird mit erhitzten Gesichtern fortgesetzt. Eine neuerliche Runde Kaffee landet vor uns auf dem kleinen Tisch. Annerl wollte eigentlich Obstler bestellen, was wir jedoch angesichts der Uhrzeit ablehnten. Immerhin ist es nicht einmal noch Mittag. Was sollen wir denn abends trinken, wenn wir jetzt schon beim Schnaps landen?

In der Zwischenzeit ist Berta Pitzer bei Gemeinderat Hubert Burgunder vorstellig geworden.

»Also, Huaberl! Zum zweiten Mal: Hast du dich mit der Deutschen getroffen? Ja oder nein?«

Berta Pitzer steht drohend unter der gemeinderätlichen Haustüre und funkelt.

»Was glaubst denn du von mir, Berta? Warum soll ich mich mit der Frau getroffen haben? Ich kenn' die doch gar nicht.« Er räuspert sich. »*Ich* war das nicht.«

Nun wird Berta hellhörig. »*Du* nicht? Aber du weißt, wer es war! Ich kann's dir ansehen. Und flunkere mich nicht an.«

Hubert Burgunder steht betroffen wie ein begossener Pudel in seiner Eingangstüre und weiß nicht, wohin er seinen Blick wenden soll. So viel ist klar, Berta Pitzer hat ihn durchschaut, unachtsamer Weise hat er sich verplappert.

»Na ja«, druckst er herum, »na ja es ist …«

»Also, raus mit der Sprache!« Berta lässt nicht locker. »Wer ist mit dieser verheirateten Frau herumgezogen?«

»Na ja«, versucht er nochmals, aus dem Schlamassel herauszukommen, was unter Bertas strengem Blick misslingt.

Sie ist hartnäckig und hat sich sprichwörtlich in diese Angelegenheit verbissen. »Sag schon! Wer war es, Huaberl?«

»Nützt ja nix«, denkt er. »Raus komm' ich da ohnehin nicht mehr, also kann ich gleich alles gestehen.«

»Der Heinrich! Der Heinrich war's.«

Berta Pitzer macht erstaunt einen Schritt auf Hubert Burgunder zu.

»Der Heinrich? Der Silvaner? Der Herr Gemeinderat Heinrich Silvaner?«

Hätte sie sich eigentlich denken können, dass dieser windige Hund seine dreckigen Pfoten von keiner Frau lassen kann. Aber jetzt will sie es genau wissen.

»Und wieso? Wie kommt der Heinrich zu den Mörsebrinks?«

»Schau, Berta: Der Heinrich war doch im Herbst auf einem Fortbildungsseminar in München, und die Roswitha, also diese Deutsche, auch. Und dort haben sie sich kennengelernt. Und wie das halt so geht, der Ehemann ist anderen Interessen nachgegangen und der Roswitha war fad, und da haben sie halt … aneinander Gefallen gefunden. Hat mir zumindest der Heinrich erzählt. Und dann ist ihm die glorreiche Idee gekommen, die Mörsebrinks zu überreden, ein paar Tage in Klein Schiessling zu verbringen, weil er dann Roswitha öfter treffen kann.«

Gemeinderat Hubert Burgunders Gesicht nimmt eine leichte Röte an und verlegen streicht er über seine, wie er glaubt, moderne Frisur, welche als Vogelnest mitten auf seinem Kopf thront.

Nun wird Berta einiges klar. Deshalb sind die zu einer Zeit hier aufgekreuzt, in der es sonst keine Touristen nach Klein Schiessling lockt. Jetzt hat sie es eilig. Flugs verabschiedet sie sich vom jüngsten Gemeinderat, strebt ihrem Auto entgegen und nestelt nervös ihr Handy aus der Handtasche.

»Stell dir vor, Sandra, ich war grad beim Huaberl und …«

Ich bin mit Annerl im Auto unterwegs nach Klein Schiessling, als mich Bertas Anruf erreicht. Hedwig fährt Richtung Horn, sie muss für Günter einige Besorgungen machen. Obwohl verboten, drücke ich mein Smartphone ans rechte Ohrwaschl und mit der linken Hand halte ich das Lenkrad umklammert. Zum Glück liegt die scharfe Linkskurve bereits hinter uns, sodass eine Hand zum Lenken vorerst reicht. Unvorbereitet haut mir Berta die Sensation durch den Draht und Annerl hängt fragend an meinen Lippen. Nachdem das Gespräch beendet ist und meine beiden Hände wieder auf dem Lenkrad ruhen, werde ich unsicher. Soll ich diese Neuigkeit gleich brühwarm weitergeben, oder soll ich sie erst einmal absacken lassen. Wer weiß denn eigentlich noch von Annerls nächtlicher Beobachtung? Ist diese so wichtig, dass ich die Polizei darüber informieren muss? Meine Gedanken driften ab.

»Was ist?«

Annerl ist nicht dumm und hat sofort überrissen, dass ich mehr weiß als sie.

»Also! Was ist?«, fragt sie energisch nach und ich kann mich nicht zurückhalten, zu wiederholen, was mir Berta eben zugeflüstert hat.

Obwohl ich zu Recht befürchten muss, dass in kürzester Zeit ohnehin Klein Schiessling darüber Bescheid weiß, worüber sich unser Gemeinderat Silvaner bestimmt nicht freuen wird. »Aber«, überlege ich weiter, »wenn Annerl es nicht von mir erfährt, dann ganz sicher eine Viertelstunde später von Berta selbst.«

»Also, pass auf, Annerl, es ist so, dass …«

Nachdem sie diese Neuigkeit in sich aufgesogen hat, klatscht sie in die Hände. »Das gefällt mir, Sandra. Hätt' ich eigentlich wissen müssen, dass nur unser Heinrich infrage kommt, weil der kein Weib auslässt. Und seine Figur passt auch zu dem, was ich g'sehen hab. Wir fahren gleich einmal zu ihm und sagen ihm auf den Kopf zu, was wir wissen. Und dann schauen wir mal, wie er sich da wieder rauswindet. Ha! Dieser Hallodri!«

In der Zwischenzeit haben wir die Bundesstraße verlassen, fahren an ein paar noch nicht ganz aufgeblühten Rapsfeldern vorbei und passieren kurz darauf die Ortstafel von Klein Schiessling.

»Wo fahrst denn hin?«, schreit sie, während ich im Begriff bin, vor ihrem Haus anzuhalten. »Ich will nicht heim, sondern zum Heinrich.«

»Annerl! Wir wollten uns doch nicht einmischen.«

Doch damit stoße ich bei unserer Dorftratschen wieder einmal auf taube Ohren.

»Nix da! Das mach' ma selber!«

Bevor sie mich weiter löchert, kurve ich an ihrem Haus vorbei Richtung Silvaners Unterkunft. Kaum haben wir diese erreicht, steigen wir aus und stoßen mit Berta zusammen, die eben dabei ist, ihren Finger auf den Klingelknopf zu drücken. Als sie uns bemerkt, winkt sie heftig und drückt energisch weiter. Schritte nähern sich der Türe.

»Ja, so hoher Besuch? Was macht's denn ihr drei da?«

Heinrich steht in einem lässigen Jogginganzug vor uns und verzieht das Gesicht zu einem breiten Grinsen. Und bevor ich noch richtig überlegt habe, wie wir die Fragerei angehen sollen, platzen Berta und Annerl synchron heraus:

»Wir wollen wissen, was du mit dieser Deutschen zu tun hast.«

Die beiden stieren ihn mit großen Augen fragend an und Heinrich Silvaner grinst weiter. Sein Mund verzieht sich dabei zu einem fröhlichen Smiley.

»Na, dann kommt's halt rein!«

Er lotst uns in seine gute Stube, die mehr nach Lebemann als nach Gemeinderat aussieht. An den Wänden hängen Poster mit lieblichen Nackedeis, die innere Seite der Wohnzimmertüre ziert ebenfalls ein überdimensionaler weiblicher Akt und entsprechende Zeitschriften finden sich auf seinem niedrigen Couchtisch. Annerl sperrt ihre Augen auf und auch Berta kann so viel nackte Haut auf einmal nicht verdauen.

Ich mustere unseren Herrn Gemeinderat von unten bis oben und da grinst er schon wieder.

»Gefällt dir, was, Sandra?«

Manche Fotos sind ja ganz gut, muss ich zugeben, aber so viele auf einmal?

»Hast einen Bissen Brot dazu?«, frage ich süffisant und sein Gesicht zieht sich noch weiter in die Horizontale.

Wenn ich meine zwei Begleiterinnen betrachte, kann ich mir ungefähr denken, was diese davon halten, und Bertas Worte bestätigen das auch sofort.

»Deine Nackerten interessieren uns nicht und gefallen uns auch nicht. Sag uns lieber, was du mit dieser Deutschen zu tun hast, dann bist uns auch schon wieder los.«

Verlegen kratzt sich Heinrich Silvaner am Kopf und zerrauft dabei seine Haarpracht. Das Grinsen hat er weggesteckt, dafür schaut er uns offen an und deutet mit der Hand zu einer Bank neben dem Fenster.

Kaum sitzen wir, beginnt er zu erzählen. Wir bekommen dasselbe zu hören, was auch Berta von Huaberl Burgunder erfahren hat.

»Das wiss' ma schon alles!«, unterbricht Annerl seine Ausführungen. »Wir wollen wissen, warum du dich immer am Abend mit der triffst. Weil ich hab' euch nämlich g'sehn.«

»Hätte ich mir denken können«, überlegt Silvaner, »dass mich diese Dorftratschen sieht. Die hat ihre Augen überall. Vor der ist niemand im Ort sicher. Man kann einfach nichts unternehmen, ohne von ihr bemerkt zu werden. Nicht einmal in der Nacht!«

»Ja, und? Hast was dagegen, Annerl, dass wir uns ein paar schöne Stunden machen, während ihr Mann im Wirtshaus vor der Glotze hockt und einem Fußball hinterherstiert? Immerhin ist die Roswitha eine gesunde Frau und obendrein eine Wucht von einem Weib. Da wär' ich schön deppert, wenn ich nicht zugreifen tät'. So eine Chance muss man einfach nützen! Aber mehr erfahrt ihr jetzt nicht von mir, denn wie heißt es so schön: Ein Kavalier genießt und schweigt.«

»Aha«, kann sich Berta nicht verkneifen, »und du bist ein Kavalier?«

Darauf grinst er schon wieder und ich kann ihn irgendwie verstehen. Herr Mörsebrink hat anscheinend Fußball der Gesellschaft seiner Frau vorgezogen und diese will Unterhaltung. Ist doch verständlich. Und übrigens gehen uns solche Amouren überhaupt nichts an. Oder?

Während wir mit ihm weiter über seine nächtlichen Eskapaden diskutieren, steigt Frau Krügerl in den Oberstock hinauf, um in Zimmer drei Ordnung zu machen.

Das Ehepaar aus Essen hat morgens im Extrazimmer des Dorfwirtshauses ausgiebig gefrühstückt und Frau Krügerl nimmt an, dass die beiden, wie geplant, zu einem Spaziergang in die Weinberge aufgebrochen sind. Sie öffnet die Tür und zuckt leicht zusammen.

»Ja, Frau Mörsebrink! Haben Sie sich noch ein bisserl aufs Ohr gelegt, um Ihr Frühstück zu verdauen?«

Die Wirtin tritt näher ans Bett heran, in dem Frau Mörsebrink ausgestreckt auf dem Rücken liegt.

»Frau Mörsebrink?«

Das »Heiopei«-T-Shirt rührt sich nicht und die Augen blicken starr zur Decke.

»Josef Mariiiiiiia!«

Der Wirt ist eben dabei, den Stammtisch abzuwischen, als er seine Frau brüllen hört.

»Was hat sie denn schon wieder?«, murrt er ungehalten.

»Josef Mariiiiiia!«

Dieser neuerliche Ruf scheint ihm nun doch verdächtig.

»Was ist?«, schreit er zurück.

Frau Krügerl hält es nicht aus. Sie kann nicht warten, bis sich ihr Mann bequemt, ihrem Hilferuf zu folgen, sondern klappert die Holztreppe hinunter und landet direkt an seiner breiten Brust.

»Schnell!!!«, keucht sie. »Ruf die Frau Doktor an! Ich glaub', mit Frau Mörsebrink stimmt was nicht.«

»Was ist?«

Er will ihr besänftigend über den Kopf streichen, wogegen sie sich heftig wehrt und ihn von sich schiebt.

»Frau Mörsebrinck liegt im Bett und rührt sich nicht«, keucht sie ihm ins Gesicht und schildert in abgehackten Sätzen, was sie eben in Zimmer drei vorgefunden hat. Josef Maria kann nicht glauben, was seine Frau zusammenfantasiert, nimmt seine Beine unter die Arme und klettert flugs, was man der mächtigen Leibesfülle nicht zugetraut hätte, in den Oberstock und in das Gästezimmer Nummer drei. Erschrocken weicht er in der Tür zurück. Der Anblick, der sich ihm bietet, bestätigt die Angabe seiner Frau.

»Frau Doktor«, hört er sie mittlerweile in der Gaststube telefonieren, »kommen S' gleich her, ich glaub', es ist was passiert. Hier spricht die Frau Krügerl, die Wirtin. Kommen S', bitt' schön, ganz schnell!«

Die Gemeindeärztin, die soeben von einem Hausbesuch zurückgekehrt ist, folgt dem dringlichen Hilferuf, schnappt neuerlich ihre Arzttasche und eilt zum Dorfwirtshaus, wo sie von Frau Krügerl heftig winkend und käsebleich empfangen wird.

Gemeinsam stolpern sie in das Obergeschoß. Die Wirtin lässt die Ärztin vorausgehen und beobachtet, wie sich diese in Zimmer drei dem Bett nähert. Nach einer Weile schüttelt die Ärztin den Kopf, holt ihr Smartphone aus der Tasche und verständigt die Polizei. Kategorisch sorgt sie dafür, dass weder Herr noch Frau Krügerl das Zimmer betreten.

»Sie dürfen beide jetzt nicht mehr da hinein, damit keine Spuren verwischt werden. Die Polizei wird gleich da sein«, fügt sie rasch hinzu, weil sie die angsterfüllten Blicke auf sich ruhen fühlt.

Nachdem der Hilferuf bei der Polizei in Horn eingelangt ist, setzt sich der Apparat in Bewegung.

»Herr Inspektor, wir haben Arbeit.«

Polizistin Angela Bauer späht in Julius Schreiners Büro, der Wochenenddienst hat, und stört ihn beim Durchblättern der Tageszeitung.

»Was ist los, Bauer?«

»Wir haben eine Leiche, Herr Inspektor. In Klein Schiessling.«

Das Wort Klein Schiessling lässt Inspektor Schreiner sofort in die Höhe schnellen und die Zeitung flattert auf den Fußboden.

»Ist der Tauber da?«

»Nein, Herr Inspektor, der hat heute frei.«

»Dann kommen Sie mit!«

Mit Blaulicht und Sirene rasen sie Richtung Klein Schiessling. Keiner der beiden nimmt die sich sanft dahinwindende Straße oder das zartsprießende Grün auf den Feldern wahr. Der Frühling ist nicht mehr aufzuhalten.

»Wer ist denn die Leiche?«, fragt der Inspektor, während sein Fuß das Gaspedal bis zum Anschlag durchdrückt.

»Eine Frau Roswitha Mörsebrink. Urlauberin aus Essen. Sie ist mit ihrem Mann im Dorfwirtshaus von Klein Schiessling abgestiegen. Die Wirtin hat sie gefunden und die Gemeindeärztin gerufen, diese hat wiederum uns verständigt, weil ihrer Meinung nach Fremdverschulden vorliegt. Der Kollege vom Notruf hat mir daraufhin die Daten durchgegeben.«

Schreiner hält das Lenkrad fest umklammert und blickt starr auf die vor ihm liegende Bundesstraße, während Angela Bauer telefonisch die Spurensicherung und den Pathologen Dr. Heribert Weinzierl zum Tatort zitiert.

Sie rasen an der Ortstafel von Klein Schiessling sowie an der Ecke des Kulturhauses vorbei und Schreiner bremst mit quietschenden Reifen vor dem Eingang des Dorfwirtshauses, wo sich bereits eine aufgeregte Menschenmenge versammelt hat. Dorftratschen Annerl Passer, Berta Pitzer, die Pfarrersköchin Liesel, sogar der Dorfboss steht breitbeinig neben Annerl und gemeinsam verfolgen sie das Geschehen mit Argusaugen. Einige Dörfler drängen sich um die Wirtsleute und gestikulieren wild mit den Armen. Etwas abseits der Menge wartet die Gemeindeärztin, ihre schwarze Arzttasche ruht neben ihr auf dem Gehsteig.

»Das kann ja heiter werden«, meint Angela Bauer und Schreiner presst die Lippen zu einem Strich zusammen. Seine Zornesfalte vertieft sich zusehends.

»Halten Sie mir die Leute vom Leib und lassen Sie niemanden ins Haus, außer Dr. Weinzierl und die Spurensicherung. Ich spreche kurz mit der Ärztin und schau mich dann drinnen um.«

Er springt aus dem Auto, drängt sich kommentarlos an den laut schnatternden Dörflern vorbei und winkt der Ärztin, ihm zu folgen. Gemeinsam eilen sie die Stufen zum Wirtshauseingang empor und verschwinden hinter der Tür, welche krachend ins Schloss fällt.

Angela Bauer schüttelt den Kopf. »So ein Hektiker«, denkt sie. »Auf ein paar Minuten kommt's doch wirklich nicht an.«

Sie geht auf das Ehepaar Krügerl zu, schnappt einen links, den anderen rechts bei der Schulter und bugsiert sie aus der Menge heraus, um mit ihnen in Ruhe sprechen zu können.

Inspektor Julius Schreiner eilt währenddessen hinter der Gemeindeärztin durch die Gaststube und hinauf in den Oberstock. Vor Zimmer drei halten beide einen Augenblick inne. In kurzen Sätzen schildert ihm die Ärztin den möglichen Tathergang.

»Meiner Meinung nach wurde das Opfer von hinten mit einer Weinflasche erschlagen und danach auf das Bett gelegt.«

»Wie kommen Sie darauf?«

»Ganz einfach, Herr Inspektor. Eine Weinflasche liegt zwischen Fenster und Bett am Boden. Die Flasche ist nicht zerbrochen, an ihr kleben jedoch ein paar Haare, die vermutlich vom Opfer stammen könnten.«

Genau will sich die Gemeindeärztin allerdings nicht festlegen, diese Beurteilung überlässt sie den Spezialisten.

Schreiner geht vorsichtig um das Bett herum und sieht die Angaben bestätigt. Nickend verlässt er, die Ärztin im Schlepptau, das Gästezimmer und vernimmt gleich darauf polternde Schritte auf der Holztreppe. Die Einheit der Spurensicherung erreicht den Oberstock, und hinter ihr stapft schnaufend Dr. Heribert Weinzierl.

»Nicht einmal am Sonntag hat man seine Ruhe«, murrt er.

Seit dem letzten Treffen hat er bestimmt wieder ein paar Kilo zugelegt, was sichtlich zu viel ist. Ihm schmeckt halt das Essen, vor allem sein wöchentlicher Sonntagsbraten!

Es ist bereits Mittag, die Gaststube gesteckt voll, und Angela Bauer ist gerade dabei, den Wirt, Josef Maria Krügerl, zu befragen, als der kleine Inspektor in die Vernehmung hineinplatzt.

»Na gut, soll er weitermachen«, denkt sie und wendet sich Frau Krügerl zu, um die Annerl Passer aufgeregt herumhüpft. Berta Pitzer beobachtet aus einiger Entfernung mit großem Interesse die Arbeit der Polizei, fährt sich mit den Fingern mehrmals durch ihren Rotschopf und steigt dabei nervös von einem Fuß auf den anderen. Die Pfarrersköchin steht dicht neben ihr und wirft hie und da einen Blick zur Kirche hinüber. Wahrscheinlich hofft sie, dass Pfarrer Miroslav Jankovic auftaucht und mit einem innigen Gebet rasch für Ordnung sorgt.

Die Spurensicherung und Dr. Heribert Weinzierl verlassen gut eine Stunde später den Tatort und Inspektor Schreiner stapft, gefolgt von Angela Bauer, erneut in das Tatortzimmer.

Vorsichtshalber schließen sie die Türe hinter sich. Man weiß ja nie, was Neugierigen alles einfällt. Auch die Presse wollen sie im Augenblick nicht am G'nack haben. Erfahrungsgemäß werden ohnehin nur Halbwahrheiten verbreitet, auf die man gut und gern verzichten kann.

»Interessant wäre zu wissen, Herr Inspektor, wo sich der Ehemann des Opfers befindet. Laut Wirtin saß das Paar am Morgen im Extrazimmer beim Frühstück und ist danach gemeinsam weggegangen. Angeblich um einen Spaziergang durch die Weinberge zu machen. Frau Krügerl hat nicht bemerkt, dass Frau Mörsebrink zurückgekommen ist. Allerdings ist, laut ihrer Auskunft, dieses Zimmer sowohl über den Hof als auch durch die Gaststube erreichbar. Die Frau konnte ohne Weiteres unbemerkt durch den Hof ins Zimmer zurückkehren.«

Schreiner fährt sich geistesabwesend mit den Fingern durch seine spärlichen Haare.

»Wenn er bis heute Abend nicht auftaucht, Bauer, lassen wir nach ihm fahnden.«

Nachdem das Zimmer gründlich durchsucht und nichts weiter gefunden wurde, was mit dem Mord in Zusammenhang stehen könnte, außer der Weinflasche mit ein paar Haaren darauf, welche die Spurensicherung eingepackt hat, versiegeln sie den Raum und steigen in die Gaststube hinunter. Dort werden sie von Josef Maria Krügerl in Empfang genommen, der hektisch hinter seiner Theke herumflitzt. Die meisten Mittagsgäste musste er wegschicken, weil seine Frau nicht zum Kochen kam und er selbst alles andere als ein guter Koch ist. Außer ein paar Würstel ins heiße Wasser zu werfen und zuzusehen, wie die Haut aufplatzt, bringt er nichts zustande, was den meisten Gästen als Mittagessen aber nicht reicht.

»Was ist denn jetzt wirklich mit der armen Frau passiert?«, will er wissen, erntet jedoch nur ein doppeltes Kopfschütteln.

Weder Schreiner noch Bauer wollen zu diesem Zeitpunkt ein Statement abgeben. Erst wenn alle Befunde vorliegen, wird man die Leute informieren. Keineswegs früher!

»Wir müssen dringend mit dem Ehemann der Toten sprechen. Haben Sie eine Ahnung, wo er sich aufhalten könnte oder wann er zurückkommt?«

Der Wirt schaut den Inspektor planlos an. »Keine Ahnung! Ich weiß nicht, wo der sich aufhält. Zum Frühstück war er jedenfalls noch da und danach hat meine Frau die beiden weggehen seh'n. Angeblich wollten sie sich die Gegend anschauen. Ich wusste gar nicht, dass Frau Mörsebrink überhaupt zurückgekommen ist, noch dazu allein. Gesehen haben wir, also meine Frau und ich, sie jedenfalls nicht.«

»Wenn der Mann auftaucht, soll er sich unverzüglich bei der Polizeistation Horn melden. Sollte das nicht in den nächsten Stunden passieren, werden wir die Fahndung einleiten. Richten Sie ihm das aus!« Schreiner dreht sich abrupt zu Angela Bauer um. »Haben Sie alle Zeugenaussagen notiert?«

Die Polizistin deutet auf ihr iPad, ein Geschenk ihres Freundes, und nickt.

»Dann können wir zurückfahren. Es wartet jede Menge Arbeit auf uns. Sie schreiben die Protokolle und ich informiere als Erstes einmal den Chef. Und dann warten wir ab, ob Herr Mörsebrink geruht, sich bei uns zu melden. Wenn nicht, schreiben Sie ihn zur Fahndung aus. Wahrscheinlich haben wir mit ihm ohnehin unseren Täter und können den Fall rasch abschließen. Erfahrungsgemäß handelt es sich bei den meisten Delikten dieser Art um Beziehungstaten.«

Angela Bauer ist zwar anderer Meinung, versagt es sich jedoch, zu widersprechen.

Der Himmel über Klein Schiessling ist – wie in den letzten Tagen – auch heute mit weißen Wölkchen übersät und es weht ein sanfter Wind. Die Forsythien stehen in voller Blüte, ihr grelles Gelb ist nicht zu übersehen und hebt sich kräftig vom tiefblauen Himmel ab.

Weniger Eile als bei der Hinfahrt ist geboten, deshalb fällt dem Inspektor auch kurz vor dem Ortsende die kleine Tafel am Straßenrand auf, die die Autofahrer darauf hinweist, wie schnell sie unterwegs sind.

Zynisch wendet er den Kopf zum Beifahrersitz.

»Haben Sie das gesehen, Bauer? Die messen die Geschwindigkeit am Ortsende anstatt am Ortsanfang.«

Unverständnis macht sich auf seinem mageren Gesicht breit.

»Was soll das bringen?«

Auch ihr ist dieser Flop aufgefallen.

»Nix, Herr Inspektor«, meint sie lachend. »Das ist typisch Klein Schiessling. Wahrscheinlich hat sich die Gemeinde gedacht: Besser am Ortsende als gar nicht!«

Nun verzieht Schreiner sogar seinen Mund zu einem missglückten Lächeln.

»Die bräuchten ja nur die Tafel umzudrehen«, murrt er vor sich hin. »Aber«, schiebt er nach einer Weile hinterher, »wir sind halt nicht in Horn, sondern im tiefsten Weinviertel.«

»Stimmt nicht ganz«, überlegt die Polizistin.

»Genau genommen, Herr Inspektor, bewegen wir uns an der Grenze zum Waldviertel.«

»Na und, Bauer? Macht das einen Unterschied?«

Dabei vergisst Schreiner, dass Horn eine Bezirkshauptstadt des Waldviertels ist.

Aber was solls …

Kaum haben sie ihre Dienstzimmer erreicht, stellt der diensthabende Wachebeamte ein Gespräch durch.

»Krügerl hier«, meldet sich der Wirt des Dorfwirtshauses. »Ich sollt‘ Ihnen sagen, wenn Herr Mörsebrink zurückkommt.

Jetzt ist er da! Wir haben ihm erzählt, was mit seiner Frau passiert ist und da ist er z'sammklappt wie ein Kartenhaus. Momentan kümmert sich die Frau Doktor um ihn. Er wird aber sofort, wenn's ihm besser geht, zu Ihnen kommen.«

»Danke, Herr Krügerl. Eine Frage noch: Hat er Ihnen erzählt, wo er war?«

»Nein! Der war so geschockt, dass er vor lauter Zittern nimmer reden konnte.«

Angela Bauer verabschiedet sich und geht nachdenklich in Schreiners Büro. Nachdem sie ihn über das Gespräch informiert hat, haut dieser schon wieder einmal unmotiviert mit der Faust auf den Tisch. Die darauf gestapelten Akten beginnen zu tanzen und landen – einer nach dem anderen – auf dem Fußboden. Die Polizistin schüttelt den Kopf, obwohl sie an solche Ausbrüche gewöhnt ist.

»Was ist denn, Herr Inspektor? Herr Mörsebrink ist doch aufgetaucht und sicher auch bald hier.«

»Sie meinen, unser Mörder!«

»Das wird sich erst herausstellen, Herr Inspektor, ob Mörsebrink tatsächlich unser Täter ist. Aber so, wie der angeblich auf die Todesnachricht reagiert hat, glaub' ich nicht, dass er seine Frau umgebracht hat.«

»Alles Theater, Bauer! Nur Theater! Reinstes Schmierentheater! Glauben Sie mir, ich habe Erfahrung mit solchen Leuten. Die glauben, sie können mit uns spielen. Aber nicht mit mir!«

»Na, wenn er meint«, denkt die Polizistin, und zieht sich diskret zurück, bevor Schreiner einen neuerlichen Wutanfall bekommt und explodiert.

Kapitel 4

Eine Stunde später sitzt Konrad Mörsebrink Inspektor Schreiner gegenüber. Und damit auch ja nichts Unüberlegtes passiert – man kennt ja den cholerischen Inspektor –, gesellt sich Chefinspektor Christian Fuchs dazu. Nicht nur aus Neugierde, was Mörsebrink zu dem Geschehen zu sagen hat, sondern auch um im entscheidenden Moment eingreifen zu können.

Er zieht einen Sessel neben Angela Bauer, die an der Wand links von der Eingangstüre sitzt und ihr neues iPad auf dem Schoß liebevoll betrachtet, setzt sich nieder und gemeinsam mustern sie interessiert den Ehemann der Toten.

Eine große, schlanke Gestalt mit dunklen Haaren sitzt weit vornübergebeugt vor Schreiners Schreibtisch und bedeckt mit beiden Händen ihr Gesicht.

»Wo waren Sie heute Vormittag?« Schreiner schießt seine erste Frage ohne Rücksicht auf den Zustand des Mannes ab.

Konrad Mörsebrink nimmt langsam beide Hände vom Gesicht, hebt leicht den Kopf, mustert Schreiner geistesabwesend und lässt dabei die Hände auf den Schoß sinken.

»Ich war mit meiner Frau spazieren. Wir wollten uns die Umgebung ansehen. Zuerst besuchten wir die Kirche, danach wollte ich noch einen Abstecher durch die Weinberge machen, aber Roswitha klagte über Kopfschmerzen und ging deshalb zurück auf unser Zimmer.«

»Und Sie haben Ihre Frau nicht begleitet? Obwohl sie Kopfschmerzen hatte?«

Ein müdes Lächeln huscht über Mörsebrinks Gesicht.

»Sie kennen meine Frau nicht. Meine Begleitung hätte sie strikt abgelehnt. ›Ich kann allein für mich sorgen‹ war stets ihre Antwort, wenn ich ihr in irgendeiner Form behilflich sein wollte.«

Konrad Mörsebrink dehnt den Rücken und atmet tief durch. Suchend blickt er sich um, da springt Angela Bauer auf, rennt aus dem Zimmer und kommt kurz darauf mit einem Glas Wasser zurück, das sie dem Mann in die zitternde Hand drückt, wofür sie ein vorwurfsvoller Blick Schreiners trifft.

»Können Sie sich vorstellen, wer Ihre Frau getötet hat?«

Der Mann zuckt bei dem Wort »getötet« zusammen. Nach einer Weile flüstert er:

»Wie ist sie denn gestorben?«

Bevor Schreiner mit einer Antwort herausplatzen kann, springt Christian Fuchs auf, stellt sich neben Konrad Mörsebrink und legt ihm die Hand auf die Schulter.

»Die Untersuchungen laufen noch, Herr Mörsebrink. Im Augenblick können wir nichts Genaues sagen. Der Arzt hat jedoch bestätigt, dass Ihre Frau sofort tot war. Sie musste also nicht leiden.«

Ein dankbarer Blick trifft den Chefinspektor, Schreiners Augen verspritzen dagegen Gift und Galle. Er würde mit dem Verdächtigen weit weniger zimperlich umspringen und hätte sicherlich im Nu ein volles Geständnis aus ihm herausgequetscht. Aber wenn der Chef es so will, soll er halt machen. Fuchs wird schon sehen, wo das hinführt. Er jedenfalls hält Konrad Mörsebrink für den Täter und nebenbei für einen exzellenten Schauspieler.

»Was sind Sie eigentlich von Beruf?«

Die Frage von Angela Bauer kommt für Mörsebrink so überraschend, dass er seinen Kopf in die Höhe reißt.

»Was hat denn das mit dem Mord an meiner Frau zu tun?«, schreit er aufgebracht und funkelt die Polizistin an.

»Hab ich's doch gewusst, alles Theater«, murmelt Schreiner, worauf sich Konrad Mörsebrink zurück auf seinen Sessel fallen lässt und neuerlich beide Hände schützend vors Gesicht hält. Ob aus Verzweiflung oder um sein Minenspiel zu verbergen, ist nicht ganz klar.

»Wie haben Sie denn die paar Tage mit Ihrer Frau in Klein Schiessling verbracht?«

Christian Fuchs fiel ebenso wie Schreiner die aggressive Reaktion des Mannes auf. Sollte er sich getäuscht haben? Oder war dieses Gehabe auf den Schock zurückzuführen, den der Tod seiner Frau in ihm ausgelöst hat? Im Augenblick ist auch er nicht mehr so ganz sicher, ob wirklich ein Unschuldiger vor ihm sitzt oder ein Mörder. Auch Angela Bauers Gesichtsausdruck lässt diesen Schluss zu. Neuerlich wischt sie über ihr iPad.

Eine Weile ist es still im Raum, nur der Straßenlärm dringt durch das geöffnete Fenster. Angela Bauer hält mit dem Wischen über ihr iPad, in dem sie eine interessante Information gefunden hat, abrupt inne und blickt auf.

»Sie sind seit einigen Jahren Versicherungsvertreter, aber davor haben Sie eine Schauspielschule geleitet, Herr Mörsebrink.«

Gelassen legt sie ihr Tablet auf den Schoß und blickt auf.

Inspektor Schreiner hechtet vom Sessel hoch und starrt sein Gegenüber an, während der Chefinspektor den Angesprochenen auf den Sessel zurückdrückt, weil er spürt, dass dieser ebenfalls aufspringen will.

Sepp Tauber, der bereits eine geraume Weile in der Türe steht und die Szene bis hierher verfolgt hat, flüstert seiner Kollegin lachend ins Ohr: »Und das steht alles in deinem Kastl da drin, Angela?«

Er greift nach dem letzten Sessel im Raum.

Nachdem sich sowohl Konrad Mörsebrink als auch Julius

Schreiner etwas beruhigt haben, setzt der Chefinspektor das Gespräch fort.

»Das ist ja interessant, Herr Mörsebrink! Sie leiteten eine Schauspielschule?«

Der Angesprochene druckst zunächst eine Weile herum, besinnt sich dann und antwortet unwillig:

»Ich bin bloß für einen guten Bekannten eingesprungen. Der wurde krank und ich übernahm seinen Job für ein paar Wochen. Es wurde mir jedoch nichts anderes abverlangt, als die Eleven in die zuständigen Klassen einzuteilen. Nichts, was auch nur im entferntesten Sinn mit Theater oder Schauspielerei zu tun hat.«

Ein überheblicher Blick trifft sein Gegenüber, und seine zerknirschte Stimmung verwandelt sich augenblicklich in Aggressivität.

»Reine Administrativarbeit.«

Er räuspert sich und faltet seine Hände im Schoß.

»Was anderes hätte ich auch gar nicht gekonnt. Zusätzlich handelte es sich um eine sehr kleine Privatschule mit knapp zwanzig Schülern.«

Auch diese Aussage kann Inspektor Schreiner nicht umstimmen. Aber da sein Chef ein wachsames Auge auf ihn hat, lehnt er sich zurück und überlässt ihm die weitere Befragung. Diese zieht sich eine Weile hin, bringt aber im Endeffekt nichts, was den Ermittlern eine Handhabe gäbe, Konrad Mörsebrink mit dem Tod seiner Frau in Verbindung zu bringen.

Angeblich machte er zur Tatzeit einen Spaziergang durch die Weinberge, wo ihn, seiner Aussage zufolge, niemand gesehen hat, was glaubwürdig erscheint. Für die Winzer gibt es in den Rieden im Moment keine Arbeit. Schneiden und Aufbinden der Reben ist längst erledigt. Wenn also Konrad Mörsebrink wirklich dort spazieren gegangen wäre, hätte ihn nicht unbedingt jemand sehen müssen.

»Das werden wir überprüfen!«

Christian Fuchs wendet sich leise an Tauber und Bauer.

»Klappern sie trotzdem alle Winzer aus der Umgebung ab, vielleicht hat ja doch ein Nachzügler dort gearbeitet und etwas gesehen. Ich will wissen, ob jemandem zur fraglichen Zeit ein Mann, auf den die Beschreibung passt, aufgefallen ist.«

Schreiners hämischer Blick gleitet über den Chef, dennoch sieht er sich gezwungen, Konrad Mörsebrink vorerst einmal laufen zu lassen. Für eine Festnahme reichen die Indizien nicht aus.

»Halten Sie sich zu unserer Verfügung! Wir sind noch lange nicht fertig mit Ihnen!«

»Und solange die Untersuchungen nicht abgeschlossen sind, dürfen Sie das Land nicht verlassen«, fügt Christian Fuchs hinzu und entlässt den deutschen Urlauber.

Zielstrebig kehrt er danach in sein Büro zurück, wo er sich seufzend am Schreibtisch niederlässt, die unterste Lade herauszieht, nach seinem Flachmann greift und einen herzhaften Schluck macht. Erst danach legt er gelassen die Beine auf den Tisch und überdenkt alles, was er bis jetzt erfahren hat. Da ist zunächst einmal die Tatsache, dass Schreiner Konrad Mörsebrink für einen exzellenten Schauspieler hält, weiters die Aussage, dass der Deutsche angeblich in den Weinbergen unterwegs war, wo er niemandem begegnet ist, was noch genau überprüft werden muss, und weiters der Umstand, dass sich das Paar zu einer ungewöhnlichen Jahreszeit in Klein Schiessling aufhält.

Nach dem zweiten oder dritten Schluck aus dem Flachmann kreisen diese Gedanken nonstop durch seine Gehirnwindungen. Er hofft nur, dass er von Schreiner nicht herausgerissen und mit Fragen gelöchert wird, welche er im Augenblick nicht beantworten kann.

Wumm!!! Hoffnung dahin, Albtraum eingetroffen!

»Chef! Tauber und Bauer sind unterwegs, um die Winzer von Klein Schiessling zu ihren Aufenthalten in den Weinbergen zu befragen. Wenn Konrad Mörsebrink wirklich dort herumgestapft ist, muss ihn ja einer gesehen haben. Ich ackere einstweilen den gesamten Aktenberg noch einmal akribisch durch. Vielleicht haben wir ja etwas übersehen.«

»Mach das, Schreiner.«

Müde winkt Christian Fuchs ab und sein Adlatus schließt mit grimmiger Miene die Türe von außen.

Kapitel 5

Berta Pitzer, Dorftratschen Annerl Passer und ich sitzen in der Eggenburger Bäckerei bei Kaffee und Kuchen. Diesmal ohne Hedwig, die mit Günter zu ihren Kindern nach Salzburg unterwegs ist. Alle paar Monate, so es Günters Zeit erlaubt, statten sie Salzburg einen Besuch ab. Günter spielt gerne mit seinen Enkeln und Hedwig geht am liebsten mit ihrer Tochter shoppen.

»Glaubst«, fragt mich Berta, während Annerl an ihrem großen Braunen schlürft, »bringt die Hedwig wieder einen schönen Schal mit?«

»Schon möglich, Berta. Vielleicht aber auch ein T-Shirt mit der Aufschrift ›Heiopei‹?«

Annerl verkutzt sich und stellt scheppernd ihr Häferl zurück auf die Untertasse. Mein Blick schweift durch das Lokal und bleibt an zwei Männern und einer Frau hängen, welche links von mir, jedoch ein paar Tische entfernt, Platz genommen haben. Mit dem Kopf deute ich in deren Richtung.

»Schaut's einmal da hinüber! Ist das nicht unser deutscher Urlauber?«

Beide reißen ihre Köpf in die angedeutete Richtung und nicken heftig.

»Ja! Das ist er!«

Jetzt wendet die Frau ihren Kopf in unsere Richtung. Sie ist mit einem leichten, gelben Pullover und einem dunkelgrünen Seidenschal bekleidet. Lange, tizianrote Haare hängen ihr über die Schulter und ihre dunklen Augen mustern uns interessiert.

Sie sieht aus, als wäre sie soeben einem Modejournal entstiegen.

Rasch senken wir die Köpfe und versinken in unseren Kaffeehäferln. Berta stochert mit der Kuchengabel in ihrer Mehlspeise herum und Annerl schaut auffällig desinteressiert beim Fenster hinaus. Wir sind eifrig bemüht, diesen Tisch nicht allzu auffällig zu beobachten, was mir jedoch nicht ganz gelingen will. Aus den Augenwinkeln mustere ich die drei und stelle fest, dass sich die Männer ziemlich ähneln. Zumindest die Kopfhaltung und das lange, schmale Gesicht ist bei beiden gleich. Mehr interessieren würde mich allerdings, worüber sie sich unterhalten, also stelle ich meine Lauscher auf Empfang.

»Bist … worden? Wie konntest … wech … diese Bauern … darauf … geliefert!«, höre ich Mörsebrink mit tiefer Zornesfalte auf der Stirn zu seinem Begleiter sagen, während sie ihre Köpfe zusammenstecken.

Die Frau daneben streicht gelangweilt ihre langen Haare zurück und hält sich aus dem Gespräch der Männer raus. Die Serviererin stellt drei Mokkatassen auf deren Tisch ab, lächelt uns kurz zu und verschwindet wieder.

»Was könnten diese Wortfetzen bedeuten?«, grüble ich. »Hecken die etwas aus, wie Annerl schon seinerzeit vermutet hat, als das Pärchen bei uns im Dorfwirtshaus abgestiegen ist? So geht das nicht«, überlege ich kurz, stehe auf, hebe meine Handtasche, welche neben mir auf dem Boden steht, auf, trete langsam einen Schritt vom Tisch zurück und sperre beide Ohren noch weiter auf.

Nun kann ich zwar ein bisserl mehr verstehen, aber noch immer zu wenig. Berta will sich ebenfalls erheben, doch ich deute ihr, sitzen zu bleiben. Wir können ja nicht beide herumspringen wie australische Kängurus. Einen kleinen Schritt könnte ich mich zwar noch näher an den Tisch heranwagen, doch plötzlich schauen beide Männer auf und unterbrechen abrupt ihre

Unterhaltung. Annerl beobachtet mich und rutscht aufgeregt auf ihrem Sitz hin und her. Hoffentlich hält sie ihren Mund!

Nun halte ich es nicht länger aus. Ich straffe meine Beine, entferne mich von unserem Tisch und nähere mich langsam dem Ausgang. Dabei bemühe ich mich, meinen Blick von diesem Tisch fernzuhalten, und versuche, im Vorbeigehen mehr von deren Gespräch aufzuschnappen.

»Das geht sicher gut, vertrau mir.«

»Aber von jetzt an machst du genau das, was ich dir sage, verstanden?«

Aufgeregt erreiche ich die Damentoilette und verschwinde rasch. An die Innenseite der Tür gelehnt, bemühe ich mich, die vernommenen Gesprächsfetzen, so gut es geht, gedanklich festzuhalten, um sie später an Sepp weitergeben zu können. Denn dass hier etwas faul ist, liegt für mich auf der Hand. Ich muss Annerl zustimmen – dieser Deutsche führt etwas im Schilde. Wenn ich nur wüsste, was.

Mit zittrigen Fingern nestle ich nach einem Taschentuch und wische mir den Schweiß von der Stirn, während sich in meinem Kopf ein Karussell zu drehen beginnt. Immer schneller und schneller, bis die Tür aufgerissen wird und ich mich taumelnd am Waschbecken wiederfinde.

»Was treibst denn so lang am Klo?«

Annerl hat mich von der Tür geschubst, sich vor mir aufgebaut und bombardiert mich mit fragenden Blicken.

»Und warum lehnst überm Waschbecken?«

Urplötzlich, wie es begonnen hat, kommt das Karussell in meinem Kopf zum Stillstand.

»Weil du mich mit deinem Türaufreißen dorthin gestoßen hast, Annerl.«

»Geh, säusle da nicht rum, komm wieder rein. Die drei sind eh schon weg.«

Schade!

»Vielleicht waren ja die zwei neben unserem Urlauber das deutsche Pärchen, von dem die Liesel erzählt hat«, fügt Annerl sensationslüstern hinzu, bevor wir die Toilettentüre hinter uns schließen.

Zu dumm, dass ich nicht mehr von dem Gespräch aufschnappen konnte. Diese paar Brocken sind zwar interessant, ergeben jedoch für mich keinen Sinn. Ich muss schleunigst Sepp davon berichten!

Auf jeden Fall war die Rothaarige am Tisch der beiden Männer eine Sensation. Das muss man neidlos eingestehen!

Kapitel 6

Wie ein Lauffeuer verbreitet sich die Nachricht über den Mordfall in Klein Schiessling. Frau Krügerl rennt händeringend durch den Ort, um allen Dörflerinnen, natürlich auch den Dörflern, ausführlich zu schildern, wie schrecklich es für sie war, Frau Mörsebrink tot in ihrem Bett aufgefunden zu haben.

»Ihr könnt's euch ja gar nicht vorstellen, wie die da vor mir gelegen ist. Ganz bleich im Gesicht, fast so weiß wie ihr T-Shirt mit dem komischen ›Heiopei‹ drauf, und ihre Augen haben zum Plafond gestiert. Ich hab' gleich zu zittern ang'fangen. Furchtbar! Furchtbar schrecklich, sag' ich euch. Ich hab' 'glaubt, ich seh' nicht richtig. Beim Frühstück hat sie sich noch ein weichgekochtes Ei bestellt und meinen guten Kaffee gelobt, und dann liegt sie vor mir und rührt sich nimmer. Schrecklich!«

Ihr endloses Gejammer dringt in jeden Winkel von Klein Schiessling.

»Ich konnt' mich gar nicht losreißen von dem schaurigen Anblick und die Sprache hat's mir auch verschlagen.«

»Aber jetzt hast sie wieder, gell?«

Hedwig Uhudler, bei der Frau Krügerl wehklagend in der Haustüre steht, ist leicht genervt. Mehrmals musste sie sich heute schon dieses Sprücherl anhören. Als ob sie nichts Besseres zu tun hätte. Immerhin hat sie einen Haushalt zu versorgen und Günter erwartet bald sein Essen.

»So ein Unglück, Hedwig! Und das bei uns im Wirtshaus! Das muss man sich einmal vorstellen! Ich glaub', ich vermiete keine Zimmer mehr. So einen Schock brauch' ich nicht noch einmal. Ich bin total durcheinander. Und statt dass mich der Josef Maria tröstet, hat er nur g'sagt, ich soll mich nicht aufregen, es hat ja keinen von uns 'troffen. Der hat eine Ahnung!«

Die Wirtin schnauft weiter zum nächsten Einwohner und Hedwig verdreht ihre Augen.

»Habt's schon g'hört …«

Man gewinnt den Eindruck, sie hat innerlich eine Liste gespeichert, auf welcher sie alle, die bereits in den Genuss ihrer Schilderung gekommen sind, abhakt. Um jedoch niemanden irrtümlich auszulassen, vermittelt sie ihre Eindrücke gleich mehrmals. Sicher ist sicher! Auch vor Annerl Passers Haustüre bremst sie sich ein und will gerade losschnattern, da komme ich ihr leider in die Quere. Ich will Annerl besuchen.

»Bist noch immer nicht fertig mit deiner Runde durch den Ort?«, frage ich sie. »Mittlerweile hat sich das Malheur doch schon über das ganze Weinviertel hinaus herumgesprochen.«

Und während sie mich bestürzt anblickt, steuert Liesel, unsere Pfarrersköchin, auf uns zu.

»Gibt's schon wieder was Neues?«

Ihre Frage begleitet sie mit hochgezogenen Augenbrauen und Neugierde spritzt aus all ihren Poren.

»Nein«, murrt Annerl und ärgert sich darüber, dass ihr die Wirtin ins Handwerk pfuscht und Neuigkeiten verbreitet, was eigentlich ihr als Dorftratschen zusteht.

»Ich hör' jetzt schon tagelang immer dasselbe Geleier.«

Liesel betrachtet die Wirtin kurz, dann hakt sie sich bei ihr ein und zieht sie von uns weg Richtung Pfarrhaus. Hoffentlich erhalten beide von Hochwürden einen beruhigenden Segen und Frau Krügerl kann sich wieder ihrem Wirtshaus widmen. Josef Maria ist ohnehin schon unruhig und fragt ständig, wo sie so lange bleibt. Man kann doch nicht von ihm verlangen, dass er sich ganz allein um alles kümmert. Er muss die Stammtischrunde unterhalten und gleichzeitig Getränke ausschenken.

Schön langsam kommt er ins Schwitzen. Seine runden Backen haben bereits die Farbe eines reifen Rotweines angenommen und sein Atem pufft stoßweise aus den Nasenflügeln.

Kapitel 7

»Hock dich her zu uns«, murrt Dorfboss Alfons Pummerl in seinen Grünen Veltliner und rutscht mit dem Hintern ein wenig zur Seite.

Das lässt sich der Wirt nicht zweimal sagen. Er fällt müde auf die Bank neben dem Bürgermeister, hält dabei sein Weinglas, welches er kurz zuvor nachgefüllt hat, in die Höhe, um ja keinen Tropfen zu verschütten, und nickt dem Dorfboss zu.

»A schöne G'schicht ist das mit dem Mord in unserem Wirtshaus.«

Josef Maria hebt sein Glas Richtung Pummerl.

»Prost!«

»Wie hat denn der Heinrich das aufg'nommen? Ich hab g'hört, dass er ein Pantscherl mit der Toten g'habt haben soll.«

Das Wort NEUGIERDE wird nicht umsonst großgeschrieben. Pummerl grunzt dazu und der Wirt nickt verständnisvoll. Die beiden kennen sich schon seit ewigen Zeiten und können auch ohne viele Worte sehr gut miteinander kommunizieren. Was soll er als Bürgermeister auch dazu sagen? Ihm ist das Ganze wurscht. In das Privatleben seiner Gemeinderäte hat er sich noch nie eingemischt. Da hätte er viel zu tun! Und das Wort Arbeit wird im Gegensatz zum Wort Neugierde von Pummerl ganz, ganz kleingeschrieben.

Nachdem sich die beiden über einen längeren Zeitraum hinweg angeschwiegen haben, wird die Wirtshaustüre sachte aufgeschoben und Gemeinderat Hugo Zechbauer, gefolgt von Gemeinderat Michael Rieslinger, betritt die Gaststube. Hinter ihnen schlurft Walter Zweigelt. Der Wirt erhebt sich behäbig, Pummerl rutscht in die Ecke zum Fenster und die Neuankömmlinge lassen sich stumm neben ihren Dorfboss fallen.

»A schöne G'schicht ist das mit dem Heinrich«, brummt Hugo Zechbauer und streicht sich über sein glatt rasiertes Kinn.

»Wo ist er eigentlich?«, fragt Rieslinger und schaut sich im Raum um. »Der wird doch nicht daheim herumlungern und Trübsal blasen?«

»Lass ihn«, meint Zweigelt. »Der wird den Schock schon überwinden. Vor allem wenn ihn die Arbeit in der Gemeinde ablenkt.«

»Was wollt's denn trinken?«

Geschäftig wächst Josef Maria Krügerl vor ihnen aus dem Boden und unterbricht den hoch philosophischen Dialog.

»Mir bringst einen G'spritzten«, ordert Zechbauer und stupst dabei den Bürgermeister in die Seite, weil der seinen Arm zu weit von sich wegstreckt.

»Ja, bring mir auch einen«, schließt sich Michael Rieslinger dem Wunsch an.

»Und ich könnt' ein Bier vertragen. Geh, bring mir ein Krügerl, Josef Maria.«

Walter Zweigelt, lang wie eine Bohnenstange, rückt ein wenig von Rieslinger ab, um seine Haxen unter dem Tisch so halbwegs erträglich platzieren zu können. Hier geht's ja noch so halbwegs. Aber im Flugzeug? Grauenvoll!

»Wo bleibt er denn nur, der Heinrich?«

Diese Frage Zechbauers bleibt unbeantwortet im Raum hängen, weil niemand eine Antwort darauf weiß.

»Er sollt' eigentlich schon längst da sein. Ich hab' ihm g'sagt, dass wir heut' mit unserer Besprechung pünktlich anfangen müssen.«

Ha! War das gerade der Dorfboss von Klein Schiessling? Und

da sage noch einmal einer, unser Herr Bürgermeister sei wortkarg! Gleich zwei Sätze hintereinander! Und das ohne Pause!

Der Wirt stellt die G'spritzten auf den Tisch, wendet sich um und beginnt hinter der Theke eifrig Gläser zu polieren, bis ihn seine Frau aus der Küche ruft. Augenblicklich legt er das rotkarierte Geschirrtuch ab und folgt dem Ruf, bevor es Stunk gibt. Seit dem Mordfall in ihrem Wirtshaus ist Frau Krügerl äußerst nervös, ungeduldig und wird gleich rabiat, sollte etwas nicht so geschehen, wie sie es will. Und das gefällt Josef Maria überhaupt nicht. Das mit dem Rabiatwerden.

Eine Weile tut sich nichts, die Stille in der Gaststube wird nur vom Ticken der Uhr über der Theke unterbrochen. Auch von der Hauptstraße dringt heute kein Lärm herein, und am Stammtisch herrscht Schweigen. Heute ist nichts so wie immer. Schließlich hat man einen Trauernden unter sich, was aber so nicht ganz stimmt, denn Heinrich Silvaner sitzt ja nicht inmitten dieser illustren Runde, sondern glänzt durch Abwesenheit. Die Gemeindevertreter meditieren in ihre Gläser, bis Huaberl Burgunder plötzlich die Tür zur Gaststube aufreißt, alle Anwesenden kurz taxiert und sich neben Hugo Zechbauer auf die Bank hockt.

»Habt's eh noch nicht ang'fangen? Muss mich entschuldigen, Bürgermeister, bin unterwegs aufg'halten worden.«

Fragend mustert er einen nach dem anderen.

»Wo ist denn der Heinrich?«

»Net da!«

Pummerl hebt verdrossen die rechte Hand, lässt sie jedoch sofort wieder sinken, um ja nicht zu viel Energie zu vergeuden, und umklammert stattdessen sein Glas mit dem G'spritzten. Zu viel Anstrengung an einem Tag ist ungesund. Man darf doch nicht seine ganze Tagesration an Energie schon am Vormittag verbraten.

»Geh, Josef Maria, bring mir auch einen G'spritzten!«

Huaberl hätte ja eher einen Grünen Veltliner oder einen Blauburger vorgezogen, weil jedoch seine Kollegen sich für den G'spritzten entschieden haben, ist er gezwungenermaßen auch dafür. Man will ja nicht unangenehm auffallen!

Mittlerweile stehen vor allen Gemeindeobersten Getränke und es legt sich neuerlich Stille über den Stammtisch. Betroffene Gesichter spiegeln sich in den Gläsern.

Nach einer guten Viertelstunde des gegenseitigen Anschweigens öffnet sich neuerlich die Wirtshaustüre und Gemeinderat Heinrich Silvaner schlurft mit hängenden Schultern über die Schwelle.

»Griaß eich!«

Bis der Dorfboss seinen schweren Kopf aus den Händen befreit hat und den Angekommenen verwundert registriert, springt Huaberl auf.

»Griaß di, Heinrich!«, schreit er freudestrahlend und fügt sofort verwundert an: »Wie schaust du denn aus?«

Diese Anmerkung hätte er sich sparen können.

»Wie soll er schon ausschauen nach dem, was passiert ist, ha?«

Gemeinderat Hugo Zechbauer schüttelt resigniert den Kopf. Dieses junge Gemüse hat kein Gespür für Takt.

»Das kannst dir doch denken, dass nach allem, was dem Heinrich passiert ist, er nicht frischfröhlich da hereinspaziert und Witze erzählt!« Gemeinderat Michael Rieslinger unterstreicht diesen berechtigten Verweis seines Amtskollegen mit heftigem Kopfnicken.

»Könn' ma dann endlich anfangen und zur Tagesordnung kommen?«, brummt Pummerl und fixiert dabei die frisch polierte Tischplatte.

Es geht bereits auf Mittag zu, bis die Sitzung ihrem Ende entgegenschreitet. Und kaum sind alle Unterlagen in einer roten

Mappe verschwunden, tritt Pfarrer Miroslav Jankovic in die Wirtsstube.

»Grüß Gott!«

»Grüß Gott, Herr Pfarrer!«

»Die Liesel ist heute bei ihrer Tante in Heidenreichstein, deshalb dachte ich mir, dass ich bei meinen lieben Wirtsleuten etwas zu essen kriege.« Er lächelt um sich. »Aber nur, wenn's keine Umstände macht.«

Übereifrig drängt sich Frau Krügerl an ihrem Mann vorbei und hält vor dem Geistlichen an. »Bitt' schön, Herr Pfarrer, nehmen S' doch erst einmal Platz!«

Sie drückt ihn mit der Hand nieder.

»So ist's recht.«

Nachdem das kirchliche Hinterteil auf dem angebotenen Sitz ruht, fährt Frau Krügerl fort: »Ich hätte für Sie einen saftigen Schweinsbraten mit Waldviertler Knödel und Sauerkraut, einen Rindsbraten mit Gemüse oder einen panierten Karpfen mit Erdäpfelsalat. Und als Nachtisch hausgemachten Topfenstrudel mit Vanillesauce.«

Hochwürden läuft bereits beim Aufzählen dieser Köstlichkeiten das Wasser im Mund zusammen.

»Herr Pfarrer«, unterbricht Josef Maria das Schwelgen in Delikatessen, »wenn's schon einmal da sind, würden Sie das Zimmer drei, in dem der schreckliche Mord geschehen ist, weihen? Man kann doch niemand anderen in so einem Zimmer wohnen oder gar schlafen lassen, wo unter Umständen der Geist von Roswitha Mörsebrink herumspukt.«

Verwundert dreht sich Pfarrer Jankovic Herrn Krügerl zu. Dieser strafft seinen voluminösen Körper, zieht den Bauch ein, was dazu führt, dass er kräftig husten muss. Der Huster lässt seinen Kopf rot anlaufen.

Heinrich Silvaner, noch übersensibilisiert, springt vom Sitz auf und stürmt auf die Straße hinaus. Diese Flucht nimmt der

Dorfboss ebenfalls zum Anlass, hinter ihm den Stammtisch zu verlassen. Und weil die drei verbliebenen gemeinderätlichen Herren ohne ihren Boss ohnehin nichts erledigen können, verlassen sie ebenfalls die Stube, in der Pfarrer Miroslav Jankovic, allein zurückgeblieben, sich sein köstliches Mittagessen schmecken lässt.

Kapitel 8

Ich sitze beim Frühstück und schlage die Zeitung auf. Bereits auf Seite neun wird ausführlich über den Mordfall berichtet. Es ist zu lesen, wie die Tote aufgefunden wurde, von wem, wie lange sie schon im Dorfwirtshaus einquartiert war, ferner lässt sich der Reporter über ihren Mann aus, der angeblich durch die Weinberge spaziert sein soll, während seine arme Frau erschlagen wurde usw.

Die Seiten zwei bis acht sind wie gewöhnlich mit Autounfällen auf den Bundesstraßen gefüllt, was wohl nicht unbedingt wichtig, aber marktschreierisch wertvoll ist. Die letzten Seiten zieren Babyköpfe, also menschliche Nachkommen aus der Region. Auch nur interessant für deren Erzeuger, jedoch nicht für den Rest der Welt. Aber so sorgt die Presse für größeren Umsatz, kaufen doch nicht nur Eltern und Großeltern dieses Nachwuchses gerade deswegen die Zeitung, sondern auch Onkeln, Tanten, Nichten, Neffen und weiß der Kuckuck wer noch alles.

Kaum beginne ich mich in den Artikel über den Mordfall zu vertiefen, werde ich vom Klingeln meines Telefons auch schon wieder herausgerissen.

»Weber!«

»Griaß di, Sandra. Ich wollt' fragen, ob du daheim bist. Angela und ich würden gern bei dir vorbeischauen.«

»Ja, ich bin da, Sepp, ihr könnt gerne kommen. Soll ich euch einen Kaffee kochen?«

»Das wär super! Danke, Sandra.«

Fünfzehn Minuten später bremst ein Streifenwagen vor meinem Gartentürl und Angela und Sepp springen heraus.

»Griaß eich!«

Ich lotse sie unter die Pergola, wo sie sich in die Gartensessel fallen lassen.

»Wir kommen g'rad vom Ort, wo wir mit ein paar Winzern gesprochen haben. Der Deutsche hat nämlich angegeben, dass er, während seine Frau im Dorfwirtshaus erschlagen wurde, durch die Weinberge spaziert ist.«

»Leider«, unterbricht Angela Bauer, »konnte uns das niemand bestätigen. Keiner der Winzer hat zu der Zeit in den Rieden gearbeitet. Die Schneidearbeiten sind lang schon erledigt und das Aufbinden der Reben ebenso. Wir haben fast alle Weinbauern befragt, nur bei Günter Uhudler war niemand daheim. Zu ihm müssen wir noch einmal hin.«

»Ja«, meint Sepp. »Das Alibi von diesem Mörsebrink kann uns, so wie es im Moment ausschaut, niemand bestätigen. Jetzt wollten wir dich fragen, ob dir dieser Deutsche vielleicht am Sonntagvormittag aufgefallen ist, während er seinen angeblichen Spaziergang gemacht hat. Normalerweise müsste er ja an deinem Garten vorbeikommen, wenn er in die Weinberge will.«

Nachdenklich schüttle ich den Kopf.

»Ich hab' ihn nicht gesehen, obwohl ich mich am Vormittag länger mit unserer Frau Doktor am Gartenzaun unterhalten habe. Sie ist vorbeigejoggt und wir haben ein bisserl getratscht. Wenn also jemand, noch dazu ein Fremder, vorbeigekommen wäre, hätten wir das ganz sicher bemerkt. Aber wenn du willst, frag' ich die Dorftratschen, ob sie was weiß.«

Nachdem wir jeder ein Häferl Kaffee vor uns stehen haben, fällt mir etwas ein. »Es könnte aber auch sein, Sepp, dass er durch die Au und von dort in die Weinberge spaziert ist, dann hätte ich ihn nicht sehen können.«

Die Au ist ein kleines Waldstück, das von einem Bach durchzogen wird, und sich direkt hinter der Klein Schiesslinger Kirche erstreckt. Und es wundert mich, dass dieses schöne Stückchen Natur von Steinbruchbesitzer Giselbert Knaller noch nicht registriert wurde, sonst hätte er es sich längst unter den Nagel gerissen und in die Luft gesprengt. Dahinter erheben sich die Weinberge, die ausschließlich von Klein Schiesslinger Winzern bewirtschaftet werden.

»Aber der Huaberl! Der Gemeinderat Burgunder«, füge ich rasch hinzu. »Der wohnt dort unten und hätte ihn sehen können. Habt's den schon gefragt?«

Beide schütteln synchron ihre Köpfe.

»Nein, aber das machen wir gleich.«

»Wartet's! Ich hab' was für euch!«

Aufmerksam betrachtet mich Sepp, während Angela mit ihrem iPad beschäftigt ist und darauf von oben nach unten, von unten nach oben und wieder zurück wischt.

In Kurzform schildere ich die Begegnung mit den Deutschen in der Eggenburger Bäckerei. »Leider hab' ich kein Wort von dem verstanden, was die geredet haben. Aber dass es dieser Mörsebrink war, da sind wir uns zu hundert Prozent sicher. Und der zweite Mann, wahrscheinlich der, welcher mit der Rothaarigen in Eggenburg oder in der näheren Umgebung abgestiegen ist, schaut dem Mörsebrink etwas ähnlich.«

»Danke, Sandra«, raunt mir Sepp ins Ohr.

Angela Bauer trinkt ihren Kaffee aus, winkt mir zu, da fällt mir ein, dass ich ihnen vielleicht davon erzählen sollte, was wir von Heinrich Silvaner erfahren haben.

»Halt!«, rufe ich ihnen deshalb hinterher. »Ich hab' noch was für euch.«

Und nachdem sie sich neuerlich niedergesetzt haben, kläre ich sie über Heinrich Silvaners amouröse Abenteuer in Deutschland auf.

»Ich hab' mir ja nix dabei gedacht, als ich erfahren hab', dass unser Herr Gemeinderat ein Pantscherl mit dieser Deutschen gehabt hat. Solche Ausrutscher sind ja bei Heinrich Silvaner an der Tagesordnung. Aber jetzt, nachdem die Frau tot ist, ist es vielleicht wichtig und kann euch eventuell weiterhelfen.«

»Und ob das wichtig ist, Frau Weber!«

Angela und Sepp haben diese Neuigkeit freudestrahlend aufgenommen.

Nun haben sie es besonders eilig, trippeln hintereinander die Stufen hinunter, springen in den Streifenwagen – und weg sind sie.

Ich trage das Geschirr in die Küche, und während ich es in die Spülmaschine schlichte, schreit mein Festnetzapparat.

»Was ist denn jetzt schon wieder los«, murre ich.

»Weber!«

»Was plärrst denn so, Sandra.«

Hätt' ich mir ja denken können. Wenn einer stört, dann ist es mit Sicherheit unsere Dorftratschen.

»Gibt's was, Annerl?«

»No na! Warum, glaubst, ruf' ich sonst an?«

Genervt verdrehe ich meine Augen und frage, was denn so wichtig sei.

»Stell dir vor, Sandra, der Uhudler Günter hat den Deutschen g'sehn, wie er durch die Rieden marschiert ist. Er ist g'rad mit dem Traktor vom Feld 'kommen und am Rand von seinem Weinberg entlangg'fahren, da ist ihm so a langer Lulatsch aufg'fallen. Das kann nur dieser Mörsebrink g'wesen sein.«

»Aha! Und was sollte mich daran interessieren, Annerl?«

»Geh, Sandra, stell dich nicht so deppert an. Das ist wichtig für unsere Recherche!«

Überrascht ziehe ich den Hörer ein wenig vom Ohr. Recherche? Habe ich eben richtig gehört? Woher hat Annerl auf einmal dieses Vokabular? Sie drückt sich ja sonst nicht so gewählt aus. Ganz im Gegenteil. Ich muss ihr oft genug übersetzen, wovon ich spreche, wenn sie wieder einmal nur Bahnhof und Abfahrt versteht. Noch während ich überlege, schnattert sie weiter.

»Denn wenn der Ehemann die Frau nicht erschlagen hat, kann es doch nur jemand anders g'wesen sein. Womöglich einer aus unserem Ort! Hast des?«

»Ja? Und?«

Ich drücke den Hörer wieder zurück ans Ohr.

»Das wird die Polizei herausfinden, Annerl. Der Sepp und die Angela waren eh g'rad bei mir.«

»Und? Ham's den Täter schon verhaftet?«

Ein tiefer Schnaufer verlässt mein Innerstes.

»Die Ermittlungen haben doch gerade erst begonnen, Annerl. So schnell geht das nicht. Immerhin ist ein Ausländer im Spiel und da muss die Polizei schon achtgeben, damit ihnen kein Formfehler unterläuft.«

»Ach!«, pfaucht sie verächtlich. »Formfehler! Was denn für Formfehler? Du immer mit deine g'schwollenen Ausdrücke.«

Was meine vorherige Feststellung bestätigt.

Während sie mich weiterhin anleiert, werfe ich einen Blick in den Spiegel und muss feststellen, dass der Ruf meiner Frisörin schon ziemlich laut ist. Vielleicht ergibt sich morgen Gelegenheit, bei ihr vorbeizuschauen.

»Komm runter, die Berta und die Hedwig sind auch da. Wir müssen beraten, was wir tun können.«

Annerl lässt einfach nicht locker.

»Also gut!«, murre ich.

Mir bleibt eben nichts erspart. Ich lege den Hörer zurück, nehme ihn aber gleich wieder und rufe Sepp an. Er sollte neben Silvaners Eskapaden auch wissen, dass Günter Uhudler wahrscheinlich diesen Mörsebrink zur fraglichen Zeit im Weinberg gesehen hat.

»Danke, Sandra, wir sind grad bei Hubert Burgunder und fahren dann weiter zu den Uhudlers.«

»Und? Hat der Huaberl was gesehen?«

»Nein, leider nicht. Der war am Sonntag gar nicht daheim.«

»Schade, Sepp. Aber ihr werdet schon weiterkommen«, meine ich lachend, »auch ohne gemeinderätliche Unterstützung.«

Nun erst schlüpfe ich in Jacke und Schuhe. Und während ich überlege, wie ich die Dorftratschen von ihrem dämlichen Vorhaben, sich neuerlich in einen Mordfall einzumischen, abbringen könnte, bin ich beim Auto angelangt. Schwungvoll lasse ich mich hinters Lenkrad fallen und fahre die Kellergasse hinunter. Vor unserem Kulturhaus winkt mir Hans Sachenberger, unser Oberjägermeister, zu. Ich halte kurz an, öffne das Seitenfenster und beuge mich hinaus. Natürlich – wie könnte es anders sein – will er mich zum Mordfall ausfragen.

»Ich weiß überhaupt nichts, Herr Oberjägermeister. Alle Informationen, die ich habe, stammen aus der Zeitung«, flunkere ich, aber er glaubt mir nicht.

»Dir hat doch sicher die Polizei mehr erzählt, als in der Zeitung drinsteht.«

»Garantiert nicht. Und jetzt muss ich weiter, ich werde erwartet. Pfiat di!«

Was die alle von mir denken … Ich weiß über den Fall genauso wenig wie alle anderen auch. Nicht einmal die Polizei ist schlauer. Kopfschüttelnd biege ich in die Hauptstraße ein. Kaum stelle ich vor Annerls Haus den Motor ab, winkt sie mir vom Fenster mit beiden Armen heftig zu.

»Da bist ja endlich! Was hast denn so lang 'braucht?«

»Zuerst habe ich mit Sepp telefoniert«, plärre ich zurück, während ich aussteige, »und ihm erzählt, dass Mörsebrink von Günter gesehen wurde, von unserer Beobachtung in Eggenburg und zusätzlich noch vom Pantscherl unseres Gemeinderates mit der Toten, dann hat mich vor dem Kulturhaus noch

Hans Sachenberger aufg'halten, weil er mich ausfragen wollte. Alle sind der Meinung, ich weiß mehr als der Rest der Welt!«

»Tust du doch auch!«

Jetzt schlägt's dreizehn!

»Was heißt, tu' ich auch? Tu' ich nicht!«

»Wer's glaubt, wird selig«, brummt sie und verschwindet hinter den Gardinen.

Leicht verärgert schlage ich heftiger als notwendig die Autotüre zu und schlüpfe bei ihrer Haustüre hinein.

»Kaffee ist fertig!«, plärrt sie aus der Küche, wo sie mit dem Geschirr scheppert, während ich mich im Wohnzimmer zwischen Hedwig und Berta zwänge, die sofort ein Stück auseinanderrücken und augenblicklich über mein Nichtwissen informiert werden wollen. Ein wunderschöner Blumenstrauß aus lila Flieder und gelben Märzenbechern ziert den Esstisch. Geschmack hat sie, unsere Dorftratschen, das muss man ihr lassen, auch wenn sie einem oft genug mitsamt ihren beiden Resei vertratschen den Nerv tötet, wie eben jetzt.

Nachdem ich den beiden eindringlich verklickert habe, dass ich ebenso wenig weiß wie sie selbst, taucht Annerl auf.

»So«, meint sie besänftigend und stellt ein Tablett vor uns ab, auf dem ein kleiner Teller mit Butterkeksen liegt und eine Kaffeekanne herrlichen Duft verbreitet.

Dabei grinst sie übers ganze Gesicht. Man kann ihr einfach nicht böse sein, egal was sie einem gerade um die Ohren haut.

»Jetzt trinken wir erst einmal einen Muntermacher und dann denkt's nach, wie wir den Mord an der deutschen Frau aufklären können.«

»Was heißt, denkt's nach? Willst du nur unsere Köpfe rauchen sehen und deinen nicht?«, frage ich. »Mach doch selbst einen Vorschlag!«

Provokant schiebt sie sich einen Butterkeks in den Mund, kaut gelangweilt darauf herum und rollt mit den Augen.

»Na ja«, versucht Hedwig die Situation zu retten. »Wenn der Ehemann seine Frau nicht erschlagen hat, kanns doch nur jemand aus dem Ort gewesen sein. Denn mehr Fremde außer den zwei Mörsebrinks waren ja nicht da.«

»Und wer soll das g'wesen sein?«

Berta wendet sich empört Hedwig zu und fuchtelt dabei mit ihrem Arm vor meiner Nase herum. Schlecht für mich, dass ich ausgerechnet zwischen den beiden sitze.

»Vielleicht hat ja dein Günter jemand anderen gesehen«, wende ich ein, »denn dann könnte der Ehemann als Täter noch immer infrage kommen.«

Würde mir weitaus besser gefallen als einer aus unserem Dorf, womöglich Gemeinderat Heinrich Silvaner.

»Natürlich!«, schreit Berta begeistert auf. »Wir brauchen gar keinen Mörder mehr suchen, weil wir den schon haben! Den Ehemann!«

»Und das müssen wir beweisen!«

»Wir müssen gar nix, Annerl«, widerspreche ich ihr. »Dafür gibt's die Polizei.«

Schön langsam fürchte ich, wieder in eine ungewollte Situation zu schlittern, aus der ich nicht ohne blaues Auge herauskomme.

Und obwohl ich daheim mit Sepp und Angela bereits Kaffee getrunken habe, leere ich mein Häferl mit einem großen Schluck und will aufstehen. Da trifft mich Annerls vorwurfsvoller Blick.

»Jetzt kannst du nicht gehen. Wir haben ja nicht einmal noch ang'fangen zum Nachdenken.«

Links und rechts von mir wird Zustimmung gebrummt, also gebe ich mich geschlagen und falle auf die Bank zurück.

»Na gut! Meinetwegen«, brumme ich. »Und wo sollen wir anfangen?«

»So g'fallst mir, Sandra.«

Lachend schiebt sie mir den Teller mit Butterkeksen vor die Nase und blickt mich aufmunternd an.

»Willst noch einen Kaffee?«

»Nein, danke! Ich hab' schon daheim mit Sepp und Angela Kaffee getrunken. Das genügt. Sonst schnellt mein Blutdruck auf zweihundert und ich kipp' um und kann dann überhaupt nicht mehr mit euch über den Fall nachdenken.«

Hedwig und Berta bekommen nachgeschenkt, danach lehnt sich Annerl zurück und mustert uns.

»Wer weiß, wen der Günter g'sehn hat«, meint Berta und blickt dabei an Hedwig vorbei. »Der ist doch blind wie ein Maulwurf.«

Die Ehefrau des als Maulwurf Bezeichneten will schon aufschreien, da erhebe ich meine Hand.

»Der Günter ist mit seinem Traktor den Feldweg entlanggerumpelt und war deshalb von dem Spaziergänger sicherlich weit entfernt. Wenn dort zum Beispiel eine ähnlich aussehende Gestalt wie Mörsebrink herumstolziert ist, womöglich gar dieser Mann, der mit Mörsebrink am Kaffeehaustisch gesessen ist, könnte es sich ja wirklich um eine Verwechslung gehandelt haben, Hedwig. Deshalb brauchst nicht gleich beleidigt sein. Wir alle schätzen Günter, nur wollen wir auf der anderen Seite die Wahrheit über den schrecklichen Mord in unserem Wirtshaus herausfinden. Und dazu gehört eben, alle erdenklichen Möglichkeiten durchzuackern, ob sie uns gefallen oder nicht.«

Etwas beruhigt greift Hedwig nach ihrem Kaffeehäferl, stellt es jedoch gleich wieder zurück auf den Tisch und funkelt in Annerls Richtung.

»Hast nix anderes zum Trinken?«

Damit stößt sie bei Annerl auf offene Ohren. Diese sprintet sofort zur Anrichte, holt Stamperln und Obstler raus und schenkt großzügig ein.

»Prost! Jetzt g'fallt's ihr mir. Und damit schaut doch alles gleich viel besser aus. Unser Hirn wird munter und dann lösen wir den Fall in null Komma nix.«

Ihre Worte in Gottes Gehörgang, würde unser Herr Pfarrer salbungsvoll herunterbeten und sich von oben bis unten bekreuzigen. Wir machen dies jedoch nicht, sondern strengen uns wirklich an, belastendes Material zu sammeln, um den Ehemann der Tat überführen zu können. Dies wird allerdings schwierig werden, sollte Günter darauf beharren, Mörsebrink im Weinberg zur Tatzeit gesehen zu haben. Dann geriete unter Umständen doch noch unser Herr Gemeinderat in die Schusslinie, was wir keinesfalls wollen.

Annerl lässt diese Möglichkeit nicht zu. Energisch meint sie: »Dass der Heinrich die um'bracht hat, glaub' ich nicht. Das wär' zu deppert. Und deppert ist der Heinrich nicht!«

Da muss ich ihr recht geben. Ich kann mir das ebenfalls nicht vorstellen. Heinrich Silvaner ist zwar ein bekannter Weiberheld, aber ein Mörder? Nein! Das nun wirklich nicht.

»Geh, Hedwig, red noch einmal mit dem Günter. Vielleicht hat er diesen Deutschen ja wirklich mit einer anderen Person verwechselt. Am besten, du fragst ihn, was der Mann, den er gesehen hat, angehabt hat. Anhand der Kleidung könnten wir dann unter Umständen sehen, ob es wirklich dieser Mörsebrink war oder nicht.«

»Das ist g'scheit, Sandra! Wieso bin ich da nicht selber draufkommen? Die Krügerl hat doch erzählt, dass der Ehemann eine Jeans, ein blau kariertes Hemd und einen blauen Pullover ang'habt hat.«

Hedwig nickt, leert ihr Stamperl, schiebt es in Richtung Annerl, die freudig nachschenkt, nestelt ihr Smartphone aus der Tasche und ruft Günter an.

»Was hat denn der Mann, den du im Weinberg gesehen hast, angehabt?« Nervös nestelt sie an ihrem Ausschnitt herum und verzieht genervt ihr Gesicht. »Dann denk nach!«

Nachdem sie eine Weile gelauscht hat, beendet sie freudestrahlend das Gespräch mit ihrer besseren Hälfte.

»Also passt's auf. Der Günter hat einen Mann von der Statur dieses Mörsebrink gesehen, und er glaubt, der hat was Rotes angehabt und einen blauen Pullover über der Schulter. Aber sicher ist er sich nicht. Ihr wisst's ja, wie die Männer sind. Da ziehst ein neues Kleid an und die bemerken das überhaupt nicht oder glauben, dass sie das schon öfter an dir g'sehn haben. So komm' ich zu meinen vielen Blusen, weil dem Günter nicht auffällt, dass ich mir schon wieder eine neue 'kauft hab'.«

Sie unterbricht die Schilderung kurz und nippt an ihrem Stamperl.

»Die Hose, hat er g'sagt, konnte er nicht sehen, die war von den Rebstöcken verdeckt.«

»Na? Hab' ich nicht g'sagt, der Ehemann war's? Jetzt hat er kein Alibi und kann die Tat nicht mehr abstreiten.«

Berta lehnt sich siegesgewiss zurück, ignoriert die Aussage Günters, dass er nicht ganz sicher ist, und verkneift sich ein Lächeln. »Mit dieser Beobachtung vom Günter schaut die Welt für uns schon wieder rosig aus«, meint sie theatralisch.

»Aber wieso denn?«, werfe ich ein. »Der Günter ist sich doch gar nicht sicher! Vielleicht hat dieser Mörsebrink unter seinem karierten Hemd ein rotes T-Shirt angehabt und weil ihm warm war, hat er das Hemd ausgezogen. So könnte dem Günter etwas Rotes aufgefallen sein und er könnte den Ehemann trotzdem gesehen haben. Oder er hat einfach nicht aufgepasst, und Hedwig erzählt, was er vermutet.«

»Geh, Sandra, sei nicht pingelig! Wenn der Günter glaubt, er hat was Rotes g'sehn, dann war das auch so! Und was Rotes hat der Mörsebrink nicht ang'habt, da ist sich die Krügerl ganz sicher.«

»Die Krügerl hat aber nicht gesehen, was Mörsebrink unter dem blauen Pullover getragen hat, oder?«

Annerl, vom Jagdfieber gepackt, gefällt mein Einwand nicht. Viel lieber würde sie den Ehemann auf der Stelle der Polizei übergeben und dafür die Lorbeeren kassieren. Wie sollen wir den Ehemann als Täter überführen, wenn sich Günter nicht sicher ist?

Hedwig schiebt ihr leeres Stamperl Richtung Annerl. Die schnappt danach, füllt es neuerlich bis zum Rand und wedelt mit der Flasche.

»Noch wer?«

Ich lehne ab. Wenn ich einen klaren Kopf behalten will, muss ich wohl oder übel auf den guten Obstler verzichten.

Wen hat Günter im Weinberg wirklich gesehen? Dieser Frage müssen wir als Allererstes nachgehen!

Kapitel 8

Chefinspektor Christian Fuchs, Inspektor Julius Schreiner, die beiden Polizisten Sepp Tauber und Angela Bauer sitzen um den großen Besprechungstisch im Chefzimmer, da kündigt Sepps Handy ein Gespräch an. Schreiners Gesicht verfinstert sich, was Tauber jedoch nicht davon abhält, die entsprechende Taste zu drücken und das Gespräch anzunehmen.

In kurzen Sätzen kläre ich Sepp über das Ergebnis unserer Einmischung in seine polizeiliche Arbeit auf.

»Du meinst, der im Weinberg muss nicht unbedingt Konrad Mörsebrink gewesen sein, Sandra? Aha!«

Sechs Augenpaare starren ihn neugierig an.

»Der Weinbauer Günter Uhudler«, gibt Sepp den Inhalt meines Anrufes weiter, »hat zwar im Weinberg einen Mann beobachtet, der von der Gestalt her Konrad Mörsebrink hätte sein können, allerdings ist sich Uhudler nicht sicher, welche Kleidung dieser Mann getragen hat. Er hat nicht darauf geachtet, glaubt aber, etwas Rotes bemerkt zu haben. Ich rufe kurz die Wirtin an und vergewissere mich, was genau Mörsebrink anhatte, als er das Wirtshaus mit seiner Frau nach dem Frühstück verlassen hat.«

Die Stimmung steigt, weil die Wirtin die Kleidung des Gastes mit blau kariertem Hemd, hellblauem Pullover und Jeans bestätigt. Etwas Rotes hat sie nicht bemerkt. Die Ermittlungen könnten damit um einen kleinen Schritt weiter sein. Es ist zwar nicht zu hundert Prozent auszuschließen, dass Günter Uhudler diesen Konrad Mörsebrink gesehen hat, es findet sich andererseits zu diesem Zeitpunkt auch keine Bestätigung dafür, dass er ihn nicht gesehen hat.

»Theoretisch könnten sich ja auch zwei oder sogar mehrere Personen zur fraglichen Zeit dort aufgehalten haben«, wendet der Chef ein.

»Ich habe von Sandra Weber außerdem erfahren«, fährt Tauber fort, »dass sich Konrad Mörsebrink in der Eggenburger Bäckerei mit einem Mann getroffen hat, welcher ihm im Aussehen ähnlich war. Eine rothaarige Frau war ebenfalls mit dabei. Diesen Angaben nach könnte es sich bei Mörsebrinks Begleitung um jenes Pärchen aus Frankfurt handeln, das sich zurzeit in Eggenburg aufhält.«

Schreiner ist weder mit diesem Einwand Sepp Taubers noch mit dem seines Chefs einverstanden. Murrend räkelt er sich und ballt schon einmal vorsorglich seine Hand zur Faust.

»Aber ihn persönlich hat niemand gesehen! Und wenn man die Kleidung außer Acht lässt, so hat der Winzer nur eine Gestalt, die vielleicht diesem Mörsebrink ähnelt, im Weinberg beobachtet. Das Alibi ist demnach nicht bestätigt, Chef! Jetzt muss sich der Kerl anstrengen, schleunigst ein neues zu finden, sonst haben wir ihn!«

Auch Angela Bauer ist erstaunlicherweise einmal Schreiners Meinung. »Da muss ich dem Inspektor recht geben, Chef. Günter Uhudler war seiner eigenen Aussage nach viel zu weit entfernt, um Mörsebrink eindeutig erkennen zu können, also ist sein Alibi nicht bestätigt. Wir sollten das klären. Soll ich Mörsebrink herbringen?«

Der Chefinspektor überlegt kurz, dann nickt er. »Ja, Bauer, mach das. Aber vorher bringst uns noch einen Kaffee.«

Eine Stunde später, nachdem die Beamten den Fall nach allen erdenklichen Richtungen wieder und immer wieder durchgekaut haben, führt endlich Angela Bauer den verdächtigen

Ehemann ins Chefzimmer. Sie wird nicht nur von herrlichem Kaffeeduft, sondern zusätzlich von rauchenden Köpfen empfangen.

Konrad Mörsebrink betritt erhobenen Hauptes hinter der Polizistin den Raum. Er ist bekleidet mit einem Anzug, blauem Stehkragenhemd – Blau gehört anscheinend zu seinen Lieblingsfarben – und heller Seidenhose, ganz sicher von einem Designer. Seit der letzten Einvernahme scheint er sich sichtlich erholt zu haben, keine Spur von Trauer oder Niedergeschlagenheit ist zu erkennen.

»Also, meine Herren«, meint er, »haben Sie mein Alibi überprüft, damit ich endlich heimfahren kann? Immerhin hänge ich schon viel zu lange in diesem Nest ab. Zu Hause erwartet mich jede Menge Arbeit.«

Er umfasst die Sessellehne mit beiden Händen und mustert die Anwesenden von oben herab. Keiner kann ihm das Wasser reichen. Weder die Polizistin, welche ihn abgeholt hat, noch der Wachebeamte daneben und die beiden Inspektoren schon gar nicht.

»Sie haben den Tod Ihrer Frau ja erstaunlich rasch überwunden«, stellt Christian Fuchs überzeugt fest und deutet Mörsebrink, Platz zu nehmen. Gelassen geht dieser um den Sessel herum und lässt sich sachte nieder, nachdem er ein imaginäres Staubkorn auf seiner Hose mit der Hand fortgewischt hat.

»Wie Sie vielleicht schon feststellen konnten, war ich zur fraglichen Zeit in den Weinbergen spazieren, wo mich sicher jemand gesehen hat. Jedenfalls war ich nicht im Dorfwirtshaus! Also, was wollen Sie noch von mir?«

Er hüstelt leicht in die vorgehaltene Hand.

»Nicht genug, dass meine geliebte Frau in diesem Land umgekommen ist, weil es hier«, dabei erhebt er sich neuerlich, stützt sich mit beiden Händen am Schreibtisch ab und fixiert Christian Fuchs, »von stümperhaften Polizisten nur so wimmelt, sonst hätten Sie den Mörder meiner Frau längst verhaftet. Wollen Sie mir tatsächlich unterstellen, meine Frau umgebracht zu haben? Das darf ja wohl nicht wahr sein! Und grundlos hier festhalten dürfen Sie mich schon gar nicht! Dazu haben Sie kein Recht! Ich besitze ein Alibi! Und wenn Sie nicht augenblicklich kooperativ werden, bekommen Sie es mit meinem Anwalt zu tun!«

»Schön langsam, Herr Mörsebrink. Nur schön langsam.«

Christian Fuchs scheint dieses Gehabe befremdend. Warum regt er sich so auf? Es handelt sich doch nur um eine simple Einvernahme. Sollte er wirklich unschuldig sein, weil er sich so aufpudelt, oder ein so guter Schauspieler, wie Schreiner behauptet? Fuchs ist unschlüssig, wie der Deutsche einzuordnen ist. Keinesfalls versteht er dieses Verhalten. Einerseits wurde seine Frau kürzlich umgebracht, andererseits ist er nicht daran interessiert, den Täter zu finden oder zumindest die Untersuchungen abzuwarten, ehe er zurück nach Deutschland fährt. Was geht in diesem Mann vor? Wie ist sein Verhalten einzuschätzen?

Fest steht für den Chefinspektor nur eines: Dieser Mensch ist überheblich und selbstgerecht. Was jedoch nicht ausreicht, um ihn des Mordes zu beschuldigen.

»Herr Mörsebrink! Wenn Sie Ihre Frau nicht begleitet haben, also nicht mit ihr ins Dorfwirtshaus zurückgekehrt sind, wie kann es dann sein, dass Sie bei Ihrem Spaziergang durch die Rieden eine andere Kleidung getragen haben als beim Weggehen mit Ihrer Frau?«

Fuchs schießt damit ins Blaue, bemerkt jedoch gleichzeitig ein leichtes Aufflackern in den Augen seines Gegenübers.

»Unsinn! Wer behauptet so etwas?«

Endlich mischt sich Schreiner ein. Lange genug musste er das aufreizende Verhalten dieses Menschen über sich ergehen lassen. Jetzt wird es Zeit, dem arroganten Kerl über den Mund zu fahren.

»Für uns steht fest: Niemand hat Sie im Weinberg gesehen«, schreit er und haut mit der Faust auf den Tisch!

Diese Kaltschnäuzigkeit geht ihm mächtig gegen den Strich.

»Was glauben Sie eigentlich, wo Sie sich befinden? Im Kasperltheater? Im Panoptikum?«

Und obwohl Christian Fuchs selbst nahe daran ist, die Geduld zu verlieren, hält er es für klüger, seinen Inspektor einzubremsen. Ein entsprechend warnender Blick wandert über den Tisch.

»Schon vergessen?«, wendet er sich stattdessen an Mörsebrink. »Im Weinberg wurde wohl eine Person beobachtet, allerdings liegt keine Bestätigung darüber vor, dass es sich bei dieser Person um Sie gehandelt hat. Ebenso gut könnte jemand anders in den Rieden unterwegs gewesen sein.«

Mörsebrink, der gelangweilt Angela Bauer mit ihrem iPad fixiert, macht einen Ruck zur Seite.

»Wenn ich sage, dass ich dort war, dann war ich auch dort! Wer erlaubt es sich, an meiner Aussage zu zweifeln?«

Er hängt ein gekünsteltes Lachen an, dem ein Seitenblick in Schreiners Richtung folgt.

»Dieser Inspektor vielleicht?«

Den Angriff auf seinen Inspektor übergeht Fuchs, gleichzeitig hebt er die Hand, um Schreiner auf seinem Platz zu fesseln, welcher im Begriff ist, aufzuspringen. Und ehe sein kleiner Choleriker eine unqualifizierte Äußerung von sich geben kann, antwortet er lieber selbst:

»Ein Winzer, der mit seinem Traktor entlang des Weinberges unterwegs war, hat wohl einen Mann Ihrer Statur beobachtet. Er konnte uns jedoch nicht bestätigen, dass es sich dabei um Sie gehandelt hat.«

»Dann lassen Sie dessen Sehkraft überprüfen. Oder hat er seine Brille zu Hause vergessen?«

Ein hämisches Grinsen macht sich auf seinem Gesicht breit.

Dieses Geplänkel geht noch eine Weile fort, bis es selbst dem Chefinspektor zu bunt wird.

»Herr Mörsebrink, ich glaube, es ist das Beste, Sie bleiben vorerst einmal bei uns, bis die Geschichte mit Ihrem Alibi geklärt ist.«

Ein Blick in Taubers Richtung.

»Tauber, begleiten Sie den Herrn in eines unserer komfortablen Zimmer.«

»Ich will sofort meinen Anwalt sprechen«, schnaubt Mörsebrink.

Sein hämisches Grinsen hat er augenblicklich abgestellt. Wütend reißt er sich von Sepp Tauber los, der nach seinem Ellbogen geschnappt hat.

»Haben Sie denn einen bei der Hand?«, wendet Angela Bauer ein und unterbricht kurz das Wischen über ihr iPad. »Oder wollen Sie so lange bei uns bleiben, bis ihr Anwalt aus Deutschland angereist kommt?«

»Mein Anwalt hält sich zurzeit in Österreich auf! Der kann rascher da sein, als Ihnen lieb ist.«

Aha! Interessant!

Schreiner, der sich nicht ganz, aber doch einigermaßen beruhigt hat – nicht nur deshalb, weil ihn sein Chef mit scharfem Blick unter Kontrolle hält, sondern auch, weil ihn die veränderte Situation gefällt –, schiebt Mörsebrink sein Smartphone über den Tisch.

»Rufen Sie ihn an! Aber plötzlich, wenn ich bitten darf! Wir haben nicht den ganzen Tag Zeit für Ihre Spielchen!«

Wutentbrannt dreht er sich weg. Und bevor ihn sein Chef neuerlich mit rügenden Blicken bombardieren kann, schaut er lieber Richtung Fenster. Der Himmel über der Bezirkshauptstadt hat sich verfinstert und der Straßenlärm an Intensität zugenommen. Große Regentropfen klatschen an die Scheiben und leises Grollen in der Ferne kündigt ein Gewitter an.

Schreiners Handy ignorierend zieht Konrad Mörsebrink sein eigenes aus der inneren Sakkotasche und drückt eine Taste. Anscheinend hat er die Nummer seines Anwaltes schon einmal vorsorglich abgespeichert.

»Konrad hier! Ich brauche dich dringend auf der Polizeidienststelle in Horn.«

Kurz hört er zu, fügt ein Danke hinzu und beendet das Telefonat.

Es dauert tatsächlich nur zwanzig Minuten, bis Konrad Mörsebrinks Anwalt auftaucht und mit selbstsicherem Schritt hinter einem Wachebeamten das Chefzimmer betritt.

Er ist groß, schlank und gut gekleidet. Dunkelblauer Nadelstreifanzug, weißes Hemd, allerdings ohne Krawatte, dafür stehen die obersten beiden Knöpfe offen und eine üppige Behaarung quillt heraus.

»Justus Affenzoller-Mainau. Dr. Justus Affenzoller-Mainau«, korrigiert er sich sogleich, nimmt hinter Konrad Mörsebrink Aufstellung, legt seine Hand beschützend auf dessen Schulter und seine braune Aktentasche vor Schreiner auf den Tisch.

»Du sagst nichts mehr, bevor wir miteinander gesprochen haben.«

Konrad Mörsebrink setzt ein satanisches Lächeln auf, das sein Anwalt mit Nicken quittiert.

»Wo kann ich mit meinem Mandanten ungestört sprechen?«

Christian Fuchs erhebt sich und will dem Anwalt die Hand reichen, was dieser jedoch übersieht.

»Wo?«

»Zuerst weisen Sie sich einmal aus. Da könnte ja jeder daherkommen und alles Mögliche und Unmögliche behaupten.«

Julius Schreiner hat sich vom Fenster wieder ab- und dem Geschehen um den Besprechungstisch zugewendet. Mörsebrinks Anwalt reicht Schreiner eine Visitenkarte, die dieser zwischen Daumen und Zeigefinger vorsichtig hält, als könnte sie Gift verspritzen.

»Dr. Justus Affenzoller-Mainau, Verteidiger in Strafsachen« prangt in Goldbuchstaben auf schwarzem Grund, und *»Essen, Kaiser-Friedrich-Straße 13«* ist als Adresse angegeben. Wahrscheinlich die Anschrift seiner Kanzlei.

»Sie kommen ebenfalls aus Essen, wie Ihr Mandant?«

Diese Frage lässt die anwesenden Polizisten aufhorchen. Ist schon interessant, dass jemand gleich mit seinem Anwalt angereist kommt! Zufall? Absicht? Der Inspektor hält sich jedoch mit dieser Überlegung nicht lange auf.

»Und wo sind Sie zurzeit untergebracht? Also – wo sind Sie zu erreichen?«

Dr. Affenzoller-Mainau hat neuerlich die Hand auf die Schulter seines Mandanten gelegt, was offensichtlich signalisieren soll, dass er sich für dessen Schutz verantwortlich fühlt. »Ich bin im Hotel ›Zur goldenen Krone‹ in Horn einquartiert«, bellt er. »Erreichen können Sie mich unter dieser Nummer.«

Dabei deutet er auf sein gold-schwarzes Kunstwerk, welches Schreiner noch immer zwischen Daumen und Zeigefinger von sich hält und misstrauisch betrachtet, als befürchtete er, der Teufel würde höchstpersönlich herausspringen.

»Sonst noch etwas?«

Schreiners grimmiges Gesicht hat ein tiefes Magentarot angenommen.

»Übrigens …«, fügt er grantig hinzu, »… haben Sie eine Vollmacht?«

Umständlich öffnet Dr. Affenzoller-Mainau seine Aktentasche, zieht ein Blatt Papier heraus und lässt es vor Konrad Mörsebrink auf den Tisch flattern. Einen goldenen Kugelschreiber legt er gleich mit dazu.

»Ist alles vorbereitet, Konrad, du brauchst nur zu unterschreiben.«

Diese Zeremonie ist rasch erledigt, und die Polizisten wundern sich kein bisschen mehr, warum dieser Kerl so rasch da sein konnte. Das Hotel »Zur goldenen Krone« befindet sich schräg gegenüber der Polizeistation.

Konrad Mörsebrink setzt schwungvoll seine Unterschrift unter die Vollmacht und schiebt diese über den Tisch in Richtung Christian Fuchs.

»Noch etwas, Herr Oberinspektor?«

»Chefinspektor«, murmelt Angela Bauer.

Auf einen Wink Christian Fuchs' verlassen die Beamten das Büro, um dem Anwalt die Möglichkeit zu geben, allein mit seinem Mandanten zu sprechen. Das müssen sie ihm zugestehen. Sie bleiben auf dem Gang hinter der angelehnten Tür stehen, doch Details können sie nicht vernehmen, dazu wird im Chefzimmer zu leise gesprochen. Christian Fuchs lehnt an der Wand, Sepp Tauber und Angela Bauer beobachten ihn aus einiger Entfernung und Julius Schreiner steigt aufgeregt von einem Fuß auf den anderen.

»Beruhig dich, Schreiner!«

Fuchs ist von dessen Unruhe leicht genervt.

»Wir werden bald mehr erfahren.«

Und so ist es auch.

Dr. Justus Affenzoller-Mainau ist mit seinem Mandantengespräch zu einem Ende gelangt und taucht in der Tür auf.

»Meine Herren! … Und meine Dame«, fügt er überschwänglich hinzu, »wenn Sie nicht mehr Beweise gegen meinen Mandanten vorbringen können, dann setze ich voraus, dass diese Veranstaltung hiermit beendet ist. Melden Sie sich, wenn Sie konkretere Anschuldigungen gegen meinen Mandanten finden können, was ich allerdings bezweifle. Er hat ein hieb- und stichfestes Alibi, über das auch Sie nicht hinwegsehen können. Er war im Weinberg unterwegs und wurde sogar dabei beobachtet. Also, was wollen Sie mehr? Alle anderen Vorhalte Ihrerseits sind völlig aus der Luft gegriffen. Außerdem … welches Motiv sollte mein Mandant gehabt haben, seine Frau umzubringen? Er hat sie geliebt und vergöttert! Ihr stures Festhalten an Konrad Mörsebrink als Täter ist daher zu diesem Zeitpunkt eher lächerlich als ernst zu nehmen. Guten Tag.«

Damit beendet Dr. Justus Affenzoller-Mainau sein Plädoyer.

Die Polizisten senken ihre Köpfe. Ungern lassen sie ihren einzigen Tatverdächtigten vorerst einmal ziehen, obwohl viel dafür spricht, dass nur er seine Frau umgebracht haben kann. Mörsebrink hat zwar für seine Behauptung, er sei im Weinberg spazieren gewesen, keinen ausreichenden Beweis, doch kann ihm die Polizei andererseits auch nicht das Gegenteil nachweisen. Und die Aussage des Weinbauern Günter Uhudler ist mehr schlecht als recht. Den Ermittlern fehlt zusätzlich auch ein konkreter Hinweis darauf, dass sich der Ehemann zur Tatzeit in der Nähe des Klein Schiesslinger Dorfwirtshauses aufgehalten hat. Die Wirtsleute haben ihn nicht gesehen, was jedoch nichts aussagt, denn beide haben sich in der Gaststube beziehungsweise in der Küche aufgehalten, und Mörsebrink hätte leicht unbemerkt über den Hof das Wirtshaus betreten und auch wieder verlassen können. Ermittlungen, ob er dort von einem Dorfbewohner gesehen wurde, werden für Inspektor Schreiner und sein Team noch viel Arbeit bringen.

Der Chefinspektor stößt einen tiefen Seufzer aus und lässt resigniert die Schultern fallen. »Was soll ich machen, Schreiner, mir bleibt nix anderes übrig.«

Ein unzufriedener Blick Schreiners trifft ihn, er hebt die Schultern und lässt sie sogleich wieder fallen.

Konrad Mörsebrink verlässt neben dem Anwalt das Chefzimmer und legt freundschaftlich seinen Arm um ihn.

Nachdem der Chefinspektor wieder allein in seinem Büro sitzt, zieht er die unterste Schublade des Schreibtisches auf, greift zum Flachmann, legt bequem seine Beine auf den Tisch und macht einen kräftigen Schluck. An dieser Einvernahme Konrad Mörsebrinks störte ihn was. Etwas lässt in seinem Unterbewusstsein die Alarmglocken läuten. Was ist es nur? Was hat seine Aufmerksamkeit erregt?

Bedächtig führt er den Flachmann zum Mund und stiert dabei ein Loch in die gegenüberliegende Wand.

»Was war es nur?«, grübelt er wieder und immer wieder.

Was schlich während der Gespräche durch seinen Kopf und lässt ihn nicht zur Ruhe kommen? Etwas, was er am Rande wahrgenommen, jedoch nicht so ganz registriert hat. Er schließt die Augen, lässt die letzte Stunde Revue passieren, da hält der Film plötzlich inne, ein Blitz durchzuckt ihn und die Lösung durchflutet Christian Fuchs' Kopf wie die Donau bei Hochwasser die Lobau.

Ja! Das war es! So könnte es gewesen sein! So muss es einfach gewesen sein! Eine bessere Lösung bietet sich zum gegebenen Zeitpunkt nicht an.

Kapitel 9

Heute ist neuerlich ein verregneter Tag. Die verpischte Sopherl bestätigt wieder einmal die alte Bauernregel, welche besagt, dass es vierzig Tage regnet, wenn zu Sophie, also am 15. Mai, der Himmel seine Schranken öffnet. Ich hätte gut und gern darauf verzichten können, obwohl der Regen den Pflanzen guttut und die Natur ihn braucht. Trotzdem ziehe ich Sonnenschein vor. Es kann ja regnen, das ist wichtig! Aber in der Nacht! Und am Morgen erwarte ich, bitte schön, wieder Sonnenschein! Aber was solls? Das Leben ist kein Wunschkonzert!

Stapfe ich halt in Gummistiefeln durch den Garten und bewundere die triefend nassen Blüten meiner Rhododendren. Die Blütenpracht meiner zahlreichen Strauchpäonien hat der Regen ohnehin weggerafft. Sie sind abgefallen und warten nun darauf, dass ich sie aufklaube und auf den Kompost befördere. Kaum erfreut man sich an einer Pflanze, kommt irgendetwas daher, wie zum Beispiel dieser Wolkenbruch, und alles ist für ein ganzes Jahr dahin. Also warten auf den nächsten Frühling!

Im Sommer zeichnen Gewitterregen für die Zerstörung aller Blüten verantwortlich und etwas später sind es die Herbststürme, unter denen Gräser umknicken und unansehnlich werden. Ständig tritt etwas ein, was man nicht unbedingt braucht und auch nicht haben will!

»Ja, was machst du denn da?«

Ein Piepmatz – ich vermute, ein junger Spatz – hockt unter der Pergola und plustert sein nasses Gefieder. Auch ihm verleidet diese Dauernässe den Tag. Während ich weitergehe, pfeifen mir die »Rosenheimcops« um die Ohren. Rasch mache ich kehrt und erreiche gerade noch beim letzten Pfiff mein Smartphone, das ich auf dem Gartentisch abgelegt habe.

»Weber!«

»Du, Sandra«, plärrt unsere Dorftratschen in einer Lautstärke durch den Draht. Dazu hätte sie gar kein Telefon gebraucht. »Fährst mich nach Eggenburg?«

Da Annerl Passer selbst keinen fahrbaren Untersatz besitzt und unsere Bahnstation wegen einer halben Minute Zeitersparnis von den Österreichischen Bundesbahnen aufgelassen wurde, sind alle nichtmotorisierten Klein-Schiesslinger auf Mitfahrgelegenheiten angewiesen. So auch unsere Dorftratschen.

»Ja, Annerl! Was brauchst denn?«

»Nix!«

»Nix? Und wozu willst dann nach Eggenburg?«

Leicht verwundert befreie ich vor der Haustüre meine Füße von den schmutzigen Gartenstiefeln.

»Auf an großen Braunen mit Kardinalschnitte. Das letzte Mal hab' ich ja nur a Topfengolatsche kriegt«, erklärt sie zögernd und wenig überzeugend.

»Willst du wirklich nur wegen der Kardinalschnitte nach Eggenburg, Annerl, oder steckt da mehr dahinter?«

»Geh, Sandra! Du kennst mich doch!«

»Eben!«

»Andererseits«, überlege ich kurz, und schlüpfe bei der Tür hinein, »bei diesem Wetter kann ich im Garten ohnehin nicht viel machen.«

»Ich hol' dich gleich ab, Annerl! Muss mich nur schnell umziehen!«

Kaum parke ich vor Annerls Haus, springt sie auch schon wie eine Gazelle aus ihrer Haustüre und in meinen Wagen, knallt die Türe zu und grinst mich an.

»Was ist?«, frage ich neugierig, während ich auf die Hauptstraße Richtung Eggenburg lenke, und grinse zurück.

»Ja mei! Ich freu' mich halt, dass ich so gute Freunde hab', auf die ich mich verlassen kann!«

Paff vor Rührung steige ich aufs Gaspedal und überhole einen Traktor, der vor uns dahinzockelt. »Geh, Annerl! Ist schon gut!«, antworte ich, nachdem der Überholvorgang beendet und ich den Traktor hinter uns gebracht habe. »Bei diesem Sauwetter sitzt man im Kaffeehaus ohnehin besser als im nassen Garten.«

Kurz vor unserem Ziel betätigt hinter uns jemand wie wild die Lichthupe, da erst bemerke ich, dass uns Berta folgt. Ich winke ihr zu und freue mich, dass wir wieder einmal zusammenkommen. Unser letzter gemeinsamer Kaffeehausbesuch liegt immerhin schon eine gute Woche zurück.

»Guten Tag, die Damen! Was darf's denn sein?«

Nachdem nicht nur unser Stammtisch am Fenster belegt ist, sondern auch an allen restlichen Tischen illustre Gäste hocken, müssen wir gezwungenermaßen mit dem kleinen Tisch im Verkaufsraum vorliebnehmen.

»Drei große Braune und drei Kardinalschnitten, bitte.«

Annerl hat, ohne zu fragen, für uns mitbestellt. Aus der Backstube rechts neben dem Eingang steigt süßer Vanilleduft in meine Nase, und ich kann die heißersehnte Kardinalschnitte kaum erwarten.

Gleichzeitig mit unserer Bestellung geht die Ladentüre auf und unser kirchliches Faktotum, Pfarrersköchin Liesel, betritt das Lokal. Ausgesprochen schick sieht sie aus in ihrem rosa Dirndl und ohne Küchenschürze. Sie sollte sich öfters fesch einkleiden, anstatt ihre hübsche mollige Gestalt unter geblümten Zweimannzelten zu verstecken. Vor dem Tresen landet ihre große Einkaufstasche, sie zückt ihr Geldbörsel und deutet auf einen Laib Brot.

»Einen halben!«

Während die Verkäuferin den Laib in der Mitte durchschneidet, wendet sie den Blick zur Seite, sieht uns, schnappt nach dem Brot und kommt auf uns zu.

»Habt's noch Platz? Ich könnt' auch einen Kaffee vertragen!«

Ihre Einkaufstasche samt Brot landet neben meinem Sessel und sie auf dem Sitz zwischen Berta und mir.

»Ein Wetter ist das!«

»Ja«, meint Berta, »ist aber eh klar. Wenn's zu Sopherl regnet, dann regnet's vierzig Tag.«

Die Serviererin stellt einen kleinen Braunen vor Liesel ab und diese beginnt genüsslich daran zu schlürfen.

»Hoffentlich hört's bald auf, sonst kommt noch eine Sintflut über uns.«

Auch Annerl geht der Regen sichtlich auf die Nerven. Muss sie sich doch auf ihren Ortsrundgängen, bei denen sie Klatsch und Tratsch verbreitet, ständig mit einem Schirm bewaffnen.

»Und wir haben keinen Noah, der alle Kreaturen retten könnt'«, fügt Liesel salbungsvoll hinzu und langt neuerlich nach ihrem Häferl.

Jetzt muss ich mich einmischen, denn die Geschichte mit Noah und seiner Arche hat mich schon öfter, als mir lieb ist, intensiv beschäftigt.

»Du, Liesel«, frage ich deshalb, »erklär mir doch einmal genau, was Noah seinerzeit wirklich gemacht hat.«

Konsterniert scheppert ihr Häferl zurück auf die Untertasse und sie mustert mich mit großen Augen.

»Das steht doch ganz genau in der Bibel!«

»Ich weiß«, antworte ich, »aber ich kann mir das trotzdem praktisch nicht vorstellen und verstehen tu' ich es schon gar nicht.«

»Wieso? Was kannst dir denn nicht vorstellen? Und was verstehst daran nicht?«

Ihre Augenbrauen wandern bis zum Haaransatz hinauf, so wie sie es immer bei Berta sieht. Eigene Ideen stehen bei Liesel auf unterster Stufe. Sie hat sich, was von einer echten Pfarrersköchin wahrscheinlich verlangt wird, seit eh und je unterworfen. Sowohl ihrem jeweiligen Pfarrer als auch unserem Herrgott.

»Ich versteh' eigentlich überhaupt nix an dieser Geschichte«, wende ich ein. »Wenn ich mir bildlich vorstelle, dass Noah, nachdem er vor einer Sintflut gewarnt wurde, zunächst einmal zu einer Expedition zum Nordpol aufgebrochen ist, um ein Eisbärenpaar einzufangen, dann zum Südpol gerattert ist, um ein Pinguinpärchen zu schnappen, danach in den Urwald marschierte, um von den unterschiedlichsten Affenarten je ein Pärchen herauszusuchen …«

»Damit wäre er bis heute nicht fertig geworden«, ergänze ich im Geist, werde aber von Liesel unterbrochen.

»Das ist doch nur bildlich zu verstehen, Sandra! Das ist eine Metapher!«

Aha!

Ärgerlich schüttelt sie ihren Kopf über meine unvergleichliche Dummheit. Und während Annerl mit aufgerissenen Augen unserem Gespräch folgt, wandert Bertas Kopf mit ihren kupferrot gefärbten Haaren zwischen Liesel und mir hin und her wie ein Tennisball in Wimbledon.

»Und wofür soll diese Metapher stehen, Liesel?«

Ich lasse nicht locker, jetzt will ich es ganz genau wissen, und zwar aus einem – sagen wir einmal – fachmännischen Mund. Bin gespannt, wie sie sich da wieder herausmanövriert, unser kirchliches G'scheiterl. Immerhin braucht sie dazu, was mich sehr freut, eine ziemlich lange Nachdenkpause. Dies bestätigt, dass auch die Kirche nicht allwissend ist, obwohl sie sich stets so gibt.

»Im Übrigen ist die Kirche ein Ort des Glaubens und nicht des Wissens«, schiebt sie, jedes einzelne Wort betonend, hinterher – womit sie sich ein deftiges Eigentor geschossen hat. Und damit sie nicht weiter mit mir darüber diskutieren muss, ob Noah lebende Tiere auf seinem Boot eingesammelt oder vielleicht doch nur deren DNA aus einem Labor geholt hat, was für mich plausibler wäre, zahlt sie und verlässt fluchtartig mit ihrer prall gefüllten Einkaufstasche das Lokal, als wäre das Fegefeuer höchstpersönlich hinter ihr her.

»Immerhin«, spinne ich den Faden weiter, »könnte doch bereits einmal – oder sogar mehrmals – eine hochtechnisierte Bevölkerung auf unserem Planeten gelebt haben, welche durch einen Klick auf den Stromschalter ausgelöscht wurde. Denn daran, was passiert, wenn es plötzlich auf der Erde keine Elektrizität mehr gäbe, will ich gar nicht denken!«

»Was war das jetzt?«

Mit Fragezeichen in den Augen wendet sich Berta an mich, während Annerl Liesels Abgang hinterherstiert.

Ich bin mir ziemlich sicher, dass sie, kaum im Klein Schiesslinger Pfarrhaus eingelangt, Hochwürden brühwarm erzählen wird, was für Frevler unter den Dörflern leben.

Wurscht! Einmal musste ich mir Luft verschaffen. Man kann schließlich nicht alles hinunterschlucken, was einem so im Laufe eines Lebens serviert wird.

»Wohnt eigentlich der Deutsche, dieser Mörsebrink, noch bei den Krügerls?«

Mit dieser Frage beutle ich die Geschichte mit Noah und seiner Arche einstweilen aus meinem Kopf, denn alles, was mit diesem deutschen Urlauber zu tun hat, interessiert mich im Augenblick noch mehr als alte Bibelmärchen.

»Der ist doch schon aus'zogen«, antwortet Berta zwischen zwei Bissen Kardinalschnitte. »Der wohnt nicht mehr in Klein Schiessling.«

»Ja, und die Krügerl ist richtig froh darüber«, ergänzt Annerl. »Das hat sie mir erst heute in der Früh erzählt. Sie hat sich in seiner Nähe ständig bedroht g'fühlt. Wer weiß, was dem noch alles eing'fallen wär'. Womöglich hätt' er wirklich noch unser schönes Kulturhaus in die Luft g'sprengt.«

Annerl gibt sich erleichtert darüber, dass ein vermeintlicher Mörder und Attentäter zum Glück nicht mehr bei uns in Klein Schiessling weilt.

»Und? Wisst ihr zwei auch, wo er sich jetzt aufhält? Ich kann mir nämlich nicht vorstellen, dass die Polizei ihn heimreisen lässt, solange der Fall nicht aufgeklärt ist.«

»Hat dir denn der Sepp nix erzählt?«

»Nein, Annerl. Den hab' ich schon länger nicht mehr gesehen. Der wird vom Schreiner Tag und Nacht eingespannt. Gerade einmal, dass er zum Schlafen kommt. Und das nicht bei mir!!!«

Berta gibt sich zuversichtlich. »Du wirst seh'n, Sandra, die Polizei hat dem Mörsebrink im Nu die Tat nachgewiesen und dann hat dein Sepp wieder Zeit für dich.«

Schön wär's!

»Oder wir helfen der Polizei, dann geht's schneller!«

»Annerl!«

Angstvoll blicke ich in ihre Augen, die nichts Gutes verheißen. Sie verklickern mir unmissverständlich, dass nur mit unserer Hilfe der Mörder rasch gefunden und der Fall zu einem Abschluss gebracht werden kann. Ich fühle, wie meine Haut enger und enger wird, bald platzt sie.

»Wie willst du das denn anstellen, Annerl? Wie stellst du dir das vor?«

Beide Arme hebend zuckt sie mit den Schultern.

»Und wo sollen wir mit unserer Schnüffelei anfangen?«

Diese Fragen werden übergangen, als hätte ich sie nie gestellt. Dafür wird Berta bei der Aussicht, neuerlich in einem Fall herumstöbern zu können, vom Jagdfieber gepackt.

»Was, meinst, sollen wir machen, Annerl? Hast eine Idee? Was müssen wir anstellen, um dieses Verbrechen aufzuklären?«

Mir steigt, wie so oft zuvor, wenn ich mit Annerl und Berta beisammen bin und unser Ort unheilschwanger in der schönen Landschaft des Weinviertels liegt, die Grausbirn auf. Über meine Stirne huschen dunkle Wolken und drohen ernsthaft, über mir zusammenzubrechen. Ich will gar nicht daran denken, wie oft mich unsere gemeinsame Schnüffelei in Teufels Küche gebracht hat. Wir begeben uns in Gefahr, Sepp ist auf mich böse und Inspektor Schreiner keinesfalls begeistert, auch wenn er durch unser Eingreifen profitiert. Jedenfalls – keine schönen Aussichten für mich.

Annerl neigt sich weit über den Tisch vor, schiebt dabei Bertas Häferl zur Seite, und beginnt, ihre Idee vor uns auszubreiten. Und je länger ich lausche, umso mehr nehmen mich Angst und Schrecken gefangen. Nicht nur dass wir uns mit einem mutmaßlichen Mörder anlegen sollen, will sie auch dem Pärchen mit dem Frankfurter Kennzeichen, welches fast zeitgleich in Eggenburg aufgetaucht ist, hinterherspionieren.

»Das ist ja wohl nicht dein Ernst, Annerl«, wehre ich kategorisch ab, werde jedoch sofort von Berta überrannt.

»Wieso soll uns das nicht gelingen, Sandra? Wir fragen einfach die Eggenburger Pfarrersköchin, wo die zwei abgestiegen sind, und dann beobachten wir sie. Und mit dem Mörsebrink werden wir auch noch fertig!«

Nun steigt mir die Grausbirn zum Quadrat auf! Hätte ich mich doch nie mit den beiden eingelassen, in Mordfällen mitzumischen. Dabei kommt sicher nichts Gutes heraus und Sepp ist, wenn er davon erfährt, schlecht auf mich zu sprechen. Soll ich dieses Risiko eingehen? Nach kurzer Überlegung stimme ich jedoch wegen eines einzigen Grundes zu: Wenn wir die Polizei erfolgreich in ihren Ermittlungen unterstützen, hat Sepp wieder mehr Zeit für mich. Zumindest bis zum nächsten Mord.

Wieder daheim begrüßt mich neben einem übervollen Postkastl ein herrlicher Duft. Zwei dicht nebeneinander wachsende Pfeifensträucher der Sorte »Belle Etoile«, die sich in den letzten Jahren zu Prachtexemplaren entwickelt haben, sind übersät mit intensiv nach Honig duftenden weißen Blüten, sodass man deren Laub kaum erkennen kann. Jedes Jahr sehne ich den Duft herbei und wünsche mir, ihn bis zur nächsten Blüte im darauffolgenden Jahr konservieren zu können. Wenn ich bloß wüsste, wie.

Nach dem kalten und nassen Mai gibt sich der Juni hochsommerlich heiß. Über dreißig Grad im Schatten und Trockenheit, wohin das Auge reicht. Hoffentlich droht nicht bald eine Wasserknappheit, damit ich wenigstens den Garten versorgen kann. Mineralwasser aus dem Supermarkt zum Trinken und Kochen gibt's ja zum Glück.

Meine Rosen sind gemeinsam mit den Pfingstrosen aufgeblüht, denen der Mai zu kalt war und der Juni zu heiß ist, weshalb sie nach ein paar Tagen schlapp machen. Alles extrem! Alles verrückt! Aber was soll's? Damit muss man leben. Nicht nur die Menschheit dreht mehr und mehr durch, auch unser Wetter bildet da keine Ausnahme!

Kapitel 10

Der Weinbauer Günter Uhudler sitzt in der Früh, gleich nach Amtsbeginn, Christian Fuchs gegenüber und reibt nervös seine Hände aneinander. Er kann sich beim besten Willen nicht vorstellen, was man schon wieder von ihm will.

»Herr Chefinspektor! Ich hab' Ihnen doch schon alles gesagt.« Er lässt beide Hände sinken und hält sich an der Tischkante fest. Christian Fuchs betrachtet ihn eine Weile.

»Uns interessiert, wer dieser Mann war, den Sie in den Rieden beobachtet haben. Davon hängt alles für unsere weiteren Ermittlungen ab. Versuchen Sie sich zu erinnern, Herr Uhudler. Denken Sie, bitte, nach!«

Er winkt Angela Bauer zu, die in der Tür erscheint, und deutet auf den Sessel neben dem Weinbauern. Günter Uhudler blickt hilfesuchend in ihre Richtung, was Bauer jedoch nicht bemerkt, weil sie vom Wischen über ihr iPad gefesselt ist. Daraufhin wendet er einen um Verständnis heischenden Blick an den Chefinspektor.

»Ich kann nicht mit Sicherheit sagen, dass ich diesen Mörsebrink im Weinberg gesehen habe. Ich kann aber andererseits auch nicht definitiv ausschließen, dass ich ihn nicht gesehen habe. Es ist zum Verzweifeln!«

»Und wenn Sie gründlich nachdenken, Herr Uhudler? Jede Kleinigkeit ist wichtig.«

Angela Bauer lässt ihr Tablet für einen Moment sinken.

»Vielleicht ist Ihnen an der Bewegung des Mannes etwas aufgefallen, was nicht zu dem Klein Schiesslinger Urlauber passt.

War er flott unterwegs, eher wie ein Jugendlicher, oder behäbig wie ein älterer Mensch?«

»So gut kenn' ich den Mann doch gar nicht«, mokiert sich der Winzer, »dass ich so etwas bemerken könnte. Ich bin dem doch höchstens zwei- oder dreimal im Ort begegnet. Einmal hab' ich ihn von hinten gesehen, wie er mit seiner Frau die Stufen zur Kirche hinaufgestapft ist, und dann noch einmal, glaub' ich, als ich im Wirtshaus am Stammtisch gesessen bin. Da hat er kurz in die Gaststube reingeschaut und ein Abendessen für sich und seine Frau bestellt.«

Günter Uhudler betont jedes Wort, um den Polizisten zu vermitteln, dass er die Angelegenheit überaus ernst nimmt. Dazu kramt er sein bestes Hochdeutsch aus der untersten Lade, damit ihn auch alle gut verstehen können.

Christian Fuchs streckt sich, atmet tief durch, Angela Bauer hat sich neuerlich in ihr Gerät vertieft und Günter Uhudler rutscht unruhig auf seinem Sessel herum. Die ganze Situation ist ihm äußerst zuwider.

»Sie haben bei Ihrer ersten Einvernahme ausgesagt«, setzt der Chefinspektor das Gespräch fort, »dass Sie einen Mann von der Statur Konrad Mörsebrinks in den Rieden beobachtet haben. Denken Sie, bitte, genau nach! Haben Sie Konrad Mörsebrink gesehen oder einen anderen Mann. Von Ihrer Aussage hängt alles ab.«

Der Kopf des Weinbauern hängt über dem Schreibtisch, auf dem er sich mit beiden Ellbogen abstützt. Diese Frage hat er sich in den letzten Tagen schon selbst viel zu oft gestellt. Er ist sich in keinem Punkt sicher, und je länger er darüber nachgrübelt, umso eher erscheint es ihm, dass diese Person doch ein anderer gewesen sein könnte. Er hebt den Kopf und seine Augen treffen die des Chefinspektors.

»Von der Statur her könnte es Mörsebrink schon gewesen sein. Aber der Gang, die Art, wie er sich bewegt hat? Ich weiß es einfach nicht. Wie ich schon gesagt habe – ich kenne den viel zu wenig. Ich hab' ihn doch nicht oft gesehen.«

»Sie können also nicht mit Bestimmtheit angeben, dass der Mann im Weinberg Konrad Mörsebrink war.«

»Nein!«

Christian Fuchs nickt. Der Verlauf des Gespräches lässt den Chefinspektor zwar nicht jubeln, bestärkt ihn jedoch in seinem Gefühl, welches ihn bei der Einvernahme Mörsebrinks mit seinem Anwalt beschlichen hat. Schade, dass der Winzer nicht eindeutig bestätigen kann, ob er Mörsebrink gesehen hat oder nicht. In beiden Fällen wäre damit viel mehr anzufangen gewesen als mit dieser Unklarheit.

Er entlässt ihn.

Je länger er darüber nachgrübelt, umso mehr kommt er zu der Überzeugung, dass sein Verdacht langsam Gestalt annimmt.

Angela Bauer hat sich vorübergehend geistig von ihrem Tablet abgemeldet und mustert ihn.

»Nicht viel, Chef, was Uhudler weiß.«

»Nein, Bauer! Nicht nur nicht viel, sondern gar nix!«

Aber Christian Fuchs wäre nicht Chef der Abteilung »Mord und Totschlag«, wenn er nicht aus dem Wenigen was er hat, etwas Brauchbares herausholen könnte. Er verlässt sich wieder einmal ganz auf sein Bauchgefühl, das ihn bisher selten im Stich gelassen hat. Egal was sein Inspektor Julius Schreiner davon hält.

»Wir sollten noch einmal mit diesem Klein Schiesslinger Gemeinderat, welcher mit der Toten … na, sagen wir einmal … liiert war, sprechen.«

»Du meinst den Silvaner, Bauer? Heinrich Silvaner?«

»Ja, Chef. Der hat sich doch sicher auch seine Gedanken über den Tod dieser Frau gemacht. Immerhin war er mit ihr einige Zeit eng befreundet. Unter Umständen weiß er etwas, oder er hat sogar selbst mit deren Tod zu tun.«

»Du glaubst aber jetzt nicht im Ernst, dass der unser gesuchter Mörder ist? Oder doch?«

Die Polizistin zuckt mit den Schultern, macht einen Schmollmund, lässt jedoch die Frage unbeantwortet.

»Nein! Das glaub‘ ich nicht, Bauer, aber rede noch einmal mit ihm. Stocher ein bisserl in seiner Wunde herum. Unter Umständen ist ihm eine Kleinigkeit eingefallen, die uns weiterhelfen könnte.«

Bis Angela Bauer jedoch Heinrich Silvaners habhaft wird, vergeht einige Zeit. Die Polizistin kann ihn daheim nicht antreffen und fährt daraufhin ins Dorfwirtshaus, in der Hoffnung, ihn am Stammtisch vorzufinden, was auch nicht aufgeht.

»Der war schon länger nicht mehr da«, meint Josef Maria Krügerl und streicht seine Schürze über der üppigen Wölbung glatt. »Das letzte Mal hab' ich ihn bei der Sitzung mit dem Pummerl, also mit unserem Bürgermeister, g'sehn, aber da ist er auch nicht lang 'blieben.«

»Und ausg'schaut hat der! Richtig erbärmlich!«

Nach dieser Feststellung zieht sich Frau Krügerl in ihre Küche zurück, aus der sie kurz nach Auftauchen der Polizistin den Kopf herausgestreckt hat. Man muss schließlich über alles Bescheid wissen, was sich im Lokal so abspielt.

»Haben Sie eine Ahnung, wo ich ihn finden könnte?«

Der Wirt legt den Kopf schief und Frau Krügerls dauergewelltes Haupt schießt neuerlich aus der Küche.

»Ich tät' an Ihrer Stelle im Gemeindeamt nachfragen. Die sollten dort doch wissen, wo sich ihre Leute herumtreiben.«

Angela Bauer hebt die Hand zum Gruß und trippelt die Wirtshausstufen hinunter, überquert die Dorfstraße, um gleich darauf links neben der Kirche im Gemeindeamt zu verschwinden. Dort empfängt sie tödliche Ruhe. Sie lauscht kurz, dann klopft sie energisch an eine Tür mit der Aufschrift »Bürgermeister«. Nichts tut sich! Vorsichtig will sie die Türe öffnen, aber die ist verschlossen.

»Hallo! Jemand zuhause?«, ruft sie, erhält aber keine Antwort.

Im Gemeindeamt herrscht Ruhe wie auf einem Friedhof. Nach einem weiteren Ruf, diesmal erheblich lauter, hört sie es hinter der Türe links des Bürgermeisterbüros murmeln, kurz darauf öffnet sich ein Spalt und Alfons Pummerl streckt seinen Kopf heraus.

»Habt's ihr heute Feierabend, oder was?«

Ihre zynisch gemeinte Frage prallt am Dorfboss ab wie der Fußball am Kopf eines Weltklassespielers.

»Was gibt's denn so Dringendes? Wir sind grad in einer wichtigen Sitzung.«

Bauer wollte schon fragen, ob man sich in dieser wichtigen Sitzung mithilfe der Stummerlsprache verständigt, weil kein Laut auf den Gang gedrungen ist, schiebt diese Bemerkung jedoch beiseite und lächelt Pummerl an.

»In Ihrer wichtigen Sitzung ist doch sicher auch Gemeinderat Heinrich Silvaner? Den möchte ich gerne sprechen!«

Behäbig dreht Pummerl sich um.

»Heinrich! Du wirst verlangt.«

Der Gewünschte erscheint kurz darauf in der Tür und mustert Angela Bauer skeptisch.

»Ja, bitte?«

»Ich muss mit Ihnen reden, Herr Gemeinderat. Aber nicht hier!«

Heinrich Silvaner deutet mit dem Kopf auf eine dem Besprechungsraum gegenüberliegende Tür.

»Wir können dort reingehen. Da sind wir ungestört.«

Er schreitet voraus und Bauer folgt ihm.

»Es ist nicht zusammengeräumt. Sie müssen wissen, unser lieber Bürgermeister stapelt alles, was er gerade nicht braucht, auf dem großen Tisch da. Meistens findet er es dann ohnehin nicht mehr.«

Angela Bauer quittiert den leisen Vorwurf mit einem Lächeln und schließt die Tür hinter sich. Silvaner zieht zwei Sessel heran.

»Also, was wollen Sie von mir?«

Bauer zögert einen Augenblick, ehe sie den Gemeinderat auf seine Beziehung zu Roswitha Mörsebrink anspricht.

»Uns ist bekannt, dass Sie die Ermordete häufig abends getroffen haben. Ohne deren Mann. Was haben Sie da gemacht?«

Eine leichte Röte überzieht Silvaners Gesicht und er grinst verlegen. »Na was schon!«

»Und wo?«

Das will sie jetzt genau wissen. Könnte ja sein, dass die beiden von irgendjemandem beobachtet wurden und der Ehemann davon erfuhr. Doch die Erklärung des Gemeinderates, sie seien immer schnurstracks zu ihm nach Hause gegangen, schließt diese Schlussfolgerung eher aus. Heinrich Silvaner wohnt im Ort, nicht weit vom Dorfwirtshaus entfernt, und Klein Schiessling ist abends menschenleer. Die Dörfler verschanzen sich hinter verschlossenen Türen und die Gehsteige werden nach Einbruch der Dunkelheit eingerollt.

»Uns könnte höchstens die Passer Annerl von ihrem Fenster aus gesehen haben. Aber dass die dem Mörsebrink davon erzählt, schließe ich aus. Annerl ist zwar eine kolossale Tratschen, würde aber nie jemanden aus unserem Ort verraten.«

Die Polizistin glaubt ihm aufs Wort. Das kann sie sich ebenfalls nicht vorstellen.

»Dass Annerl Passer Sie mit Roswitha Mörsebrink beobachtet hat, wissen wir bereits.«

Bauer schaut Gemeinderat Silvaner belustigt an, während dieser zu Boden blickt, danach wischt sie kurz über ihr iPad und notiert die Aussage.

»Wer – außer dem Ehemann – könnte noch einen Grund für die Ermordung Roswitha Mörsebrinks gehabt haben?«

Heinrich Silvaner bringt seine Haarpracht leicht in Unordnung und streicht danach mit der Hand über sein glattrasiertes Kinn. Zarter Duft eines exzellenten Rasierwassers erreicht Angela Bauers Nase. Bewundernd betrachtet sie ihn.

Mittlerweile hat er sich von dem Schock erholt und achtet wieder auf sein Äußeres. Die ersten Tage nach dieser schrecklichen Tat ging es ihm ziemlich schlecht. Aber die Arbeit in der Gemeinde, vor allem die Launen seines Bürgermeisters, lenken ihn so weit ab, dass er zwar mit Wehmut, aber nicht mehr todunglücklich an Roswitha denken muss.

Mehrmals schüttelt er den Kopf. »Ich weiß es nicht. Sie kannte doch hier keinen Menschen. Außer mir«, fügt er traurig hinzu. »Es kann nur ihr Mann gewesen sein!«

»Aber der hat ein Alibi für die Tatzeit.«

Die Polizistin weiß zwar, was dieses Alibi wert ist, lässt es aber vorerst einmal im Raum stehen. Gespannt wartet sie auf Äußerungen des Gemeinderates, mit denen unter Umständen dem Ehemann die Tat nachzuweisen ist. Silvaner mustert Angela Bauer und nickt.

»Aber das Alibi hat er auch nur, weil der Günter ihn gesehen hat.«

»Nein!«

Silvaner horcht auf.

»Nein?«

»Nein! Günter Uhudler ist sich nicht sicher, ob er tatsächlich Mörsebrink gesehen hat oder nur einen ähnlich aussehenden Mann. Er war mit seinem Traktor viel zu weit von der Person entfernt, die durch den Weinberg spaziert ist.«

»Das ist ja genial! Dann haben Sie doch Roswithas Mörder!«

Hocherfreut springt er vom Sessel auf und läuft erregt durch den Raum, bis ihn die Polizistin einbremst.

»So einfach ist das nicht, Herr Gemeinderat! Es macht einen erheblichen Unterschied, ob wir etwas vermuten oder tatsächlich wissen. Vor allem aber, ob wir es beweisen können. Aufgrund einer Vermutung dürfen wir niemanden verhaften. Wir brauchen Beweise! Am besten wäre natürlich eine Bestätigung, dass er zur Tatzeit in Wirtshausnähe beobachtet wurde. Sonst bleibt uns nichts anderes übrig, als ihn laufen zu lassen. Günter Uhudlers Aussage ist zu vage.«

»Das können Sie doch nicht machen! Sie können den Mörsebrink doch nicht so einfach laufen lassen! Nur er kann Roswitha erschlagen haben. Niemand sonst könnte einen Grund für diese Tat gehabt haben!«

Angela Bauer nickt zustimmend, will schon ihre nächste Frage stellen, da meldet sich ihr Smartphone. Interessiert hört sie zu.

»In Ordnung Sepp! Bin schon unterwegs.«

Sie schaut auf und ihr Blick landet direkt in Heinrich Silvaners braunen Augen. Er gefällt ihr!

Energisch schüttelt sie den Gedanken ab.

»Können Sie mir kurz erklären, wie ich von hier zur Vituskapelle komme?«

»Zur Vituskapelle?«, fragt er verblüfft. »Ja, schon. Sie fahren durch den Ort Richtung Grafenberg, dann können Sie linker Hand auf einer Anhöhe die Kapelle schon von der Straße aus sehen.«

»Und? Wie komme ich zu dieser Anhöhe?«

»In der Ortsmitte, gleich nach der Grafenberger Kirche, biegen Sie links ab und fahren die Kellergasse hinauf. Dann können Sie sich gar nicht mehr verfahren. Der Weg ist allerdings nicht für Autos geeignet. Das letzte Stück zur Kapelle müssen Sie zu Fuß gehen.«

Er fixiert sein Gegenüber.

»Was ist denn los?«

»Danke!«

Sie verzichtet auf eine Antwort, stopft ihr Handy in die Uniformjacke und springt vom Sessel auf.

»Was ist denn passiert?«, wiederholt Heinrich Silvaner seine Frage, doch Bauer winkt ab, stürzt auf die Straße, springt in ihren Wagen und braust davon.

Kapitel 11

Schon von Weitem kann sie die Einsatzfahrzeuge am Berghang blinken sehen.

Die Vituskapelle liegt auf dem gleichnamigen Berg auf rund 400 Metern Höhe und ist von der Landesstraße nach Eggenburg gut sichtbar. Anstelle der Kapelle stand früher ein hölzernes Marterl. Während der Pestzeit wurde dort die Heilige Messe zelebriert, weil es den Grafenbergern verboten war, während der Seuche Eggenburger Boden zu betreten.

Bei dem Bauwerk handelt es sich um einen weißen Ziegelbau mit Satteldach, das von einem schmiedeeisernen Firstkreuz gekrönt ist. Der Eingang wird von einem ebensolchen Tor verschlossen, dahinter befindet sich eine massive Holztüre und über dem Eingang ist der Spruch »Heiliger Vitus, bitte für uns« zu lesen. Der Heilige Vitus ist der Fürbitter gegen Hagel und Reif. Leider nicht gegen Mord!

Während sich Angela Bauer mit Blaulicht und Folgetonhorn dem Ort des Geschehens nähert, lässt sie noch einmal Revue passieren, was sie von ihrem Kollegen Sepp Tauber erfahren hat. Es ist nicht viel.

Ein Spaziergänger, der mit seinem Hund unterwegs war, hat die Tote entdeckt und augenblicklich die Polizei verständigt. Wer die Frau ist, weiß ihr Kollege nicht. Sie hat keinerlei Papiere bei sich, ebenso fehlen Brieftasche und Handy.

»Das gibt's doch gar nicht! Schon wieder eine Frauenleiche?«, wundert sich die Polizistin.

Sie tritt das Gaspedal durch, bremst sich kurz vor der Abzweigung auf den Vitusberg ein und holpert den unbefestigten Weg bergauf. Hoffentlich halten die Stoßdämpfer durch. Hätte sie Nierensteine, so wären diese bei dem Gehopse ganz sicher abgegangen. Sie lenkt ihren Streifenwagen mitten durch die Botanik bis knapp vor das rot-weiße Band, das quer über den Weg gespannt ist, und springt aus dem Wagen.

Sepp Tauber hebt das Absperrband, um sie durchzulassen, und führt sie ein Stück durch hohes Gras bis an die Kapelle heran. Bienen summen, Vögel zwitschern und zwischen ein paar weißen Wölkchen lacht die Sonne hervor, als wäre alles in Ordnung und nichts passiert.

Auf den Anblick, der sich ihr bietet, hätte sie gerne verzichten können. Eine Frau mit langen, tizianroten, blutverschmierten Haaren, die wie ein Kranz um ihren Kopf ausgebreitet sind, liegt genau vor dem schmiedeeisernen Türgitter der Kapelle auf dem Bauch und der Pathologe Dr. Heribert Weinzierl kniet neben ihr. Er schaut kurz auf, als er Angela kommen hört.

»Nix mehr zu machen. Sie wurde von hinten erschlagen und ist seit mindestens acht Stunden tot.«

Er wirft einen kurzen Blick auf seine Armbanduhr am Handgelenk.

»Sie wurde etwa um neun Uhr heute Morgen, plus-minus eine Stunde, erschlagen. Genaueres nach der Obduktion.«

Bauer hockt sich neben den Pathologen.

»Kann man schon sagen, womit sie erschlagen wurde?«

Dr. Weinzierl deutet in Richtung eines Kollegen der Spurensicherung, der einen blutigen Stein hinter der Kapelle gefunden hat und diesen wie eine Trophäe hochhält.

»Wahrscheinlich handelt es sich dabei um die Tatwaffe. Wir müssen allerdings noch einige Vergleiche durchführen.«

Angela Bauer wendet sich ab und ihrem Kollegen Sepp Tauber zu.

»Kennt der Spaziergänger die Frau?«

»Nein! Er sagt, er hat sie noch nie hier gesehen. Wahrscheinlich ist sie nicht aus der Gegend. Könnte sich um eine Touristin handeln.«

»Schon wieder eine Urlauberin?«

Gemeinsam marschieren sie auf den Mann mit seinem Dackel zu, der von Inspektor Julius Schreiner schon eine Weile verbal schikaniert wird.

»Wieso sind Sie mit Ihrem Hund gerade heute und hier um diese Zeit spazieren gegangen? Angeblich spazieren gegangen?«, wiederholt er missmutig.

»Was heißt angeblich? Ich spaziere mit meinem Waldi täglich da herauf. Da ist es ruhig, der Hund hat seinen Auslauf und stört niemanden, wenn er einmal ordentlich bellt. Weil mein Waldi«, meint er stolz. »hat eine kräftige Stimme, obwohl er so klein ist. Gell, Waldi?«

Mühsam langt er hinunter und krault den Hund hinter den Ohren, was dieser energisch abschüttelt. Eine Knackwurst wäre ihm sichtlich lieber gewesen!

Nachdem Sepp Tauber die Personalien des Hundebesitzers aufgenommen hat, setzt sich Angela Bauer mit dem Chef in Verbindung.

»Herr Chefinspektor, wir haben einen neuerlichen Mord. Das Mordopfer ist wieder weiblich.«

»Hab' schon gehört, Bauer. Weiß man, wer die Tote ist?«

»Nein, Chef. Sie hat keinerlei Papiere oder Handy bei sich. Fest steht nur, dass sie mit einem Stein von hinten erschlagen wurde. Die Tatwaffe hat ein Kollege der Spurensicherung hinter der Vituskapelle gefunden. Wir müssen auf die Auswertungen warten.«

»Und keiner der Anwesenden kennt sie? Weder der, der die Frau gefunden hat, noch einer unserer Kollegen?«

»So ist es, Chef!«

Wie soll man einen Täter finden, wenn man nicht einmal das Opfer kennt? Christian Fuchs schiebt unzufrieden den Bleistift, den er mit der Handfläche seit geraumer Zeit auf dem Schreibtisch hin- und herrollt, beiseite.

»Wir sollten ein Foto der Toten an alle Wachzimmer mailen. Unter Umständen kennt sie einer unserer Kollegen. Außerdem könnte das Foto sehr wichtig sein, falls die Frau als abgängig gemeldet ist. Irgendwo muss sie ja logiert haben.«

»Mach' ich sofort, Chef!«

Sie ersucht Dr. Heribert Weinzierl, die Frau kurz umzudrehen, damit sie ihr Gesicht sehen kann, dann richtet sie ihr Tablet darauf und lichtet die Tote ab. Sepp Tauber grinst.

»Gehst noch immer mit dem Kastl spazieren?«

Angela antwortet nicht. Sie kennt Sepp gut genug, um zu wissen, dass er sie nur aufziehen will. In Wirklichkeit besteht eine enge Verbindung zwischen ihnen, sie sind ein eingespieltes Team. Jeder kann sich zu hundert Prozent auf den anderen verlassen. Manchmal kommunizieren sie sogar ohne Worte. Ein Blick genügt und der Partner weiß Bescheid.

In der Zwischenzeit hat sich Schreiner vorübergehend bei dem Spaziergänger samt Dackel entwurzelt, um sich vor Dr. Weinzierl einzupflanzen, der bemüht ist, aus der anstrengenden Knieposition in eine bequemere Senkrechte zu gelangen. Dabei schnauft er beängstigend. Er weiß auch, warum. Ein paar Kilo weniger um die Taille wären für seinen Allgemeinzustand erheblich besser. Aber was soll's? Ihm schmeckt einfach das Essen! Vor allem die Waldviertler Küche mit Schweinsbraten und deftigen Beilagen!

»Den Befund will ich morgen früh auf dem Tisch haben!«

Dr. Weinzierl nimmt den Befehl Schreiners stumm zur Kenntnis. Er zieht mit ihm schon lange genug am selben Strang, um zu wissen, dass man am besten auskommt, wenn man ihn ohne

Gegenkommentar einfach reden lässt. Soll er doch plappern, so viel er will. Er selbst macht ja seine Arbeit auch, wie er will.

»Den Befund«, brummt er in Schreiners Richtung, »bekommen Sie, sobald er fertig ist!«

»Und keine Sekunde früher«, schließt er im Geiste an. »Basta!«

Kapitel 12

Schön langsam wird Annerl krawutisch. Nun probiert sie bereits zum x-ten Mal, Hedwig telefonisch zu erreichen, aber die hebt nicht ab.

»Wo steckt sie denn nur?«, mault sie vor sich hin. »Wir wollten uns doch treffen und den Mord an der armen Frau Mörsebrink aufklären.«

Sie reckt ihren Kopf aus dem Fenster und blickt die Dorfstraße hinauf und hinunter. Von Hedwig keine Spur. Stattdessen schiebt sich Berta Pitzer um die Ecke des Kulturhauses und stapft direkt auf sie zu.

»Weißt du, wo die Hedwig steckt?«, plärrt sie.

»Nein! Ich such' sie doch selber!«

Berta ist unter Annerl Passers Fenster getreten und blickt zu ihr auf.

»Ich schau' einmal bei ihr daheim nach. Vielleicht ist ihr Telefon kaputt oder der Akku ist leer.«

»Mach das, und sag mir dann Bescheid.«

Annerl zieht resigniert ihren Kopf vom Fenster zurück, watschelt zur Anrichte, nimmt eine Flasche Birnenbrand und ein Stamperl heraus und schenkt sich ein. In der Not ist auf Hochprozentiges immer Verlass!

Berta Pitzer steht vor dem großen, mit einer geschnitzten Sonne verzierten Holztor und drückt auf den Klingelknopf rechts neben dem Postkastl. Drinnen hört man es läuten, sonst ist es ruhig. Unermüdlich drückt sie weiter, bis sie ein schlurfendes Geräusch vernimmt. Schritte nähern sich und das Tor wird einen kleinen Spalt geöffnet.

»Griaß di, Günter! Warum brauchst denn so lang? Ich wollt' mit der Hedwig zur Annerl gehen.«

Günter Uhudler ist blass, seine Haare stehen zu Berge und er brummelt Unverständliches in Bertas Richtung.

»Was ist los? Ich versteh' kein Wort! Und wo ist die Hedwig?«

Der Winzer wischt mit der Hand über seine Stirn. »Weg!«

»Weg? Was heißt weg? Wo ist sie denn hin? Habt's gestritten?«

Günter Uhudler zuckt resignierend mit den Schultern und öffnet die Türe weiter, um Berta durchzulassen. Diese schlüpft hinein und wird sogleich von einem Blütenmeer empfangen. Duftende Oleander, Pelargonien in allen Rottönen und dazwischen bunte Verbenen. Freudig nimmt sie diese Pracht zur Kenntnis, erinnert sich jedoch augenblicklich daran, dass sie ja nach Hedwig sucht und diese blühenden Topfpflanzen kein gleichwertiger Ersatz für die Hausherrin sind.

»Also, wo ist sie?«

Günter druckst herum und wird sichtlich nervös.

»Habt's gestritten?«, wiederholt Berta ihre Frage. »Gibt's eine Ehekrise bei euch?«

»Aber nein! Die Hedwig und ich streiten doch nicht miteinander.«

Das hat Berta zwar anders in Erinnerung, doch sie schweigt und strebt auf die Tür zu, welche vom Innenhof rechts abgeht und in die Wohnküche führt. Zögernd folgt ihr Günter. Auf dem Tisch stehen zwei leere Weinflaschen und ein benütztes Glas.

»Hast du die alle austrunken?«

Bertas Kopfschütteln zeigt Missbilligung.

Rasch räumt er den Tisch leer, bietet Berta ein frisches Glas an, und stellt eine ungeöffnete Flasche Grünen Veltliner vor sie hin.

»Trinkst ihn g'spritzt oder pur?«

»Ich trink' überhaupt nix! Zuerst will ich wissen, was mit euch los ist!«

Eine Weile druckst der Weinbauer noch herum, dann schüttet er Berta sein schweres Herz aus. Diese wird, während sie gespannt lauscht, immer blasser und blasser.

»Du musst zur Polizei gehen, Günter!«

Der hebt abwehrend beide Hände und schüttelt energisch seinen Kopf.

»Darf ich nicht! Wer weiß, was sonst passiert.«

»Aber du musst, Günter! Nur so kannst du der Hedwig helfen.«

Neuerliches Kopfschütteln lässt Berta unmissverständlich wissen, dass Günter das nie tun würde. Viel zu oft hat er schon gelesen und in Fernsehkrimis gesehen, was in solchen Fällen passieren kann.

Aber doch nicht in Klein Schiessling!

Nachdem Günter sich strikt weigert, die Polizei in das Geschehen einzuweihen, hat es Berta eilig! Da sie sicher ist, dass sie Günter zum jetzigen Zeitpunkt niemals umstimmen kann, klopft sie ihm beim Hinausgehen auf die Schulter.

»Kopf hoch, Günter! Wirst seh'n, alles löst sich in Wohlgefallen auf! Glaub mir!«

Fluchtartig verlässt sie das uhudlerische Anwesen, um kurz danach hinter Annerl Passers Haustüre zu verschwinden.

»Ruf sofort die Sandra an!«

Annerl ist zwar leicht verwirrt ob dieses Befehls, tut jedoch, wie Berta verlangt.

Der Anruf erreicht mich beim Gießen meiner zahlreichen Topfpflanzen unter der Pergola. Es hat zu regnen aufgehört, dafür knallt die Sonne herunter und verwandelt meinen Garten in eine Sauna.

»Was ist los, Annerl? Wieso bist denn so aufgebracht? Ist was passiert?«

»Frag nicht, komm runter! Sofort!«

»Was ist denn?«, wiederhole ich.

»Komm sofort runter!«

Was kann denn jetzt schon wieder passiert sein? Irgendetwas muss vorgefallen sein, weil Annerl derart aufgebracht ist. Wir haben uns doch erst in der Eggenburger Bäckerei getroffen und darüber diskutiert, wie sie sich die Aufklärung des Mordes an unserer Wirtshausleiche vorstellt. Ziemlich verworren zwar, aber unter Umständen sogar teilweise durchführbar. Hat sie etwa schon damit begonnen, ihre Ideen umzusetzen, und ist dabei auf etwas Außergewöhnliches gestoßen? Bei Annerl ist man ja nie sicher. Oft genug macht sie mit ihrem Herumstochern die Pferde scheu. Staubaufwirbeln ist eine ihrer leichtesten Übungen! Mit gemischten Gefühlen mache ich mich auf den Weg in den Ort hinunter.

Kaum steht mein Auto eingeparkt vor ihrer Haustür, wird diese auch schon aufgerissen und zwei entsetzte Augenpaare starren mir entgegen.

»Um Gottes willen! Wie schaut's denn ihr aus? Ist was passiert?«

Diese Frage hätte ich mir schenken können. Denn so, wie die beiden ausschauen, muss mindestens der Satan höchstpersönlich durch Annerls Haus gefegt sein und eine Schwefelfahne hinterlassen haben. Allerdings rieche ich keinen Schwefel, sondern Obstler. Und den sowohl aus Bertas als auch aus Annerls Mund! Na super!

Ich werde zum Tisch geschubst, auf einen Sessel gedrückt und ein volles Stamperl Schnaps landet vor meiner Nase.

»Trink!«

Jetzt wird's ernst und mir wird mulmig.

»Was ist denn los?«

Verzweifelt, weil keine Antwort folgt, greife ich zum Stamperl und leere es kurzerhand. Und während der Obstler wohlig brennend meinen Hals hinunterläuft, beginnt Berta zu reden. Anfangs zögerlich, dann immer rascher und rascher, sodass ich Mühe habe, ihr zu folgen.

Sie schildert mit zittriger Stimme ausführlich, was sie von Günter Uhudler erfahren hat.

»Und jetzt rufst auf der Stelle deinen Sepp an und sagst ihm, dass wir Hilfe brauchen!«

Ohne zu zögern, nestle ich mit zitternden Fingern mein Smartphone aus der Tasche und tippe Sepps Kurzwahl ein. Es dauert eine Weile, bis er sich meldet. An den Hintergrundgeräuschen kann ich erkennen, dass er mit dem Auto unterwegs ist. Motorbrummen und eine weibliche Stimme, wahrscheinlich die von Angela Bauer, dringen rauschend an mein Ohr.

»Sepp, wo bist du gerade?«

»Auf dem Weg nach Klein Schiessling. Warum?«

»Du musst sofort zur Annerl kommen. Es ist etwas Schreckliches passiert.«

Sepp dürfte die Freisprechanlage im Streifenwagen eingeschaltet haben, weil ich nun eindeutig Angelas Stimme vernehmen kann, dann ein Geraschel und das Einsetzen des Folgetonhorns.

»Wir sind gleich bei dir!«

Leicht beruhigt, aber wirklich nur sehr leicht, drücke ich die rote Taste auf meinem Smartphone, um das Gespräch zu beenden, und lehne mich zurück.

»Der Sepp und die Angela sind gleich da.«

Berta und Annerl atmen hörbar erleichtert aus und lehnen sich ebenfalls zurück. Annerl springt jedoch gleich wieder auf und rennt hinaus. Kurz darauf knallen Autotüren und wir hören Schritte, die sich nähern. Wieder einmal muss ich Annerls Gehör bewundern. Ein Luchs ist Dreck dagegen! Und das in ihrem Alter! Sie hat das Auto gehört, wir nicht.

Sepp und Angela stolpern ins Zimmer, lassen sich nebeneinander auf die Bank hinter Annerls großem Esstisch fallen und blicken in unsere verzweifelten Gesichter.

»Also, was ist so Schreckliches geschehen, dass wir sofort kommen mussten?«

Nachdem Berta die fatale Situation geschildert hat, herrscht Schweigen.

Annerl stellt schon einmal vorsorglich zwei gefüllte Stamperln mit Zwetschkenbrand vor Sepp und Angela auf den Tisch, stützt ihre Ellbogen auf und legt das Kinn in beide Hände. Zum Glück ist sie im Moment sprachlos, was Sepp und Angela zu schätzen wissen, weil es ihnen die Möglichkeit bietet, sich das soeben Gehörte mehrmals durch den Kopf gehen zu lassen, ohne von ihrem Geplapper gestört zu werden.

Gedankenvoll greifen beide fast zeitgleich nach dem angebotenen Obstler und kippen ihn ex hinunter. Nachdem der Schnaps dort angekommen ist, wo er hingehört, streckt Sepp den Rücken durch und hüstelt verlegen.

»Weiß sonst noch jemand davon?«

Berta Pitzer verneint, greift zur Flasche und schenkt großzügig nach. Angela Bauer durchforstet mittels iPad die Datenbank, ob eventuell etwas Brauchbares über Entführungen im Kreis der Verdächtigen zu finden ist. Nach einer Weile schüttelt sie unmerklich den Kopf.

»Ich glaub', Sepp«, dabei blickt sie ihren Kollegen betroffen an, »es wird das Beste sein, wir suchen Günter Uhudler selbst auf und lassen uns die ganze Geschichte von ihm noch einmal erzählen.«

»Wenn das Haus beobachtet wird, Angela, steckt der Weinbauer in der Sch… Klemme. Wir sollten die Angelegenheit zuerst mit dem Chef besprechen. Dann ist er dafür verantwortlich, wenn etwas schiefgeht, und nicht wir.«

Damit ist seine Kollegin einverstanden. Sie verabschieden sich und ich schnaufe erleichtert durch, weil ich weiß, dass die Angelegenheit bei ihnen in guten Händen ist. Wenn sich die Polizei darum kümmert, bin ich zuversichtlich, dass die Geschichte glücklich endet.

»Hoffentlich geht alles gut«, murmelt Annerl in ihr Stamperl und gibt mir damit zu verstehen, dass sie ebenso denkt.

»Sicher«, entgegne ich bestimmt. »Christian Fuchs weiß schon, was er tut!«

Und das bestätigt er auch sogleich, nachdem er von seinen Beamten über die prekäre Situation informiert wurde.

»Bauer, ruf den Schreiner rüber, und bring uns Kaffee!«

Die Besprechung dauert lang, weil Inspektor Schreiner zunächst mit dem Vorschlag seines Chefs nicht einverstanden ist. Er will wieder einmal – wie meistens – mit dem Kopf durch die Wand.

»Schreiner, vertrau mir! Nur so kriegen wir den Weinbauern aus dem Schlamassel raus und vielleicht sogar den Täter damit ins Netz. Immerhin liegt eine Entführung vor und wir müssen alles daransetzen, die Entführte Hedwig Uhudler ohne Schaden freizubekommen. Wer weiß, wo sie steckt, und wer weiß, wer sie festhält …«

Der Inspektor ist zwar erschüttert, aber nicht dieser Meinung. Er würde lieber alles kurz und klein schlagen und den Täter danach unter den Trümmern hervorklauben, doch dazu müsste sich dieser erst einmal darunter befinden, was Chefinspektor Christian Fuchs bezweifelt. Er kann sich einfach nicht vorstellen, dass Konrad Mörsebrink so dumm ist. Wahrscheinlich verhält sich alles ganz anderes. Leider hat er keine Ahnung, wie. Deshalb lieber besonnen vorgehen, als alles zu verderben.

»Es ist ja nichts verhackt, wenn wir zuerst so tun, als gingen wir auf den Deal ein. Damit wiegen wir den Erpresser in Sicherheit und können in Ruhe ermitteln. Wichtig ist, dass die Frau des Winzers rasch freikommt.«

»Nach dem bewährten Spruch, Chef: ›Schau' ma mal, dann seh' ma schon‹?«

Sepp Tauber lacht zuversichtlich. Er hegt stärkstes Vertrauen in seinen Chef!

»Und du, Tauber, wirst dich mit Angela ständig in Klein Schiessling aufhalten und alles beobachten. Vielleicht kommt euch ja das eine oder andere zu Ohren und hilft uns, sowohl den Mörder von Roswitha Mörsebrink als auch den Erpresser von Hedwig Uhudler zu erwischen.«

Tauber reißt den Kopf in Richtung Chef.

»Ich soll jeden Tag nach Klein Schiessling fahren oder mich womöglich gar im Dorfwirtshaus bei den Krügerls einquartieren, Chef? Da kennt mich doch jeder.«

»Da habe ich eine viel bessere Idee, Tauber!«

Christian Fuchs lächelt schelmisch.

»Du machst Urlaub bei deiner Sandra. In Zivil fällst du dort am allerwenigsten auf.«

Damit ist Sepp Tauber mehr als zufrieden. Einen schöneren Undercover-Auftrag könnte er sich gar nicht vorstellen.

»Und was macht die Angela, Chef?«

»Keine Angst, Tauber, die bringen wir im Dorfwirtshaus bei den Krügerls unter. Wenn Bauer sich eine andere Frisur zulegt, vielleicht die Haare hochsteckt, und statt ihrer Uniform ein Dirndl trägt, kommt doch niemand auf die Idee, dass es sich bei ihr um eine Polizistin handelt. Na, was sagst dazu?«

Tauber nickt und Christian Fuchs wendet sich zufrieden seinem Inspektor zu.

»Und du, Schreiner, wartest mit mir ab, was weiter geschieht. Einverstanden?«

Kein Kommentar!

Diese Vorgangsweise ist vorerst geklärt.

Christian Fuchs sitzt mit Schreiner allein im Büro. Er zieht die Berichte über den Mord an der unbekannten Toten bei der Vituskapelle zu sich und studiert sie aufmerksam. Den Inhalt des Obduktionsbefundes von Dr. Heribert Weinzierl kennt er in- und auswendig, dieser hat nichts Neues ergeben. Die Tote wurde von hinten mit einem Stein erschlagen. Dem Bericht der Spurensicherung ist zu entnehmen, dass auf dem Stein wohl das Blut der Toten, aber leider keine Fingerabdrücke des Täters zu finden waren. Wäre auch zu schön gewesen!

»Hat sich eigentlich schon einer der Kollegen auf unsere Aussendung gemeldet, Schreiner, damit wir endlich erfahren, wer die Tote ist?«

»Bis jetzt noch nicht, Chef.«

»Na, geben wir ihnen noch einen Tag Zeit, dann kümmerst du dich drum. Fahr die einzelnen Wachzimmer ab und leg ihnen das Originalfoto der Toten vor. Vielleicht hast ja damit Glück. Irgendjemand muss sich doch an so eine Frau erinnern.«

Christian Fuchs' Blick ruht auf dem Foto dieser schönen Frau. Die wäre etwas für ihn gewesen, denkt er, senkt aber sofort schuldbewusst den Blick.

Diese Handlangertätigkeit, von Wachzimmer zu Wachzimmer zu rasen, gefällt Julius Schreiner überhaupt nicht, es bleibt ihm jedoch nichts anderes übrig. Er sieht ein, dass im Augenblick kein Weg zur Aufklärung führen kann, wenn die Identität der Toten nicht feststeht.

»Zusätzlich müssen wir am Mordfall Roswitha Mörsebrink dranbleiben. Hoffentlich verrät sich der Ehemann und wir können ihn hinter Schloss und Riegel bringen. Meinem Gefühl nach ist er sowohl Mörder als auch Erpresser. Nur das ergibt einen Sinn. Das passt zusammen, Schreiner. Etwas anderes kann ich mir nicht vorstellen.«

»Wir sollten uns auch darum kümmern, welchen Grund Mörsebrink gehabt haben könnte, seine Frau umzubringen, Chef.«

Der Chefinspektor horcht auf.

»Richtig, Schreiner! Das Motiv! Wir müssen das Motiv für diese Tat finden.«

»Ich werde mich einmal beim zuständigen Nachlassgericht erkundigen, ob ein Testament vorliegt. Und wenn der Ehemann Erbe eines Vermögens wird, dann haben wir zu hundert Prozent unseren Mörder, Chef!«

»Zumindest einen, Schreiner. Oder sollte Mörsebrink tatsächlich beide Frauen umgebracht haben?«

Diese Frage bleibt im Raum stehen. Primär gilt es, die entführte Hedwig Uhudler so rasch wie möglich zu finden.

Kapitel 13

Sepp ist vorerst einmal für zwei Tage bei mir eingezogen, was mich außerordentlich freut. Leider marschiert er fast den ganzen Tag durch den Ort, um herauszufinden, was mit Hedwig geschehen ist und wo man sie unter Umständen festhalten könnte.

Zu seinem Leidwesen, jedoch zur Freude Angela Bauers, hat sich der Chefinspektor am Ende doch anders entscheiden müssen und die Polizistin auf der Polizeistation belassen. Ministerialrat Dr. Dr. Wolfgang Pfeifenhuber, sein oberster Chef im Ministerium, hat Christian Fuchs unmissverständlich zu verstehen gegeben, dass zwei Unterbringungen das zur Verfügung stehende Budget sprengen würde. Im Übrigen sei er der Meinung, dass eine Person dafür völlig ausreiche.

»Dieser Tauber ist doch ein fähiger Polizist!«

Am darauffolgenden Tag findet sich Günter Uhudler bei Chefinspektor Christian Fuchs ein. Dieser deutet dem Weinbauern, neben Inspektor Schreiner Platz zu nehmen, welcher sich ob der Tragik des Geschehens ebenfalls im Chefzimmer aufhält.

»Beruhigen Sie sich erst einmal, Herr Uhudler. Ich verspreche Ihnen, nichts zu unternehmen, was Ihrer Frau schaden könnte.«

Mit einem Stoßseufzer lässt sich Günter Uhudler auf den angebotenen Sitz fallen. Angela Bauer erscheint gleich darauf mit einem Tablett, beladen mit Häferln und Kaffeekanne, stellt alles ab und zieht sich geräuschlos wieder zurück.

Selbst Inspektor Schreiner ist betroffen. Länger als notwendig rührt er in seinem Kaffee, obwohl er gar keinen Zucker hineingetan hat, bis sich Christian Fuchs kurz räuspert und ihn tadelnd mustert.

»Erzählen Sie uns genau und der Reihe nach, Herr Uhudler, was sich gestern zugetragen hat.«

Dieser seufzt neuerlich.

»Die Hedwig, also meine Frau«, er wischt sich mit der Hand über beide Augen und setzt mit zitternder Stimme fort, »die Hedwig hat außen am Haus die Blumenkisterln gegossen, da hat sie ein Mann angesprochen, den ich durchs Fenster zwar gesehen hab', aber nicht erkennen konnte. Daraufhin hat die Hedwig die Gießkanne abgestellt und ist mit dem Mann weggegangen. Ich hab' zuerst geglaubt, er hat sie nach dem Weg irgendwohin gefragt, und mir weiter nix dabei gedacht. Als sie aber dann längere Zeit nicht zurückgekommen ist, bin ich unruhig geworden und hab' mir erst einmal ein Glaserl Grünen Veltliner eingeschenkt. Das hat aber nix genutzt, weil die Hedwig noch immer nicht aufgetaucht ist. Und kurz danach hat mein Handy geklingelt. Ich bin hingepirscht, hab' ›Hedwig!‹ hineinplärrt, aber dran war nicht die Hedwig, sondern ein Mann. Energisch hat mich dieser Kerl aufgefordert, sofort meine Aussage bei der Polizei dahingehend zu ändern, dass ich bestätigen soll, dass ich diesen Konrad Mörsebrink im Weinberg eindeutig erkannt hätte, sonst sähe ich Hedwig nicht wieder. Das waren genau seine Worte. Die haben sich in mein Hirn eingebrannt wie ein Brandmal.«

Nun schluchzt er herzzerreißend und wischt sich pausenlos mit einem karierten Stofftaschentuch über das Gesicht.

Die Stille im Raum ist erdrückend. Man ist betroffen und bedauert diesen Vorfall zutiefst. Schreiner fasst sich als Erster und haut mit der Faust auf den Tisch, was ihn persönlich von der drückenden Last ein wenig befreit, jedoch einen strafenden Blick seines Chefs einbringt. Christian Fuchs nimmt sein Häferl in die Hand, führt es zum Mund, hält jedoch in der Bewegung inne, hebt den Kopf, und stellt es geräuschvoll zurück auf den Tisch.

Blitzartig kommt ihm eine Idee!

»Herr Uhudler, hören Sie mir jetzt genau zu. Wir machen Folgendes.«

Der Winzer beugt sich weit über den Tisch und fixiert den Chefinspektor.

»Wir nehmen ein Protokoll mit Ihnen auf, in dem Sie uns unterschreiben, dass Sie am Tag des Mordes eindeutig Konrad Mörsebrink im Weinberg erkannt haben. Danach fahren Sie heim und warten ab. Wir laden Mörsebrink indessen vor, und teilen ihm diese für ihn erfreuliche Nachricht mit. Damit sind Sie aus dem Schneider, und den Rest überlassen Sie uns.«

Angela Bauer, ins Chefzimmer zurückgekehrt, hat den letzten Satz mitbekommen und ist stolz auf ihren Chef! Erleichtert legt sie die Hand auf die Schulter des Weinbauern.

»Kopf hoch, Herr Uhudler! Ihre Frau wird bald wieder bei Ihnen sein.«

Dieser ist zwar wenig getröstet, aber immerhin so weit beruhigt, dass er einen kleinen Funken Hoffnung mit auf den Heimweg nimmt.

Kaum ist er bei der Türe draußen, blickt der Chefinspektor zunächst die Polizistin und danach seinen Inspektor an. Er erkennt, dass beide mit seiner Entscheidung einverstanden sind. Angela Bauer atmet hörbar und erleichtert auf, während Schreiner bemüht ist, seine Faust im Zaum zu halten.

»Und wie geht's jetzt weiter, Chef?«

»Wir laden Konrad Mörsebrink vor, oder – noch besser – Bauer, veranlass gleich, dass er hergebracht wird, damit wir die Angelegenheit so rasch wie möglich hinter uns bringen. Wahrscheinlich wird er zunächst nach seinem Anwalt schreien, dann sollen ihn die Beamten, die ihn abholen, wissen lassen, dass wir eine gute Nachricht für ihn haben.«

Er steht auf.

»Besser wäre es allerdings, er käme ohne Affenzoller-Mainau, weil der womöglich Lunte riechen könnte.«

»Aber warum denn, Chef?«

Auch Schreiner ist aufgestanden. Er glaubt nicht daran, dass der Anwalt die falsche Aussage Uhudlers durchschauen würde.

»Der Weinbauer könnte sich doch wirklich besonnen und im Nachhinein festgestellt haben, dass der Spaziergänger im Weinberg tatsächlich unser Hauptverdächtiger war.«

»Natürlich, Schreiner. Aber wir wollen kein Risiko eingehen. Immerhin handelt es sich jetzt nicht nur um Mord, sondern zusätzlich um Kidnapping.«

Christian Fuchs setzt sich wieder nieder.

»Gibt's noch Kaffee, Bauer?«

»Natürlich, Chef!«

Nachdem alle Häferl, einschließlich des geblümten und getupften Julius Schreiners, nachgefüllt sind, eilt sie aus dem Zimmer, um ihre Kollegen auf der Wache entsprechend zu instruieren. Danach kehrt sie ins Chefzimmer zurück.

»Was ist eigentlich mit dem zweiten Mord, bei der Vituskapelle?«, wirft sie ein, während sie sich auf einen Sessel fallen lässt.

»Kann es sein, dass diese beiden Mordfälle zusammenhängen? Irgendwie miteinander in Verbindung stehen? Oder, glauben Sie, Chef, dass es sich dabei um zwei voneinander getrennte Fälle handelt?«

Fuchs und Schreiner schütteln synchron ihre Köpfe. An einen solchen Zufall können sie nicht glauben.

»Ehe wir nicht wissen, wer unser zweites Mordopfer ist, sollten wir nicht darüber spekulieren, Bauer. Warten wir erst einmal ab, ob einer unserer Kollegen die Frau identifizieren kann.«

Christian Fuchs legt seinen Kugelschreiber zur Seite, mit dem er während der letzten Minuten nervös gespielt hat.

»Irgendwo muss sie sich doch aufgehalten haben, diese Frau, bevor sie vor der Kapelle ihrem Mörder begegnet ist! Oder mit diesem sogar freiwillig dorthin gegangen ist!«

»Sicher, Chef! Aber wo?«

Die Hand des Inspektors ballt sich, doch ein Blick seines Chefs genügt, um diese wieder zu entspannen und auf den Tisch sinken zu lassen.

Es dauert nicht lange, da wird Konrad Mörsebrink von einem Beamten durch die Tür geschoben. Mit gekünsteltem Lächeln pflanzt er sich vor dem Chefinspektor auf.

»Haben Sie endlich eingesehen, dass ich ein hieb- und stichfestes Alibi habe?«

Ihm ist in keiner Weise anzusehen, dass seine Frau erst kürzlich einem Mordanschlag zum Opfer fiel. Eingehend wird er gemustert, seine herausfordernde Frage jedoch ignoriert.

Fuchs blättert einen vor ihm liegenden Ordner auffallend langsam durch und Schreiner mustert ihn gelangweilt. Sie lassen den Tatverdächtigen eine Weile schmoren, was diesen auffallend nervös macht. Unruhig rutscht er auf dem Sessel umher.

»Wir haben eine Zeugenaussage des Winzers Günter Uhudler vorliegen«, eröffnet der Chefinspektor schließlich das Gespräch, nachdem er bemerkt, dass Mörsebrink unruhig zu zappeln beginnt, »in der er bestätigt, Sie zur Tatzeit im Weinberg gesehen zu haben. Damit müssen wir Ihr Alibi als gegeben hinnehmen.«

Er klappt den Aktenordner zu und schiebt ihn von sich. Mörsebrink springt auf.

»Dann verabschiede ich mich und fahre heute noch nach Essen zurück.«

Schreiner will schon aufmucken, jedoch der eindringliche Blick seines Chefs hält ihn zurück.

»Leider, Herr Mörsebrink«, sagt Fuchs süffisant, »kann ich das zum gegebenen Zeitpunkt nicht gestatten. Sie müssen sich schon so lange gedulden und uns zur Verfügung stehen, bis die Ermittlungen im Fall Ihrer ermordeten Frau abgeschlossen sind.«

»Das ist doch kompletter Unsinn«, begehrt Mörsebrink auf. »Ich werde dringend in Essen gebraucht. Das werden doch sogar Sie, meine Herren, verstehen.«

Christian Fuchs steht auf, schnappt seinen Aktenordner und dreht sich, bevor er den Raum verlässt, kurz um.

»Tut mir sehr leid, Herr Mörsebrink, aber Sie müssen sich weiterhin zu unserer Verfügung halten. Und um Ihren nächsten Einwand schon einmal vorwegzunehmen – auch Ihr Anwalt kann daran nichts ändern. Sie brauchen ihn deswegen erst gar nicht zu bemühen. Seien Sie versichert, wir lassen es Sie umgehend wissen, wenn unsere Untersuchungen abgeschlossen sind.«

Kapitel 14

Sepp Tauber schlendert durch Klein Schiessling wie ein Tourist, der sich in die Sehenswürdigkeiten des Ortes vertieft. Er spaziert im kühlen Schatten der Nussbäume die Kellergasse hinunter, bleibt vor einigen Weinkellern stehen, bewundert die geschnitzten Holztüren, macht vor einer alten Weinpresse, die unter einem Nussbaum ihr Dasein fristet, halt, und schlendert weiter bis zum Kulturhaus.

Um den Brunnen des Kulturhauses, aus dem seit der Eröffnung im Vorjahr spärlich Wasser tröpfelt, weshalb ihn die Bewohner liebevoll »Tröpferlbrunnen« nennen, stehen zwei Frauen und murmeln. Tauber geht auf sie zu und kann beim Näherkommen die Dorftratschen Annerl Passer und deren Freundin Berta Pitzer erkennen. Beide sind derart in ein Gespräch vertieft, dass sie Sepp, erst als er bereits hinter ihnen steht, bemerken.

»Ja mei! Wo haben S' denn die Sandra lassen?«, feixt Annerl, und

Berta lacht.

»Sandra ist daheim und bewässert ihren Garten. Es hat ja schon lang nimmer geregnet.«

»Ja mei«, wiederholt Annerl. »Dafür ham ma halt auch Sommer, gell!«

Sie wechseln einige belanglose Worte, bis Sepp Tauber spontan in die Tasche greift, ein Foto der Toten vom Vitusberg hervorholt und es den beiden unter die Nase hält.

»Habt's ihr die Frau vielleicht schon einmal gesehen?«

Ohne besondere Erwartung reicht er Berta das Foto und zuckt zurück, als diese unerwartet losschreit:

»Das ist doch die, die mit dem Mörder aus unserem Wirtshaus und noch einem Mann in der Eggenburger Bäckerei g'sessen ist! Da schau dir das an, Annerl! Kannst dich erinnern? Die tizianroten Haare! Das G'sicht! Das ist sie doch, oder?«

Annerl langt nach dem Foto und nickt energisch.

»Ganz sicher ist die das!«, plärrt sie noch lauter als Berta. »Die Sandra hat die doch auch g'sehn, Sepp! Sie war ja mit uns in der Bäckerei!«

»Was ist mit der?«, will Berta wissen.

Sepp, verärgert darüber, dass er nicht schon eher auf die Idee gekommen ist, das Foto auch seiner Sandra zu zeigen, und unschlüssig, ob und wie er den beiden erklären soll, um wen es sich bei der Frau handelt, steckt das Foto zunächst wieder ein, entschuldigt sich kurz, macht ein paar Schritte Richtung Kulturhaus, zückt sein Smartphone und ruft den Chef an.

Als er nach dem kurzen Telefonat zum Brunnen zurückkehrt, wird er von Annerl und Berta ungeduldig erwartet.

»Also, was ist mit der Frau?«

»Na ja, die Frau«, druckst er herum, »haben wir bei der Vituskapelle tot aufgefunden. Irgendjemand hat sie erschlagen und wir wissen nicht, um wen es sich handelt. Keiner kennt diese Frau.«

»Na ja, wie sie heißt, wissen wir auch nicht«, meint Berta zögernd. »Aber wenn sie in der Eggenburger Bäckerei g'sessen ist, kennt sie vielleicht jemand aus Eggenburg.«

»Die wird ja nicht in Hollabrunn wohnen und dann zu uns Kaffee trinken kommen!«

Annerls logische Schlussfolgerung bestätigt neuerlich ihre rasche Auffassungsgabe. Zumindest wenn keine Fremdwörter im Spiel sind!

»Habt's schon in Eggenburg herumg'fragt? Vielleicht kennt

sie dort jemand! Irgendwo muss sie ja mit dem Mann, der auch dabeig'sessen ist, wohnen. Vielleicht sogar im Stadthotel?«

Eine Weile herrscht Schweigen, bis sich Berta rührt.

»Was ist jetzt eigentlich mit der Hedwig? Die ist für uns im Moment wichtiger!«

Sie überfällt Tauber mit dieser Frage und ruft ihn damit zu seiner eigentlichen Aufgabe, nämlich die Winzergattin zu finden, zurück.

»Ich bleib' dran, das versprech' ich euch! Und sobald ich etwas weiß, erfahrt ihr es als Erstes.«

»Na hoffentlich!«, murrt Annerl, dreht sich zum Brunnen um und verfolgt, wie Tropfen um Tropfen herausquillt und langsam in das Auffangbecken fällt. Ein Tröpferlbrunnen eben!

Nun hat es Sepp Tauber eilig! Er läuft rasch durch die Kellergasse zurück und landet kurz darauf bei mir im Garten.

»Was bist denn so abgehetzt? Wirst von einem Wildschwein verfolgt?«

Wie gewohnt lässt er sich unter der Pergola auf einen Sessel fallen und legt mir das Foto vor die Nase.

»Kennst du die?«

Eingehend studiere ich die Gesichtszüge der rothaarigen Frau, die irgendwie unnatürlich wirken.

»Das könnte die Frau sein, die mit den beiden Männern am Nebentisch in der Eggenburger Bäckerei gesessen ist, als ich neulich mit Annerl, Berta und Hedwig dort war.«

Bei Hedwigs Namen schnürt es mir das Herz zu. Hoffentlich findet sie die Polizei, ehe ihr etwas Schreckliches zustößt.

»Einer der Männer an dem Tisch war dieser Mörsebrink«, füge ich gedankenverloren hinzu.

»Wo hast du denn das Foto her, Sepp?«

Er ignoriert meine Frage und schaut zufrieden auf.

»Machst uns einen Kaffee?«

Ein hoffnungsvoller Blitz aus verschmitzt blinzelnden Augen trifft mich, eifrig sprinte ich ins Haus und kehre schleunigst mit zwei gefüllten Häferln zurück unter die Pergola.

»Hast schon eine Ahnung, wo die Hedwig sein könnte, Sepp? Und was ist mit der Frau auf dem Foto? Die wirkt so unnatürlich.«

»Sie ist tot. Sie wurde mit einem Stein erschlagen und ein Spaziergänger hat sie gefunden. Vor der Vituskapelle.«

»Vor der Vituskapelle? Dort oben auf dem Hügel? Das ist ja schrecklich!«

Ängstlich mustere ich ihn. »Das ist jetzt die zweite Frauenleiche in kürzester Zeit. Muss ich mich fürchten, Sepp?«

»Nein! Ganz bestimmt nicht! Aber schildere mir euren Besuch in der Eggenburger Bäckerei genau.«

Mein Häferl ist zur Hälfte geleert und ich berichte, woran ich mich erinnern kann. Es ist ja schon etliche Tage her.

»Also! Zuerst ist mir dieser Mörsebrink aufgefallen. Ein weiterer Mann und eine Frau waren mit ihm an einem Tisch. Die Männer haben sich leise unterhalten, die Frau ist teilnahmslos danebengesessen. Und weil ich gern gewusst hätte, worüber sie tuscheln, bin ich aufgestanden und langsam an dem Tisch vorbeigegangen. Ich konnte aber nur ein paar zusammenhangslose Wortfetzen aufschnappen.«

Soweit ich mich daran erinnern kann, gebe ich Sepp das Gespräch der beiden Männer wieder.

»Also, dieser Mörsebrink hat zu dem anderen Mann so was in der Art gesagt, wie: ›Bist … worden?‹ Vielleicht hat er gemeint ›Bist narrisch worden?‹ Und: ›Wie konntest … diese Bauern …‹, und dann noch das Wort ›geliefert‹. Mehr hab' ich leider nicht mitgekriegt.«

Sepp schreibt sich diese zusammenhanglosen Wortfetzen penibel in sein Notizbuch, das er von mir bekommen hat, liest es sich mehrmals durch und schüttelt langsam den Kopf.

»Ich kann mir keinen Reim darauf machen, Sandra. Hast du eine Ahnung, was das bedeuten könnte?«

»Ich hab' mir schon mein Hirn zermartert, bin aber trotzdem nicht schlauer geworden. Vielleicht hat Mörsebrink den Mann aus irgendeinem Grund zurechtgewiesen? Jedenfalls war er mit dessen Handlung – oder was auch immer – nicht einverstanden. Irgendetwas hat der andere falsch gemacht.«

Ich überlege noch einmal kurz, kann jedoch zu keinem anderen Schluss kommen.

»Ich glaub', Sepp, das hat sich angehört wie eine Rüge. Mehr konnte ich leider nicht verstehen, denn als ich näher an den Tisch ran bin, haben sie aufgeschaut und das Gespräch augenblicklich unterbrochen.«

Sepp studiert abermals seine Notizen.

»Viel ist es nicht«, meine ich entschuldigend und zucke mit den Schultern.

»Sandra«, meint er anerkennend und klopft mir auf die Schulter, »vielleicht ist es doch was.«

Kapitel 15

Neuerlich nimmt Tauber seine Runden durch den Ort auf. Kellergasse, Hauptstraße, Kirche, Friedhof, Kulturhaus, Gemeindeamt und wieder zurück. Irgendwo muss Hedwig Uhudler ja stecken. Allzu weit entfernt kann sie doch nicht sein. Oder? War der Entführer mit einem Auto unterwegs oder ist ihm Hedwig zu Fuß gefolgt? Und wohin?

Wenn er das wüsste, wäre er nicht nur schlauer, sondern auch einen großen Schritt weiter. Da jedoch sein Auftrag lautet, sich in Klein Schiessling nach Hedwig umzusehen, bleibt ihm nichts anderes übrig, als alle Winkel des Ortes wieder und immer wieder abzuklappern.

Er marschiert hinter der Kirche vorbei, durchquert die kleine Au entlang eines schmalen Bächleins, wo ihn angenehme Kühle umgibt, und erreicht bald darauf eine Anhöhe. Leichten Schrittes erklimmt er diese.

Der erste Weinberg, der sich oberhalb der Au befindet, liegt zu seinen Füßen. In Reih und Glied breiten sich die Rebstöcke unter ihm aus, dazwischen lacht hie und da ein kleiner, geduckter Erdkeller hervor. Diesen schenkt er besondere Aufmerksamkeit. Bei den meisten ist gerade einmal das Dach sichtbar, der eigentliche Raum befindet sich weit unter der Erde, was den Sinn hat, die dort gelagerten Weine kühl zu halten.

Er strebt so einem Keller entgegen, tritt näher an das Gebäude heran, betrachtet das Schloss an der Tür, versucht sogar, diese aufzudrücken, was ohne Erfolg bleibt. An der Front des Kellers befindet sich ein kleines Fenster.

Sepp Tauber presst sein Gesicht an die schmutzige Glasscheibe, schirmt mit der Hand den Lichteinfall ab und mustert das Innere. Drinnen ist es finster. Er kann keine Bewegung wahrnehmen und schätzt, dass das leicht verfallene Gebäude bereits seit längerer Zeit leer steht. Spinnweben hängen von den Wänden und auf gestapelten Weinflaschen liegt zentimeterdick der Staub.

Langsam schlendert er zum nächsten dieser leicht verfallenen, unter der Sonne brütenden Gebäude, mustert deren Eingänge penibel, betastet alle Schlösser, kann jedoch nichts Auffälliges bemerken.

Schön langsam bekommt er Hunger. Vorsichtig setzt er sich schließlich auf einem größeren Granitblock nieder. Zu seinen Füßen breitet sich Klein Schiessling aus. Die imposante barocke Kirche, um die sich Gehöfte schmiegen, als wollten sie göttlichen Schutz suchen, zieht seinen Blick magisch an.

Nachdem er die Umgebung genau in Augenschein genommen hat, packt er einen Nussriegel aus. Und während er das Stanniolpapier abwickelt, fällt ihm ein im Sonnenlicht hüpfender, glänzender Punkt auf. Interessiert beobachtet er, wie dieser auf dem holprigen Gelände langsam näher kommt. Sein Körper strafft sich.

Er steckt den Snack in die Hosentasche zurück und fixiert gespannt den sich nähernden Punkt. Keine Sekunde lässt er ihn aus den Augen. Schließlich erkennt er, dass es sich um ein Fahrzeug handelt, dessen Windschutzscheibe in der Sonne aufblitzt. Einen Traktor kann er ausschließen, der würde ein ratterndes Geräusch verursachen, dieses Ding hingegen nähert sich fast lautlos.

Es handelt sich unmissverständlich um keinen Bauern, denn jeder vernünftige Landbewohner würde dieses unwegsame Gelände nur mit einem Traktor befahren. Unter Umständen auch mit einem Geländewagen, wie ihn die Jäger benützen, aber keinesfalls mit einem stinknormalen Pkw. Unverwandt klebt sein Blick an diesem Gefährt.

Der Lenker dürfte ihn nicht bemerkt haben und fährt weiter den Hügel bergauf, direkt auf Sepp zu. Wie ein Wachhund auf der Lauer nimmt er das sich nähernde Auto ins Visier.

»Was sucht der Kerl denn da?«, fragt er sich und verfolgt das Geschehen gespannt weiter.

Die Sonne sticht herunter, Grillen zirpen und hoch am Himmel kreist mit ausgebreiteten Schwingen lautlos ein Raubvogel. Die akkurat aufgereihten Rebstöcke schmiegen sich zwischen Himmel und Erde, als würden sie für ein Postkartenfoto posieren. Wäre Sepp Tauber nicht im Dienst, er würde dies alles viel länger auf sich wirken lassen und genießen.

Aber so? Nichts mit Genuss, er ist im Dienst!

Er duckt sich zwischen zwei Weinstöcken, während das Auto auf dem holprigen Weg immer näher kommt, sich nach rechts dreht und langsam auf einen der Erdkeller zurollt, den er noch nicht polizeilich inspiziert hat. Nun kann er auch ein Motorengeräusch vernehmen.

Gespannt, was weiter passiert, richtet er sich ein wenig auf, bleibt jedoch im Schatten der Reben verborgen. Er beobachtet, wie der Wagen unweit eines dieser kleinen Gebäude stoppt, der Lenker, es handelt sich eindeutig um einen Mann, unbekümmert aussteigt, gelassen um den Wagen herum und auf die Türe zu geht, um kurz darauf dahinter zu verschwinden.

»Interessant«, denkt Tauber, zückt sein Smartphone und drückt Angela Bauers Kurzwahltaste. Flüsternd meldet er, wo er sich befindet und was er beobachtet.

Eine Weile passiert nichts, dann öffnet sich die morsche Holztüre und der Lenker tritt heraus, eine kleinere Frau vor sich herschiebend.

»Verdammt! Ich fresse einen Besen, wenn das nicht Hedwig Uhudler ist.«

Sepp Tauber ist aus dem Häuschen. Er überlegt bereits, wie er den beiden zu Fuß folgen soll, da fällt ihm neuerlich ein in der Sonne glänzender Punkt auf. Angela!

Noch ehe Sepp sie auf den Wagen aufmerksam machen kann, hat diese die Situation überblickt. Ihr Streifenwagen nähert sich auf demselben Weg, den das Auto des Mannes kurz zuvor genommen hat. Unweigerlich treffen die beiden aufeinander. Angela Bauer springt heraus und macht ein paar Schritte auf den Mann zu.

»Hände hoch!«

Sepp Tauber sprintet wie eine Gazelle auf den Mann los, der zu flüchten droht, und stellt sich ihm in den Weg. Angela ergreift dessen beide Arme und reißt sie unter heftigem Widerstand des Mannes auf den Rücken. Nachdem Handschellen den Mann vorerst einmal außer Gefecht gesetzt haben, wenden sich beide besorgt der Frau zu.

»Frau Uhudler! Es ist vorbei!«

Erleichterung macht sich auf drei Gesichtern breit, das vierte spuckt Gift und Galle. Angela nimmt Hedwig in die Arme, da erst merkt sie, wie diese am ganzen Leib zittert.

»Mein Gott, sind Sie kalt!«

Rasch holt sie eine Decke aus dem Auto und legt sie der Frau um die Schultern. Hedwig zieht die Decke eng um sich und streckt ihr Gesicht der Sonne entgegen. Die Wärme tut gut, nachdem sie einen Tag und eine Nacht in dem finsteren Erdkeller gefroren hat. Ihr Zittern lässt langsam nach.

»Danke«, flüstert sie.

Kaum erholt und noch immer vor Kälte zitternd wischt sie plötzlich mit energischer Kopfbewegung das schreckliche Erlebnis von sich und Wut macht sich auf ihrem Gesicht breit! Sie wäre nicht die resolute Frau eines Klein Schiesslinger Winzers, wenn sie nicht sofort ihren aufgestauten Zorn an ihrem Peiniger auslassen würde.

Die wärmende Decke gleitet von ihren Schultern, sie macht zwei Schritte auf den mit Handschellen gefesselten Mann zu und verpasst ihm links und rechts eine Ohrfeige.

»Du Arsch! Was fällt dir ein, mich in dem kalten Loch einzusperren!«

Ihre Fäuste dreschen auf den Mann ein, bis Angela Bauer eingreift, Hedwigs Hände festhält und die noch immer Zitternde in Sepps Arme schubst, der ihr beruhigend die Haare aus dem erregten Gesicht streicht.

»Es ist gut, Frau Uhudler! Beruhigen Sie sich. Er wird seine gerechte Strafe bekommen.«

Ihnen ist die Erleichterung nicht nur über die Rettung der Entführten, sondern auch über die Festnahme des Kidnappers anzusehen. Heute in der Früh hätte sich Sepp Tauber bestimmt nicht träumen lassen, diese Angelegenheit so rasch zu einem Ende zu bringen. Christian Fuchs und Schreiner können sich freuen.

Und erst nachdem sich die Winzergattin einigermaßen beruhigt hat, wird das Gesicht des Mannes einer eingehenden Betrachtung unterzogen. Dieser lehnt noch immer am Streifenwagen und seine geohrfeigten, rot angelaufenen Backen glühen in der Sonne. Diese Watschen waren nicht von schlechten Eltern! Alle Achtung, Hedwig!

Sepp Tauber mustert den Entführer und muss feststellen, dass er ihm noch nie zuvor begegnet ist.

Es handelt sich weder um Konrad Mörsebrink noch um dessen Anwalt, Dr. Justus Affenzoller-Mainau, was er ursprünglich vermutet hat. Er fixiert fragend seine Kollegin, doch diese zuckt mit den Schultern. Auch ihr ist der Mann nicht bekannt. Das Auto trägt allerdings ein Frankfurter Kennzeichen, was die Feststellung der Identität erleichtern könnte, so es überhaupt echt ist!

Tauber greift in die hintere Hosentasche des Mannes, wogegen dieser heftig protestiert, und zieht eine Brieftasche hervor, in der sich neben ein paar Euroscheinen etliche Kreditkarten und ein Führerschein befinden, und reicht alles Angela. Augenblicklich werden die Daten in den Bordcomputer des Streifenwagens eingetippt, und kurz darauf herrscht Gewissheit!

Kapitel 16

»Sie sind Riccardo Schrademann, geboren am 14. Mai 1966, verheiratet mit Roseanna Schrademann, wohnhaft in Frankfurt am Main, und halten sich zurzeit in Eggenburg auf. Ist das richtig?«

Nachdem Inspektor Julius Schreiner von seinem Chef angewiesen wurde, die Vernehmung äußerst korrekt, vor allem aber emotionslos durchzuführen, reißt er sich, vorerst zumindest, am Riemen. Er hat wohl seine Worte unter Kontrolle, jedoch nicht seinen wütenden Gesichtsausdruck.

»Also?«

Trotz cheflicher Ermahnung verheißt sein Tonfall nichts Gutes. Der Angesprochene wetzt den Sessel blank, sein hochroter Kopf mit den von Hedwig Uhudler geschundenen Wangen verrät, dass er ebenfalls wütend ist. Trotzdem schweigt er. Nur ein unmerkliches Nicken kann Schreiner gerade noch erahnen. Ungeduldig trommelt er mit den Fingern auf die Tischplatte. Wenn er schon nicht brüllen und mit der Faust draufhauen darf, muss er sich wenigstens auf diese Art und Weise ein wenig abreagieren.

»Haben Sie meine Frage verstanden?«

Wieder ein leichtes Nicken. Schreiner wird auf eine harte Probe gestellt. Er versteht nicht, warum dieser Kerl so bockt. Er wurde doch in flagranti erwischt. Jegliches Leugnen ist zwecklos. Zwei seiner fähigsten Beamten können bestätigen, dass er zumindest in die Entführung Hedwig Uhudlers involviert war.

»Was ist jetzt? Haben Sie die Sprache verloren? Wenn Sie nicht augenblicklich den Mund aufmachen und zu reden anfangen, lasse ich Sie abführen und in einem unserer Einzelzimmer unterbringen. Und das für achtundvierzig Stunden. Kapiert? Sie können gleich einmal Ihre Frau darüber informieren.«

Diese Androhung gefällt dem Deutschen nicht. Langsam richtet er sich auf, zieht die Brauen hoch und streicht sich arrogant mit beiden Händen über die Schläfen.

»Ihre Angaben zu meiner Person sind korrekt. Meine Frau wird mich nicht vermissen, die ist bereits nach Deutschland zurückgekehrt.«

Na also! Geht doch! Warum nicht gleich?

»Wo sind Sie zurzeit untergebracht? Wohnen Sie in Eggenburg?«

»Nein!«

»Also! Wo wohnen Sie dann?«

»Auf der Straße nach Stoitzendorf in einem angemieteten Haus.«

»Adresse! Hausnummer!«

Schrademann kramt aus seiner Brieftasche einen Zettel hervor, den er Schreiner über den Tisch schiebt.

»Hier haben Sie die Adresse!«

Unwirsch schiebt Schreiner den Zettel zu sich, liest und fixiert Schrademann mit blankem Hohn.

»Dieses alte Haus haben Sie sich gemietet? Wäre ein Aufenthalt in einem Hotel nicht weitaus bequemer gewesen?«

Darauf erhält er keine Antwort.

»Aus welchem Grund haben Sie Hedwig Uhudler entführt und in dem kleinen Weinkeller gefangen gehalten?«

»Was heißt gefangen gehalten? Ich habe ihr den Keller gezeigt, weil sie noch nie zuvor so etwas gesehen hat.«

Nun ist Schreiners Geduld erschöpft. Er kann sich nicht mehr beherrschen und seine Faust landet krachend auf der Schreibtischplatte, während er brüllt, was das Zeug hält: »Sie wollen mir im Ernst einreden, dass die Frau eines Winzers noch nie einen Weinkeller von innen gesehen hat? Halten Sie uns für so deppert?«

Sepp Tauber eilt über den Gang, um im Wachzimmer zu verschwinden, hört Schreiner plärren, macht ein paar Schritte zurück, reißt die Bürotür auf und sieht sich einer Situation gegenüber, die zu eskalieren droht. Der Inspektor bäumt sich hinter seinem Schreibtisch auf, beide Arme auf der Tischplatte abgestützt, und reckt seinen hochroten Kopf bedrohlich Schrademann entgegen, der ebenfalls im selben Moment aufspringt, in dem Tauber in der Tür erscheint.

»Was ist denn hier los?«, schreit er. »Brauchen S' Hilfe, Herr Inspektor?«

Er überblickt die Lage rasch, stürzt sich auf Schrademann und drückt ihn auf den Sessel zurück.

»Nur schön ruhig, Herr Schrademann! Keine Aufregung!«

Dann erst betrachtet er fragend den Inspektor, der sich wutschnaubend auf seinen Sitz zurückfallen lässt. Tauber zieht sich einen Sessel neben Schrademann, während Schreiner gleich wieder in die Höhe springt, den Schreibtisch verlässt, ans Fenster eilt, und beiden den Rücken zukehrt.

»Warum führt denn der Chef nicht selbst die Vernehmung«, fragt er sich, während er auf den regen Straßenverkehr starrt.

Alles Unangenehme bleibt an ihm hängen. Wie immer!

Schrademann verweist, nachdem Schreiner sich vom Fenster losgeeist und neuerlich dem Schreibtisch zugewandt hat, auf seinen Anwalt.

»Ohne Anwalt sage ich kein Wort mehr.«

»Auch gut, rufen Sie ihn an«, plärrt Schreiner. »Bis Ihr Anwalt da ist, bleiben Sie allerdings bei uns.«

Chefinspektor Christian Fuchs, der von seiner zweitägigen ministeriellen Amtsbesprechung in Wien zurück ist, wurde über die Situation informiert und lacht sich ins Fäustchen.

»Meinst, Schreiner, wir bekommen es neuerlich mit Dr. Justus Affenzoller-Mainau zu tun?«

»Würde mich sehr wundern, Chef, wenn dem nicht so wäre.«

Schreiner braucht sich nicht zu wundern, denn der Anwalt Riccardo Schrademanns ist tatsächlich Dr. Justus Affenzoller-Mainau. Er erscheint kurz nach dem Hilferuf im Chefzimmer und kommt grußlos zur Sache.

»Was werfen Sie meinem Mandanten vor?«

Christian Fuchs konfrontiert ihn mit der Entführung Hedwig Uhudlers, worauf dieser lauthals zu lachen beginnt.

»Hat Ihnen mein Mandant nicht erklärt, wie dieser Vorfall zustande kam?«

Fuchs und Schreiner hängen verwundert an seinen Lippen, während der Anwalt versucht, die Tat seines Mandanten herunterzuspielen und ins Lächerliche zu ziehen.

»Herr Schrademann war mit der Frau spazieren, und da diese noch nie zuvor solch einen Erdkeller von innen gesehen hat, führte er sie hinein. Leider ist Herrn Schrademann dabei ein Missgeschick passiert. Irrtümlich wurde der Keller abgeschlossen. Gleich am nächsten Morgen, als ihm dies bewusst wurde, kam er jedoch sofort zurück, um die Frau zu befreien. Das ist alles! Ein kleines Missgeschick eben, wie es jedem von uns schon einmal passieren kann, nicht?«

Christian Fuchs bleibt die Spucke weg. Über so viel Unverfrorenheit kann er nur den Kopf schütteln.

»Lieber Herr Dr. Justus Affenzoller-Mainau«, wendet er sich, nachdem er den harten Bissen hinuntergeschluckt hat, mit süffisantem Lächeln dem Anwalt zu, »Sie werden ob der prekären Situation sicherlich gut verstehen, dass wir diesen Vorfall erst einer eingehenden Prüfung unterziehen müssen, ehe wir Ihren Mandanten freilassen können.«

Er erhebt sich.

»Guten Tag, Herr Dr. Affenzoller-Mainau!«

Beim Hinausgehen wundert er sich allerdings, wieso der Anwalt über die Einzelheiten der Entführung bereits informiert war, obwohl er mit seinem Mandanten nicht gesprochen hatte. Wahrscheinlich haben die beiden bereits vor der Entführung alles bis ins kleinste Detail abgecheckt.

Kapitel 17

»Habt's schon g'hört, die Hedwig ist wieder daheim!«

Lautstark posaunt uns Annerl Passer diese Neuigkeit, die ich bereits von Sepp erfahren habe, um die Ohren. Berta Pitzer, die neben Annerl im Schatten unter meiner Pergola hockt, ist darüber hocherfreut. Auch mir ist ein Stein vom Herzen gefallen, als mir Sepp die Befreiung geschildert hat. Ich stelle drei Gläser G'spritzte auf den Tisch.

»Prost!«

Und nachdem wir uns mit den Drinks ein wenig Kühlung verschafft haben – das Thermometer steht bereits auf heißen 36 Grad im Schatten –, schildere ich den beiden die Befreiungsaktion, wie ich sie von Sepp in den schillerndsten Farben erfuhr.

»Ja«, meint Annerl, »sie hat mir erzählt, wie das passiert ist. Sie war g'rad vorm Haus beim Blumengießen, da hat sie ein Mann ang'sprochen und g'fragt, wie er den Weg in die Weinberge findet.«

Annerl berichtet, dass sich Hedwig zunächst nichts dabei dachte, obwohl sie den Mann im ersten Augenblick nicht erkannt hat. Und weil der Weg ein bisserl kompliziert zu beschreiben war, meinte der Mann, sie solle doch kurz mitfahren und ihm den genauen Weg zeigen. Sein Auto stehe gleich um die Ecke beim Kulturhaus.

An der Stelle unterbreche ich Annerl.

»Hat man der als Kind nicht eingetrichtert, dass man zu keinem fremden Mann ins Auto steigen darf?«

Annerl zuckt mit den Schultern und schildert weiter, wie der Kerl Hedwig durch die Rieden kutschierte und anschließend in einen kleinen Erdkeller stieß, der einmal Michl Rieslinger gehörte, der ihn allerdings vor vielen Jahre an einen Wiener verscherbelt hatte.

»Ich frag' mich nur, woher er den Schlüssel hatte. Denn der Michl hat keinen mehr. Er hat sogar behauptet, dass das Schloss kaputt war und es überhaupt keinen Schlüssel dazu gibt.«

Interessant! Der Keller war eindeutig abgesperrt, sonst hätte sich Hedwig ja selbst befreien können. Wer hat also das Schloss erneuern lassen? Weiß die Polizei darüber Bescheid?

»Und wie geht's der Hedwig jetzt?«, fragt Berta mitten in mein verstricktes Gedankengewirr hinein.

»Ich glaube, die hat sich noch an Ort und Stelle abreagiert und dem Kerl ein paar saftige Watschen verpasst.«

»Das g'fallt mir! Das ist typisch Hedwig. Immer resolut, die Gute!«

Annerl räkelt sich, langt zum Glas und trinkt erleichtert und erfreut über die gesunde Rückkehr Hedwigs ihren G'spritzten aus.

»Weiß man eigentlich, wer Hedwig entführt hat? Dieser Mörsebrink war's nicht.«

»Nein«, entgegne ich. »Mörsebrink war es nicht. Sepp hat mir nur erzählt, dass ihnen der Mann zunächst nicht bekannt war, aber anhand des Autokennzeichens konnte man ihn rasch identifizieren. Aber wie er heißt, hat er mir nicht verraten. Allzu viel darf Sepp ja nicht ausplaudern.«

»Die Hedwig hat aber dem Günter erzählt«, schildert Berta, »dass ihr Entführer der Mann aus der Eggenburger Bäckerei war. Der damals mit dem Mörsebrink und einer Frau an dem kleinen Tisch g'sessen ist. Du wolltest ihn doch belauschen, Sandra.«

»Der war das?«

Das wird ja immer mysteriöser. Da halten sich zeitgleich zwei Paare aus Deutschland bei uns auf, ebenso der dazu gehörende Anwalt, und zwei Frauen sind tot. Womöglich ... Mein Aufschrei lässt beide Weiber in die Höhe schnellen.

»Was ist, Sandra? Hast den Teufel g'sehn?«

»Nein, Berta! Aber eine Vision ist durch mein Hirn geblitzt.«

»Was für eine Vision?«

Ich winke ab. Zuerst muss ich mich fassen, ehe ich die beiden an meiner kuriosen Kombination des Geschehens teilhaben lasse. Kann es wirklich so gewesen sein? Ist das die Lösung des Falles? Mein Kopf fährt Hochschaubahn. Um meinen jetzigen Zustand mit den Worten einer guten Freundin aus Bielefeld zu beschreiben: »Mir ist ganz schwummerand!«

Rasch hole ich eine neue Flasche Grünen Veltliner und Mineralwasser, mische drei G'spritzte und lege den beiden meine Gedanken zu dem Fall, wie sie mir soeben gekommen sind, dar. Zunächst etwas zögernd, dann immer selbstsicherer und bestimmter.

»Der Mörsebrink hat seine Frau erschlagen. Und um sich ein Alibi zu verschaffen, schickt er seinen Freund los, um im Weinberg für ihn spazieren zu gehen. Der macht es, hält sich aber nicht korrekt an die Abmachung, dieselbe Kleidung wie Mörsebrink zu tragen. Dazu würden vielleicht auch die Wortfetzen passen, die ich in der Bäckerei aufgeschnappt habe. Und während sein Freund statt ihm im Weinberg spazieren geht, schleicht sich Mörsebrink unbemerkt ins Wirtshaus und erschlägt seine Frau. Dann braucht er sich nur durch die Hintertür wieder zu verabschieden.«

»Und was ist mit der Toten vom Vitusberg?«

»Vielleicht«, spinne ich weiter und lege meine rechte Hand auf die vom vielen Nachdenken bereits heiß gewordene Stirn, »haben aber auch die beiden Männer ihre Frauen gegenseitig umgebracht. Auch das könnt' ich mir vorstellen. Dann wäre

Mörsebrink wirklich im Weinberg spazieren gewesen, während sein Freund im Wirtshaus Roswitha Mörsebrink mit einer Weinflasche erschlagen hat.«

Weit aufgerissene Augen bohren sich in mich. Was mir zunächst unwirklich und völlig absurd erscheint, nimmt, indem ich es ausspreche, Gestalt an und wird für mich immer logischer. Entweder so oder so kann es sich abgespielt haben! Alles andere ergibt keinen Sinn!

»Genauso wird's g'wesen sein!«

Berta hebt ihr Glas, nickt zustimmend in meine Richtung und prostet mir zu.

»Sandra, du bist ein Fuchs!«

Auch Annerl spart nicht mit Lob, was mich zwar freut, aber nicht wirklich zufriedenstellt. Denn allein die Vermutung, wie es gewesen sein könnte, bringt noch lange keinen Mörder hinter Gitter. Das ist es aber, was wir wollen!

Doch dann wischen die zwei mit einer flüchtigen Handbewegung meine Überlegung fort und Berta spricht das aus, was auch Annerl weit mehr beschäftigt.

»Gott sei Dank ist unsere Hedwig wieder da! Das ist momentan wichtiger als diese Deutschen alle miteinander!«

»Genau«, schreit Annerl. »Sollen sie sich doch die Schädel einschlagen, aber uns in Ruhe lassen!«

Nichtsdestotrotz will ich Sepp so rasch wie möglich in meine Spinnereien einweihen.

Nachdem wir neuerlich einen G'spritzten vor uns auf dem Tisch stehen haben und unsere guten Wünsche bei Hedwig liegen, wenden wir uns intensiv dem Mord an Roswitha Mörsebrink in unserem Dorfwirtshaus zu.

»Und du glaubst wirklich, Sandra, dass die Tote vom Vitusberg dazu passt?«

»Ich kann es mir nicht anders erklären, Berta. Die beiden Fälle müssen zusammenhängen. So viele Zufälle auf einmal gibt's doch nicht. Zuerst die erschlagene Frau im Dorfwirtshaus und bald darauf die nächste erschlagene Frau bei der Vituskapelle. Und beide Opfer stammen nicht aus unserer Gegend.«

»Aber die tote Frau vom Vitusberg kennen wir ja gar nicht«, wirft Berta nachdenklich ein. »Wir wissen nur, dass sie damals mit dem Mörsebrink und dem anderen Mann in der Eggenburger Bäckerei g'sessen ist. Wir wissen aber nicht, wie sie heißt.«

»Deshalb kann sie nicht aus unserer Gegend stammen, Berta«, murrt Annerl genervt. »Weil sonst täten wir das wissen!«

Kurz schaue ich auf.

»Es war die Person, die mit Mörsebrink und dem Entführer von Hedwig am Kaffeehaustisch gesessen ist, als ich lauschen wollte.«

»Stimmt«, gibt Berta zu. »Die kommt ebenso aus Deutschland wie unsere Frau Mörsebrink.«

»Hast recht, Berta«, bestätigt Annerl.

»Folglich wäre der Mord an dieser Frau, wenn er nicht mit Roswitha Mörsebrinks Tod zusammenhängen würde, ein Zufall zu viel!«

Ich nestle mein Smartphone aus der Tasche und rufe Sepp an, um ihn in meine Schlussfolgerung einzuweihen, bekomme jedoch zu hören, dass er im Augenblick mit Angela unterwegs sei.

Danach herrscht eine ganze Weile Schweigen, was für uns Schnattergänse völlig unüblich ist. Annerl und Berta lassen die Vermutungen, wie ich sie ihnen aus meiner Sicht dargelegt habe, Revue passieren, was zu dem Ergebnis führt, dass Annerl plötzlich vom Sessel aufschnellt.

»Da ham mas ja!«

»Was haben wir, Annerl?«

So ganz genau kann ich ihren Aufschrei nicht nachvollziehen. Und Berta auch nicht, wie ihr Gesichtsausdruck erkennen lässt.

Hastig macht Annerl im Stehen einen Schluck, stellt das Glas energisch auf den Tisch, sodass es beinahe umfällt, und lässt sich plumpsend auf ihren Sitz zurückfallen.

»Ist doch eh klar! Wenn der Mörsebrink seine Frau um'bracht hat, könnt er doch auch die andere Frau erschlagen haben, weil ihn die dabei beobachtet hat.«

Diese Schlussfolgerung gefällt Berta nicht. »Annerl, das wäre zu einfach. Ich glaub' nicht, dass die Morde so zusammenhängen. Ich glaub' eher, dass vielleicht die Tote vom Vitusberg die Mörsebrink erschlagen hat und der Ehemann hat sich dafür gerächt und die … Nein!«, korrigiert sie sich sogleich und ergänzt kleinlaut: »So kann's auch nicht g'wesen sein.«

Und nach einer Pause brummt sie ärgerlich:

»Aber wie war's dann wirklich?«

»Vielleicht hat die Sandra mit ihrer Vermutung doch recht und der Mörsebrink hat beide Frauen erschlagen!«

»Hab' ich doch gleich g'sagt«, schreit Annerl, »dass der des war! Nur der kann's g'wesen sein! So hört's halt auf mich! Ich bin schließlich schon a bisserl länger auf der Welt als ihr.«

Gedanken ziehen Schleifen ohne Anfang und Ende und unsere Schlussfolgerungen scheinen mir, je länger ich darüber nachdenke, unrealistisch und mehr als fragwürdig. Das wäre ja noch ein Zufall mehr, wenn diese Frau den Mord beobachtet hätte und der Täter sie deshalb getötet hat? Warum hat er das nicht gleich an Ort und Stelle getan, sondern erst ein paar Tage später? Ungläubig schüttle ich den Kopf, trinke meinen G'spritzten aus und will für Nachschub sorgen. Annerls Argusaugen verfolgen meine Handlung, und ostentativ hält sie die Hand über ihr Glas.

»Was ist? Willst nix mehr trinken?«

»Doch! Aber was G'scheits! Wir brauchen was zum Nachdenken, Sandra!«

Na toll!

Noch ehe ich mich umdrehen und ins Haus marschieren kann, vernehme ich eine mir nur zu bekannte Stimme, welche mein Stimmungsbarometer augenblicklich unter null sinken lässt.

»Griaß eich!«

»Ja, der Herr Bürgermeister! Was machst denn du da?«

Annerl streift ihren schwarzen Rock züchtig über den Knien glatt und winkt Alfons Pummerl zu.

»Komm her zu uns und hock di' nieder.«

Was will denn unser Dorfboss bei mir? Gleich darauf wird meine Neugierde gestillt.

»Ich wollt' mit der Annerl reden.«

»Und da kommst ausgerechnet zu mir?«

Der hat doch eine Schraube locker. Will was von der Annerl und kommt zu mir?

»Ich hab' mir denkt, wenn die nicht daheim ist, hockt sie sicher entweder bei der Berta oder bei der Sandra. Und? Recht hab' ich g'habt!«

Zwischen seinen Schwabbelpäckchen leuchtet die rote Knollennase und sein Mund verzieht sich zu einem breiten Grinsen. Langsam schiebe ich einen Sessel in seine Richtung und bringe noch langsamer ein Glas für ihn.

»Trinkst auch einen G'spritzten mit?«, frage ich höflichkeitshalber, obwohl ich mir diese Frage hätte sparen können.

Er trinkt immer und überall ein Glaserl mit, wenn er dazu eingeladen wird. Obwohl – Einladung kann man sein plumpes Hereinplatzen in unsere Runde sicher nicht nennen. Keine von uns käme auf die absurde Idee, zu einem wichtigen Gespräch Alfons Pummerl einzuladen.

Egal! Kaum sitzt er, ist sein Glas bereits zur Hälfte geleert. Ist es jetzt halb voll oder halb leer? In den Augen unseres Dorfbosses ist es sicher halb leer, weil dann meistens rasch nachgeschenkt wird, was er stets dankend mit einem Zwinkern seiner Schweinsäuglein quittiert. Wenn's nichts kostet, schmeckt's am besten! Nachdem auch der Inhalt des zweiten Glases in seinem rundlichen Körper verschwunden ist, streckt er das Kreuz durch, so gut es geht, und richtet sich auf.

»Die Hedwig ist ja jetzt wieder da.«

Annerl beutelt sich und mustert ihn tadelnd.

»Des wiss' ma schon!«

»Ja, also, was i sagen wollt' …«, stottert er herum, »… sie hat den Kerl, der sie entführt hat, erkannt.«

»Auch das wissen wir, Bürgermeister«, antworte ich genervt und schiebe sein halb volles Glas näher an ihn heran.

Solange er trinkt, kann er wenigstens nicht reden!

Falsch! Reden sollte er schon, aber nicht herumdrucksen! Warum konzentriert sich dieser Mensch nicht einfach und drückt klipp und klar aus, was er will? Man darf sich nicht wundern, wenn im Gemeinderat so wenig weitergeht. Die meisten Beschlüsse wurden in den letzten Jahren ohnehin ausschließlich von unseren Gemeinderäten gefasst, denn bis Pummerl überlegt und sich zu den Punkten, die beschlossen werden sollen, äußert, wird die neue Funktionsperiode wieder abgeläutet.

Er greift nach dem Glas und hält sich daran fest.

»Ich hab' mir vorg'stellt, dass die Gemeinde für die Hedwig so eine Art Willkommensfeier veranstalten könnt'.« Der nächste Schluck G'spritzte verschwindet hinter der Binde. »Schließlich war sie entführt und ist unter den grauslichsten Bedingungen festg'halten worden.«

»Na, na, so arg war's auch wieder nicht«, stelle ich richtig. »Sie war ja nur einen halben Tag und eine Nacht eingesperrt, und von grauslichen Bedingungen kann man auch nicht unbedingt sprechen.«

Für diesen Einwand werde ich mit allgemeiner Missachtung gestraft.

»So kann man das nicht seh'n, Sandra«, belehrt mich Berta. »Immerhin ist sie entführt worden.«

Ergeben nicke ich. Was bleibt mir auch anderes übrig. Pummerl hebt seinen Kopf.

»Ja, Annerl, also, ich wollt' dich fragen, ob du eine Idee hast für eine Feier für die Hedwig. So eine Art Wiedersehensfeier!«

Unsere Dorftratschen fühlt sich geschmeichelt, strahlt über das ganze Gesicht und wackelt mit dem Kopf auf und ab.

»Na ja«, meint sie, ihre Augenbrauen hebend. »Wie wär's denn mit einem Heurigenabend? Auf Gemeindekosten natürlich!«

Nun wackelt unser Dorfboss mit dem Kopf, allerdings in die entgegengesetzte Richtung. Von links nach rechts und wieder zurück. Er schließt seine Schweinsäuglein, um damit diese drohende Gefahr zusätzlich von sich abzuwenden.

»Nein, Annerl!«

Sein Hintern wetzt meinen Sessel blank.

»Wenn das ganze Dorf beim Heurigen trinkt und isst, was glaubst, was das kostet?«

Umständlich kratzt er sich unter dem Kinn.

»Das wird viel zu teuer für die Gemeinde! Hast ka andere Idee?«

Eine Feier will er veranstalten, aber kosten darf sie nichts. Typisch Pummerl.

»Dann verleiht's ihr halt a Ehrenurkunde. So a Art öffentliches Dokument. Des kost' nix und macht was her.«

Damit hat Annerl beim Bürgermeister einen Volltreffer gelandet. Alles ist besser, als Geld auszugeben! Seine Schwabbelbäckchen verziehen sich zu einem überglücklichen Lächeln. Ein Barockengel ist ein Dreck dagegen!

»Das ist gut, Annerl. Das mach' ma. A Urkunde, in der steht, dass die Hedwig tapfer 'kämpft hat gegen das Verbrechen.«

Befriedigt greift er zum G'spritzten und trinkt.

»Ich hab' ja g'wusst, auf dich ist Verlass, Annerl«, nuschelt er, nachdem der Wein sein Innerstes erreicht hat.

Mit diesem Vorschlag ist unser Bürgermeister hochzufrieden und ich muss Annerl zustimmen. Eine Urkunde kann sich Hedwig an die Wand hängen und jedem stolz zeigen, ein Heurigenbesuch ist vorbei, wenn er aus ist!

Doch das ist nicht alles, was Pummerl auf dem Herzen mit sich herumschleppt. Bis wir allerdings über sein weiteres Anliegen informiert sind, laufen noch ein paar Gläser G'spritzte seine Kehle hinunter und landen glucksend in seiner Wampe.

»Der Heinrich, also der Gemeinderat Silvaner, mein' ich«, beginnt er nach dem vierten oder fünften Glas umständlich zu erläutern, »war doch in Deutschland und hat dort diese Roswitha kennen g'lernt und ...«

»Auch das wissen wir, Bürgermeister«, maule ich.

»So lasst's mich halt amal ausreden!«

Abwehrend hebe ich beide Hände und denke: »Dann tu's doch endlich!«

»Also, der Heinrich hat mir erzählt, dass er dort auch den Mann von der Mörsebrink kenneng'lernt hat und dem seinen Freund. Der Freund heißt Riccardo, hat der Heinrich g'sagt.«

Meine Ohren stehen auf Lauschen! Während das Gestottere unseres Dorfbosses über mich hinwegrauscht, bemühe ich mich, den Inhalt zu ordnen und in der richtigen Reihenfolge zusammenzufügen, sodass alles einen Sinn ergibt.

Dass Heinrich Silvaner diesen Mann kennt, ist mir neu. Dass es sich dabei um jenen Menschen handelt, den wir in der Eggenburger Bäckerei angetroffen haben, ist keine Überraschung. Hedwig hat ihn bereits identifiziert und uns darüber berichtet. Während weiterer verwässerter Rebensaft ihn abfüllt, höre ich seinem Genuschel etwas aufmerksamer zu, dann habe ich kapiert.

»Die Annerl soll mich fragen, ob ich – dank meiner guten

Verbindung zur Polizei – denen das verklickern kann. Habe ich das richtig verstanden, Bürgermeister?«

»Ja!«

»Und warum kommst dann nicht gleich zu mir?«

Ich komme mit dem Nachschenken kaum nach, so schnell ist Pummerl mit dem Schlucken.

»Ich hab' mir halt denkt, dass dir die Annerl das viel besser erzählen kann als ich.«

Stumm nickend beglückwünsche ich ihn zu seiner Einschätzung. Erklären und erläutern kann Annerl ganz sicher besser. Vor allem aber verständlicher und weniger zeitraubend!

»Kennt Gemeinderat Silvaner auch den Nachnamen des Freundes«, frage ich und erhalte ein im Glas verschwindendes Ja, weil sein Riechkolben schon wieder drinnen steckt, um den letzten Tropfen herauszusaugen. Es bleibt mir nichts anderes übrig, als nachzuschenken. Dazu muss ich aber erst einmal eine neue Flasche aus dem Keller holen.

Mitten auf dem Weg dorthin besinne ich mich jedoch, dass Annerl, bevor Pummerl aufgetaucht ist, etwas Hochprozentiges geordert hat. Ich ändere die Richtung und kehre mit einer vollen Flasche Obstler und Stamperln beladen an den Tisch zurück, wo mich eine lautstarke Debatte darüber erwartet, ob wir unser neues Wissen sofort oder erst etwas später an die Polizei weitergeben sollten. Ich plädiere für sofort. Je eher die Polizei des Täters habhaft wird, umso früher kehrt wieder Ruhe in Klein Schiessling ein. Ob damit auch der Mörder von Roswitha Mörsebrink sowie der, der die schöne Rothaarige vom Vitusberg auf dem Gewissen hat, gefasst wird, bleibt allerdings vorerst offen. Hauptsache, der Entführer von Hedwig Uhudler sitzt festgenagelt hinter Schloss und Riegel und kann keinerlei Schaden mehr anrichten.

Kapitel 18

Nachdem ich Sepp endlich erreicht und ihn telefonisch über unseren derzeitigen Wissensstand informiert habe, muss ich zur Kenntnis nehmen, dass die Polizei bereits zu derselben Schlussfolgerung kam wie wir. Na super! Wozu bemühe ich mich dann?

»Ich wollt' eh heut' am Abend vorbeikommen und dir von Riccardo Schrademann berichten. So heißt der Kerl nämlich, der Hedwig entführt hat. Uns war aber wichtig, dass zuerst die Hedwig gut daheim ankommt und dass unser Chef über die Sachlage informiert wird. Was glaubst du, Sandra, wie der Schrademann geschockt war, als plötzlich die Angela mit dem Streifenwagen vor ihm g'standen ist!«

Er lacht und ich freue mich, dass Hedwig so rasch – na, sagen wir, verhältnismäßig rasch – befreit werden konnte.

»Damit hat er nicht gerechnet. Er hat 'glaubt, im Weinberg ist zu dieser Jahreszeit nix los. Da hat er sich aber geirrt, der Gute!« Befreit lacht er weiter. »Im Moment sitzt der Kerl im Vernehmungsraum und Schreiner nimmt ihn in die Zange. Tut mir leid, Sandra, dass du das erst jetzt erfährst.«

»Ist schon in Ordnung, Sepp. Ich werde gleich einmal zu Hedwig fahren und mich nach ihrem Befinden erkundigen.«

»Ich denke, das kannst du dir sparen, Sandra. Die ist wieder fit und völlig in Ordnung. Nachdem sie ihrem Entführer, kaum dass sie freigelassen war, ein paar Watschen verpasst hat, war ihr gleich viel leichter.«

Lachend stelle ich mir die Szene vor. Die kleine Hedwig ohrfeigt den langen Lulatsch. Denn dass der Mann, den wir in der Eggenburger Bäckerei gesehen haben, groß war, habe ich noch gut in Erinnerung.

»Dann habt's ja schon einmal einen Täter in Gewahrsam.«

Erleichtert atme ich auf.

»Jetzt fehlt euch nur noch der Mörder von Roswitha Mörsebrink und der, der die Frau bei der Vituskapelle erschlagen hat.«

Während ich in meine Stirn Dackelfalten ziehe, ordnen sich meine Gedanken wie von selbst.

»Wir, also die Annerl, die Berta und ich, sind uns einig, dass ihr nur nach einem einzigen Mörder suchen müsst.«

Das habe ich ihm zwar bereits am Anfang unseres Gesprächs verklickert, aber doppelt hält besser!

»Dieser Meinung ist unser Chef auch, Sandra. Die beiden Frauen wurden ganz bestimmt von ein und demselben Täter erschlagen. Alles andere wäre ein zu großer Zufall, an den wir nicht glauben. Nicht einmal der Schreiner kann sich das vorstellen, und das heißt was.«

Gleich nach diesem Telefonat schlüpfe ich in meine Gartenschlapfen und beginne mit dem Gießen. Zuerst schüttet es täglich, und nun ist Trockenheit angesagt. Meine Pflanzen beginnen mir ihren Unmut anzuzeigen, indem sie ihre Blätter hängen lassen und Trauer verkünden. Allen voran die Hortensien. Nach zweistündiger Gießarbeit lasse ich mich erschöpft auf einen Sessel fallen. Es ist ja nicht so, dass ich nur die Bewässerungsanlage aufzudrehen habe. Nein! Der Regen erreicht nicht alles, und ich muss mit Schlauch und Gießkanne den Rest versorgen, was ganz schön anstrengend ist, vor allem bei fünfunddreißig Grad im Schatten. Aber jetzt habe ich es geschafft. Der herrliche Duft der feuchten Erde steigt mir in die Nase und entschädigt mich für diese Knochenarbeit.

Mit irgendetwas Gutem will ich mich dafür belohnen. Ich überlege, dass ein Eiskaffee gerade das Richtige wäre, um die Strapazen der Gartenarbeit zu vergessen, deshalb rufe ich Annerl an.

»Hast du Lust auf eine Fahrt nach Eggenburg?«

»Nein! Für an Kaffee ist mir zu heiß, Sandra«, murrt sie unwillig.

»Hmm! Und wie wäre es zur Abwechslung mit einem Eiskaffee?«

Diese Frage hätte ich mir sparen können.

»Ich zieh' mir nur g'schwind die Schuh' an und wart' vor der Haustür auf dich.«

Mir fällt ein, dass dies ein guter Grund wäre, auch Hedwig und Berta in unseren Kaffeehausbesuch einzubeziehen. Noch zwei Telefonate, und wir sind komplett.

»Einen besseren Einfall hättest du gar nicht haben können«, meint Hedwig, die neben mir auf dem Beifahrersitz hockt und mich von der Seite angrinst.

Die beiden anderen Grazien haben es sich hinter uns bequem gemacht und stimmen Hedwig zu.

»Vier Eiskaffee, bitte!«

Bei der Vorfreude auf diesen sommerlichen Genuss läuft uns bereits das Wasser im Mund zusammen.

»Kommt sofort, die Damen.«

Und während wir sehnsüchtig der süßen Erfrischung entgegenlechzen, schildert uns Hedwig ausführlich ihre Entführung samt Rettung durch Angela und Sepp.

»Ich hab' in dem Moment, wie der Kerl die Tür hinter mir zugeschlagen hat, einen Schock bekommen. Der kalte Angstschweiß ist mir den Rücken runtergelaufen. An der depperten Tür hab' ich gerüttelt wie verrückt, hat aber nix genutzt. Um Hilfe hab' ich geschrien, hat auch nix genutzt.«

Sie putzt sich die Nase. Offensichtlich bekam sie während ihres ungewollten Aufenthaltes in dem kalten Keller einen Schnupfen, was sie auch sofort bestätigt.

»In dem Keller war es saukalt. Ich hab' ja nur ein dünnes T-Shirt angehabt. Den Tod hätte ich mir holen können. In der Finsternis hab' ich herumgetappt, bis ich so was Ähnliches wie einen Fetzen ertastet hab', den hab' ich mir um die Schultern gewickelt, aber das hat auch nicht viel 'bracht, weil der Fetzen genauso kalt und zusätzlich noch feucht war.«

»Du Arme«, murmelt Berta mitfühlend.

»Das Einzige, was mich aufrecht gehalten hat, war die Wut auf diesen Kerl. Ständig hab' ich mir vorgestellt, was ich mit dem anstellen werde, wenn ich frei bin. Und dann, nach einer saukalten und endlos langen Nacht, ist er endlich aufgetaucht, hat mich aus dem kalten Loch gezerrt und die Sonne hat mich geblendet. Im Moment konnt' ich überhaupt nix sehen. A bisserl später hab' ich den Streifenwagen bemerkt und wie Sepp den Mann festhält. Als mich dann aber die Angela in den Arm genommen hat, hätt' ich heulen können vor Freud', musste aber zuerst meinen aufgestauten Zorn loswerden. Ich bin auf dieses Gfrast losgestürmt und hab' auf den eingedroschen und eingedroschen, bis mich die Angela – oder war es der Sepp, weiß ich nicht mehr – sanft von dem Saukerl weggezogen hat. Am liebsten hätte ich ihn ermordet!«

Bewundernde Blicke ruhen auf unserer tapferen Hedwig.

»Wieso bist denn überhaupt mit dem mit?«, fragt Annerl nach einer Weile.

»Ich hab' mir nix dabei gedacht, weil es doch der Mann war, den wir zusammen in der Eggenburger Bäckerei mit dem Mörsebrink und einer Frau gesehen haben. Während ich beim Blumengießen außen am Haus war, kommt der daher und fragt mich nach dem Weg in die Weinberge. Ich hab' ihm den Weg erklärt, er hat aber behauptet, dass er dort nie ohne meine

Hilfe hinfindet, deshalb bin ich zu ihm ins Auto gestiegen, das beim Kulturhaus geparkt war, und wollt ihn lotsen. Und als wir dann vor dem Weinberg waren, ist er nicht stehen geblieben, sondern g'radaus weitergefahren. Ich hab' protestiert, hat aber nix genützt. Er hat nicht auf mich gehört. Vor dem alten Keller, der einmal dem Rieslinger Michl gehört hat, ist er stehen geblieben, hat mich aus dem Wagen gezerrt, in den finsteren Keller hineing'stoßen und die Tür von außen zug'sperrt.«

»So ein Gfrast!«

»Ein widerliches Gfrast«, stimme ich zu.

»Bitte sehr, die Damen, viermal Eiskaffee!«

Die Erfrischung wird in hohen, schlanken Gläsern mit viel Schlagobers und als Krönung einer Schokobohne obendrauf serviert. Zusätzlich stecken in der Köstlichkeit eine dreieckige Eiswaffel und ein bunter Trinkhalm, um auch in den Genuss des letzten Tropfens des köstlichen Kaffees kommen zu können. Einfach herrlich! Schweigend genießen wir. Und während unser Geschmatze das Lokal füllt, wirft die Serviererin mehrmals belustigte Blicke in unsere Richtung.

Hedwig schiebt als Erste ihr ausgelöffeltes und leer gesaugtes Glas von sich.

»Während ich in dem finsteren Loch gehockt bin«, beginnt sie weiter zu schildern, »hab' ich wieder und immer wieder darüber nachgegrübelt, wie das alles zusammenhängt.«

»Und? Bist du zu einem Ergebnis gelangt?«

Sechs Augenpaare fixieren sie gespannt.

»Ja!«

»Jetzt wird es spannend«, überlege ich und bin ganz Ohr!

»Der Freund von dem Mörsebrink hat mich entführt, also müssen die zwei miteinander zu tun haben. Der Mörsebrink hat den Günter erpresst, und schickt seinen Freund los, damit dieser für ihn die Arbeit erledigt. Was ist, hab' ich mich gefragt, wenn die zwei nicht nur bei meiner Entführung, sondern auch bei den beiden Morden ihre Hände im Spiel gehabt haben?«

Erfreut, dass meine Theorie endlich Gestalt annimmt, schnaufe ich erleichtert durch.

»Das ist es, Hedwig! Das passt zusammen! Der Mörsebrink hat seine Frau umgebracht und dein Entführer, also dieser Riccardo Schrademann, hat ihm dabei geholfen!«

»Woher weißt denn du, wie der heißt?«, will Hedwig wissen.

»Hab' ich von Sepp erfahren!«

»Richtig! Der Schrattenmann hat dem Mörsebrink ein Alibi 'geben«, plärrt Annerl so laut, dass die Serviererin augenblicklich vor unserem Tisch aus dem Boden wächst.

»Haben die Damen noch einen Wunsch?«

Genervt winken wir ab. Jetzt, wo es spannend wird, wollen wir nicht gestört werden.

»Schrademann, heißt der, Annerl!«

»Ist doch wurscht!«

»Ja, genau! Wie der Kerl heißt, ist wurscht. Nicht wurscht ist allerdings, ob der Mörsebrink wirklich seine Frau um'bracht hat«.

»Das ist die Frage Nummer eins«, nicke ich zustimmend.

»Und wer hat die Frau bei der Vituskapelle erschlagen?«

»Das ist Frage Nummer zwei, Berta.«

»Überlegt's doch einmal. Wir haben den Mörsebrink, seinen Freund und dann noch diesen Anwalt. Ich glaub', der heißt irgendwas mit Affen…«, posaunt unsere Dorftratschen euphorisch in den Raum.

Wenn Annerl in Fahrt gerät, ist sie nicht zu bremsen.

»Die haben alle drei miteinander 'packelt! Die zwei sind Mörder und dieser Affenanwalt hilft ihnen dabei!«

Insgeheim stimme ich zwar unserer Dorftratschen zu, aber ganz so einfach ist die Sache dann doch wieder nicht. Wenn der Mörsebrink seine Frau umgebracht hat, wer ist dann der Täter vom Vitusberg? Auch Mörsebrink? Warum? Oder sein Freund? Womöglich gar der Anwalt?

Nein! Das kann ich mir nicht vorstellen. Die Polizei wird den doch sicherlich über die Rechtsanwaltskammer überprüft haben. Bleiben zwei Personen übrig, welche die Tat begangen haben könnten. Mörsebrink und Schrademann.

Während meine Gedanken rasen und in meinem Kopf Ringelspiel fahren, herrscht Stille. Meine Begleiterinnen fixieren mich, halten aber den Mund. Selbst die Serviererin hat sich diskret zurückgezogen, und außer unserem Tisch ist zur Zeit keiner belegt. Da die sommerliche Hitze auch vor Eggenburg nicht Halt gemacht hat, sitzen die Gäste lieber im Schanigarten vor der Tür des Kaffeehauses. Riesige Schirme schützen die Tische vor der frühen Nachmittagssonne, ein leichtes Lüfterl weht über das Grätzl, den Hauptplatz von Eggenburg, was für die kaffee- und eisschlürfenden Gästen ein wenig Erfrischung bringt. Zusätzlich kann man die vorbeiflanierende Bevölkerung nach Strich und Faden ausrichten. Wie im Theater! Erste Reihe fußfrei! Ob rundlich oder dünn, ob ein Arsch wie ein Postross oder eine mit Stoff dekorierte Bohnenstange, alles wird belustigt kommentiert. So vertreibt man sich die Zeit, und erfreut sich seines Lebens! Jedes Ding hat eben drei Seiten, wie Karl Valentin so treffend sagte, und dies ist die komische daran!

Wir vier Grazien haben es allerdings vorgezogen, unseren Stammtisch im Inneren des Lokals zu wählen. Schließlich müssen wir den – jetzt muss man ja schon sagen – DIE Mordfälle aufklären, und dabei werden unsere Gehirnwindungen höchsten Anstrengungen ausgesetzt, wozu wir Ruhe brauchen. Und Konzentration!

Doch trotz Ruhe und Konzentration schaut nix dabei heraus. Wir kommen zu keinem anderen Schluss, als die beiden Mordfälle an den Frauen den deutschen Urlaubern in die Schuhe zu schieben. Es bietet sich niemand in unmittelbarer Reichweite an, der dafür einen Grund gehabt haben könnte. Oder doch? Hat womöglich wirklich unser Heinrich Silvaner mit der Sache zu tun? Diese Möglichkeit wurde von uns zwar kategorisch ausgeschlossen, was ist aber, wenn wir uns geirrt haben?

Annerl schüttelt vehement ihren Kopf.

»Nein! Lass den Heinrich in Ruhe, Sandra! Der war's nie und nimmer!«

Kapitel 19

Frau Krügerl scheppert in der Wirtshausküche mit Töpfen und Pfannen, sodass ihrem Mann, Josef Maria, ganz blümerant wird.

»Was hast denn heut' schon wieder? Warum bist denn so fuchsteufelswild?«

»Ist doch wahr!«

»Was ist wahr?«

Ein Suppentopf fällt zu Boden, zum Glück war er leer.

»Jetzt ist die arme Frau Mörsebrink schon so lang tot, und der Mörder läuft noch immer frei herum!«

Der Wirt wischt beide Pranken an seiner weißen Schürze ab und marschiert zum Stammtisch.

»Na ja, die Polizei arbeitet doch eh dran.«

Missmutig wird mit einem Drahtwaschel eine Bratpfanne malträtiert, obwohl sie bereits in vollem Glanz erstrahlt.

»Die Polizei ist viel zu langsam! Wenn die den Ehemann nicht bald verhaften, wer weiß, wie viele Frauen der noch umbringt.«

Aha!

Josef Maria ist sich nicht sicher, was seine liebe Frau Gemahlin damit meint.

»Warum soll er denn noch mehr Frauen umbringen? Eine langt doch!«

»Gott, bist du schwer von Begriff! Glaubst du vielleicht, die Tote vom Vitusberg hat sich selber den Schädel eing'schlagen?«

Nun wird Josef Maria klar, was seine Angetraute meint.

»Du glaubst ernsthaft, dass der Mörsebrink auch die Frau vom Vitusberg erschlagen hat?«

Frau Krügerl erscheint unter der Tür, ihr dauergewellter Lockenkopf präsentiert sich »frisch vom Friseur«, und sie betrachtet genervt ihren Mann, der sich endlich dazu bequemt hat, den Stammtisch abzuwischen. Die ersten Durstigen werden bald eintreffen und die Bierränder vom Vortag kleben noch auf der Platte. Mit einem nassen Fetzen rubbelt Josef Maria energisch über die Glasränder, um sie danach trocken zu polieren, bis alles blitzt. Unmerklich schüttelt er den Kopf. Er kann einfach nicht glauben, dass dieser Deutsche gleich zwei Frauen erschlagen haben soll.

»Natürlich! Das passt doch alles z'samm! Wer einmal mordet, mordet immer.«

Josef Marias Lippen formen sich zu einem Strich und Frau Krügerl zieht nach dieser hoch philosophischen Erkenntnis ihren Lockenkopf in die Küche zurück, um mit dem Gescheppere der Töpfe fortzufahren. Während Krügerl ihr ungläubig hinterherstarrt, öffnet sich die Wirtshaustüre und die ersten Stammtischler stapfen in das Lokal.

»Griaß di!«

»Griaß di, Bürgermeister! Griaß di Michl!«

Dorfboss Alfons Pummerl und Gemeinderat Michael Rieslinger steuern den Stammtisch an und lassen sich auf die Bank vor dem Fenster fallen. Zufrieden schauen sie sich um.

»Geh, Josef Maria, bring mir ein Vierterl Grünen Veltliner«, bestellt Rieslinger, nachdem er bequem sitzt und die Morgenzeitung, die der Wirt vor ihm hinlegt, beiseiteschiebt. Vom Dorfboss ist nur ein Brummen zu hören, was der Wirt als Bestellung deutet. Er zapft ein Krügerl für ihn.

»Willst ein Paar Debrecziner mit frischem Hausbrot dazu, Bürgermeister?«, fragt er über die Theke hinweg und erntet ein neuerliches Brummen.

»Ist der heut' aber schlecht drauf«, denkt Krügerl, marschiert, nachdem das Bier mit einer Schaumkrone dekoriert ist, in die Küche, um die gewünschten Debrecziner zu ordern. Im Vorbeigehen schnappt er den Kremser Senf, von dem er weiß, dass Pummerl ihn lieber hat als einen scharfen, obwohl seiner Meinung nach ein scharfer zu Debreczinern viel besser passen würde.

Die nächsten Durstigen betreten das Lokal und steuern zielstrebig auf den Stammtisch zu. Gemeinderat Hugo Zechbauer, dessen rosiges Gesicht freudig strahlt, und Gemeinderat Hubert Burgunder mit Vogelnest auf dem Kopf lassen sich neben Pummerl und Rieslinger fallen.

Nachdem der Wirt jedem von ihnen ein Glas Grünen Veltliner vor die Nase gestellt hat, setzt er sich ebenfalls dazu.

»Nimm dir auch ein Glasl, Josef Maria. Wir haben was zu besprechen.«

Rieslinger macht ein ernstes Gesicht und Pummerl schnauft erbärmlich. Seine Hängebäckchen schwabbeln, während er den Kopf energisch auf und ab bewegt und sein Hosenbund zu platzen droht. Ob die Debrecziner darin noch Platz finden?

Der Wirt will sich gerade erheben, um sich sein Getränk zu organisieren, als Frau Krügerl mit Teller und Brotkörberl beladen aus der Küche tritt.

»Geh, Frau«, meint er lächelnd, »bring mir ein Glaserl G'spritzten.«

Die Wirtin stellt zunächst Debrecziner und Körberl mit Hausbrot vor dem Bürgermeister ab, ehe sie sich betont langsam hinter die Schank verzieht, um für ihren Göttergatten das gewünschte Getränk aus Weißwein und Soda zu mischen. Mit finsterer Miene stellt sie energisch das Glas vor ihm ab, macht auf dem Absatz kehrt und marschiert in die Küche zurück.

»Als ob ich nix besseres zu tun hätt'«, brummelt sie missmutig in ihren nichtvorhandenen Bart.

Josef Maria Krügerl hebt sein Glas und prostet den Gemeinderäten zu, während Pummerl die Debrecziner mit süßem Senf in sich hineinstopft, als hätte er Angst, er müsste sie mit jemandem teilen oder man könnte sie ihm wieder wegnehmen. Er spült mit Bier nach. Pummerl redet nie viel, und während er isst, schon gar nicht. Der Klein Schiesslinger Bürgermeister isst, genießt und schweigt!

»Habt's ihr die Zeitung da schon g'lesen?«, fragt der Wirt, nachdem er Pummerl eine Weile beim Essen beobachtet hat, und schiebt die Zeitung zurück in Rieslingers Richtung.

»Haben wir schon. Deshalb sind wir ja da« antwortet Rieslinger anstelle seines Dorfbosses, weil dieser damit beschäftigt ist, den letzten Zipfel seines Würstels in den Schlund zu stopfen.

»Da steht, dass die Tote vom Vitusberg Roseanna Schrademann aus Frankfurt am Main ist. Die Annerl hat mir außerdem erzählt«, setzt Rieslinger fort, »dass sie die Frau in der Eggenburger Bäckerei g'sehn hat. Mit dem Mörsebrink und noch an anderen Mann ist sie am Nebentisch g'sessen«.

Schön langsam ist auch der Dorfboss wieder einsatzfähig, wischt mit dem Handrücken über den Mund und Zufriedenheit macht sich in seinem runden Gesicht breit.

»Und jetzt wollen wir von dir und deiner Frau wissen«, meint Hugo Zechbauer, »ob dieser Mörsebrink nicht doch ins Wirtshaus zurückkommen ist, um seine Frau zu erschlagen. Denn dann hätten wir nicht nur unseren ortseigenen Mörder, sondern wahrscheinlich auch den von dieser Frau vom Vitusberg.«

Er schiebt die Zeitung Richtung Tischmitte.

»Was sagst denn du dazu, Bürgermeister?«

»Des müss' ma besprechen.«

Pummerl ist nicht nur umständlich wie immer, sondern zusätzlich schlecht gelaunt. Warum, ist nicht bekannt. Aus irgendeinem Grund muss ihm eine Laus über die Leber gelaufen sein.

»Was hast denn, Bürgermeister?«

Der Wirt schnappt dessen Bierkrügerl, um für Nachschub zu sorgen. Erst nachdem ein frisches Bier mit Schaumkrone vor Pummerl steht, regt sich dieser.

»Wir müssten wissen, ob den Deutschen einer g'sehn hat. Beim Wirtshaus.«

»Das hat doch die Polizei längst g'macht«, stellt Gemeinderat Hugo Zechbauer fest. »Niemandem ist was aufgefallen. Nur sein Auto war vor dem Wirtshaus geparkt. Aber das sagt nix, denn in die Weinberge hätt' er leicht zu Fuß gehen können.«

»Dann war er's auch nicht. Sonst hätt' ihn doch irgendwer von uns sehen müssen. Dann war er wahrscheinlich wirklich im Weinberg, wie er behauptet hat.«

Hubert Burgunder ist sich seiner Sache zwar nicht sicher, im Augenblick fällt ihm jedoch keine bessere Lösung ein.

»Und wer hat dann seine Frau erschlagen, Huaberl, ha? Du vielleicht?«

Rieslinger funkelt seinen Kollegen über den Tisch hinweg an und schiebt das Glas energisch von sich. Huaberl Burgunder zuckt resigniert mit den Schultern. Alles kann er schließlich auch nicht wissen!

»Der hat sei' Frau derschlag'n, so sicher, wie i Pummerl heiß!«

Frau Krügerl schießt aus der Küche direkt auf den Stammtisch zu. »Sag' ich doch die ganze Zeit! Der hat nicht nur seine Frau erschlagen, sondern auch die Frau am Vitusberg, diese Roseanna Schrademann!«

»Um Gottes willen! Ein Serienmörder!«

Gemeinderat Hugo Zechbauer schlägt beide Hände vor den Mund. So viel Mord auf einmal will er sich gar nicht vorstellen, geschweige denn in seinem schönen Ort akzeptieren.

»Das wär' ja entsetzlich! Unser friedliches Klein Schiessling ein Mördersumpf!«

»Na ja, Hugo, erstens ist Klein Schiessling gar nicht so friedlich, aber als Sumpf möchte ich es auch nicht g'rad bezeichnen. Immerhin sind unsere Weinberge trockenes Gebiet. Aber unangenehm wär's trotzdem«, mischt Michael Rieslinger mit.

»Was heißt unangenehm? Eine richtige Katastrophe wär das!«

Hugo Zechbauer hebt sein Glas und richtet es auf den Dorfboss.

»Was sagst denn du dazu, Bürgermeister? Jetzt sag halt endlich auch einmal ein Wort!«

»Hmm!«

»Was?«

»Na«, brummt er, »hast eh g'hört.«

»Was? Was hab' ich eh g'hört?«

»Katastrophal fürchterlich!«, antwortet Huaberl Burgunder anstelle seines Dorfbosses.

Auch er will sich so eine Mördergrube nicht einmal im Traum vorstellen. Vor allem nicht in Klein Schiessling.

»Obwohl«, überlegt er weiter, »man darf nicht vergessen, dass diesem letzten Mord bereits einige vorausgeeilt sind.«

Ein neuerliches »Hmm« Pummerls ist undeutlich zu vernehmen. Für den Wirt gehört die sparsame bürgermeisterliche Artikulation bereits zur Tagesordnung.

»Nur nicht zu viel Energie mit Reden vergeuden«, wirft er daher lachend ein.

»Er braucht halt seine Kraft heute noch für was anderes, gell, Bürgermeister?«

Huaberl streicht mit der Hand zufrieden über sein Vogelnest und nickt vielsagend. Ist doch nicht nur ihm bekannt, dass Pummerl den weiblichen Reizen gegenüber noch nie immun war. Diese Jugend! Hugo Zechbauer wendet sich ab. Kein Respekt gegenüber älteren Menschen.

Nach dem letzten Satz von Huaberl Burgunder herrscht Schweigen am Stammtisch. Man widmet sich intensiv den

Getränken und jeder hängt seinen eigenen Gedanken nach, so man überhaupt welche hat.

Der Wirt beobachtet bereits seit mehreren Minuten, wie sich die Gemeinderäte gegenseitig anschweigen. Vom Bürgermeister ist er dies ja gewöhnt. Von den Gemeindevertretern eher nicht.

Frau Krügerl erscheint in der Küchentür, wischt sich beide Hände an einem rot karierten Geschirrtuch ab und betrachtet den Stammtisch mit dem über ihm hängenden tiefen Schweigen.

»Manchmal geht es in der Kirche lauter zu«, überlegt sie still, »vor allem dann, wenn Pfarrer Miroslav Jankovic wieder einmal hart mit seinen ihm anvertrauten Schäflein ins Gericht zieht. Da zeigt er es denen ordentlich, unser Herr Pfarrer, obwohl er ansonsten eher still, friedlich und gottergeben seiner nicht ganz leichten Aufgabe, aus den Klein Schiesslingern ordentliche Menschen zu machen, nachgeht.«

»Ich hab' 'dacht, ihr seid schon alle weg oder eing'schlafen, so ruhig ist es auf einmal da herinnen. Ist was passiert? Ist euch die Luft ausgangen?«

Kapitel 20

Während im Wirtshaus weiterhin mehr geschwiegen als geredet wird, geht es auf der Polizeistation in Horn schon weitaus aktiver zu. Chefinspektor Christian Fuchs, mit hellgrauer Hose und ebensolchem Kurzarmhemd bekleidet, was ausgezeichnet zu seinen leicht ergrauten Schläfen passt und bei der holden Weiblichkeit stets gut ankommt, ist eben dabei, mit seinen Leuten die vorliegenden Fakten zu den beiden Mordfällen durchzuackern. Da fällt ihm auf, dass in keinem der Berichte oder Protokolle etwas darüber vermerkt ist, wo sich die Fahrzeuge mit deutschen Kennzeichen während der Tatzeiten befunden haben.

»Wir haben nur den Standort der verdächtigen Personen dokumentiert, jedoch nicht, wo sich deren Autos zur fraglichen Stunde aufgehalten haben. Wo befanden sich die Autos Mörsebrinks oder Schrademanns während der Morde in Klein Schiessling oder bei der Vituskapelle?«

Der Chefinspektor blickt von seinem Aktenberg auf.

»Was wissen wir denn darüber, Tauber?«

Dieser zieht sein kleines Notizheft aus der Gesäßtasche seiner Uniformhose. »Während des Mordes in Klein Schiessling parkte Mörsebrinks Wagen genau vor dem Wirtshaus, was einige Dorfbewohner einschließlich der Wirtsleute bestätigen können. Wo sich allerdings das zweite Auto mit Frankfurter Kennzeichen, welches Riccardo Schrademann gehört, während dieser Zeit oder gar am Tag des Mordes bei der Vituskapelle aufgehalten hat, ist uns bis jetzt nicht bekannt.«

»Und wo Affenzoller-Mainaus Wagen steht oder gestanden hat, darüber weiß man überhaupt nichts, Chef.«

Inspektor Julius Schreiner wühlt missmutig in dem vor ihm liegenden Papierstapel und blickt fuchsteufelswild auf.

»Chef! Wir haben Schrademann einer Tat überführt, sind uns sicher, dass Mörsebrink seine Frau umgebracht hat und wahrscheinlich auch die Frau vom Vitusberg. Was wollen wir denn noch? Meiner Einschätzung nach ist es völlig irrelevant, wo diesem Affenzoller-Mainau sein Auto steht. Wichtig ist vielmehr, dass wir endlich Beweise gegen Mörsebrink finden.«

Sepp Tauber will gerade seine Siebensachen zusammenpacken und ins Hotel »Zur Goldenen Krone« marschieren, als es an der Tür klopft und Angela Bauer einen gedrungenen Mann mit rundlichem, leicht gerötetem Gesicht und Knollennase durch die Tür schiebt.

»Das ist Herr Felix Kreuzpointner, Chef, aus Grafenberg. Er hat eine wichtige Aussage zu machen.«

Der Angekündigte bleibt kurz unter der Türe stehen, bekommt von der Polizistin einen leichten Schubs und landet vor dem Schreibtisch des Chefinspektors.

»Herr Kreuzpointner, bitte nehmen Sie Platz und lassen Sie hören, welch interessante Neuigkeit Sie für uns haben.«

Erwartungsvoll mustern die Polizeibeamten den Eingetroffenen.

»Ja, das ist so, Herr Inspektor«, druckst Kreuzpointner herum, bis ihn Angela Bauer ermuntert, die Beobachtung genauso zu schildern, wie er es ihr vor etwa einer Stunde erzählt hat. »Also, das war so. Eigentlich war es ja gar nix Besonderes …«

»Herr Kreuzpointner, wollen Sie endlich zur Sache kommen!« Schreiner verdreht die Augen und deutet genervt auf seine Armbanduhr. »Wir haben nicht den ganzen Tag Zeit!«

Ein missbilligender Blick von Christian Fuchs trifft Schreiner, und langsam kommt der Zeuge, nachdem er tief Luft geholt hat, zum Kern seiner Beobachtung. »Meine Nachbarin hat mir erst heut' in der Früh die Zeitungen von voriger Woche wegen der Rätsel gegeben. Weil ich bei meinem Sohn in Graz war, hat sie für mich die Zeitungen gesammelt und aufgehoben. Und als ich heute beim Frühstück das Kreuzworträtsel suche und die Zeitung dabei durchblättere, fällt mir der Artikel über die erschlagene Frau bei unserer Vituskapelle auf. Hab' ich einen Schreck 'kriegt, das können S' mir glauben. Das war nämlich genau der Tag, an dem ich zu meinem Sohn nach Graz gefahren bin.«

Umständlich krampft er beide Hände ineinander und wetzt nervös auf dem Sessel herum.

»Ich hab' einen richtigen Schock 'kriegt. Und dann ist mir eingefallen, dass ich an diesem Tag, also als ich nach Graz gefahren bin, gegenüber meiner Hauseinfahrt, einen Wagen mit Frankfurter Kennzeichen gesehen habe. Der Wagen war lange Zeit gegenüber meiner Hauseinfahrt abgestellt und ich hab' mir noch 'dacht, hoffentlich kommt kein Erntefahrzeug daher, denn dann wär' es eng geworden.«

Er wischt mit einem Taschentuch über Gesicht und Hals.

»Da ich aber eine weite Fahrt vor mir gehabt hab', bin ich losgefahren und hab' den Vorfall vergessen. Erst als ich die Zeitung heut' in der Früh aufgeschlagen hab', ist mir alles wieder eingefallen.«

Nervös schaut er um sich.

»Möchten Sie ein Glas Wasser?«

»Danke, Frau Polizistin, sehr gern. Vom vielen Reden wird einem ja der Mund ganz trocken.«

Christian Fuchs und Sepp Tauber tauschen vielsagende Blicke. Das könnte eine Wendung in dem Fall bringen, dessen Bedeutung bislang noch im Nebel lag.

Felix Kreuzpointner trinkt zügig von dem Wasser, das Angela Bauer vor ihm abgestellt hat.

»Na, der hat aber Durst g'habt«, denkt sie.

Und nachdem der Grafenberger Automarke und Farbe des Wagens beschrieben hat, wendet sich die Polizistin fragend Chefinspektor Christian Fuchs zu, der nickt.

»Herr Kreuzpointner, Sie haben Ihre Sache gut gemacht. Wir brauchen von Ihnen nur noch ein unterschriebenes Protokoll, dann bringt Sie ein Kollege zurück nach Hause.«

Sie steht auf, nimmt ihren Schützling beim Arm und verlässt das Chefzimmer.

»Die Frau könnte demnach am Vitusberg von Schrademann erschlagen worden sein. Immerhin haben wir jetzt sogar einen Zeugen, der dessen Wagen zur Tatzeit dort gesehen hat.«

»Zeugen! Zeugen! Diesem Kreuzpointner traue ich überhaupt nicht über den Weg. Vielleicht hat er die Frau selbst erschlagen und will uns mit seiner Aussage nur auf eine falsche Fährte locken.«

»Auch das ist möglich, Schreiner, aber das müssen wir beweisen. Beweisen!!!«

An Schreiners Gesichtsausdruck ist leicht abzulesen, dass er anders denkt, jedoch im Moment keine bessere Idee hat, als zusätzlich auch den Standort des Wagens von Affenzoller-Mainau überprüfen zu lassen.

»Tauber, kümmere dich darum. Entweder findet sich der Wagen des Anwalts in der Tiefgarage des Hotels ›Zur Goldenen Krone‹, wo er abgestiegen ist, oder man weiß an der Rezeption, ob er überhaupt mit eigenem Auto angereist ist. Vielleicht ist er ja per Bahn oder mit dem Flugzeug gekommen.«

»Eigentlich kann ich mir nur vorstellen, dass der Anwalt per Flieger kam. Allerdings«, Fuchs runzelt die Stirn, »ist es vom Flughafen Wien-Schwechat mehr als eine gute Stunde Fahrt bis hierher.«

Äußerst zufrieden streicht er über seine kurz geschnittenen Haare. Trotz seines Alters von fast sechzig Jahren ist er ganz schön eitel und schafft es auch stets, hübsche junge Frauen, wo sie denn in seinem Umfeld aufkreuzen, zu umgarnen, worüber seine Ehefrau nur lächeln kann. Sie weiß, mit den Jahren wird jeder Mann ruhiger!

»Nun zu etwas anderem.«

Christian Fuchs deutet auf Sepp Tauber.

»Das Gespräch, das deine Freundin Sandra Weber im Kaffeehaus zwischen Mörsebrink und, wie wir jetzt wissen, Schrademann, belauscht hat, sollten wir unbedingt ernst nehmen.«

Er unterbreitet Schreiner die Wortfetzen, aus denen für ihn eindeutig hervorgeht, dass zwischen Mörsebrink und seinem Freund Schrademann ein Abkommen bestanden haben muss, welches Schrademann nicht richtig eingehalten hat. Christian Fuchs ist der Meinung, dass Schrademanns Kleidung nicht Mörsebrinks Wunsch entsprochen hat, weshalb sich auch der Winzer Günter Uhudler nicht eindeutig sicher war, Mörsebrink anstelle von Schrademann gesehen zu haben. Während er seine Meinung dazu äußert, erstarrt Schreiners Gesicht zu einer Maske.

»Wir müssen Mörsebrink vorladen und Schrademann gegenüberstellen, Chef. Dann sehen wir, wie sich die beiden verhalten, wenn sie mit diesem Wissen konfrontiert werden.«

»Mit den paar Wortfragmenten, die wir haben, Schreiner, können wir nicht gegen sie vorgehen. Deren Anwalt würde uns kurzerhand zerpflücken wie einen Vogerlsalat.«

»Aber Chef!«

Schreiner setzt ein hinterlistiges Grinsen auf.

»Das wissen die zwei doch nicht! Wir könnten ebenso gut über deren komplettes Gespräch informiert sein. Dann kann uns auch dieser Rechtsverdreher im Mondschein begegnen!«

»Ja, Schreiner, diese Taktik könnte aufgehen«, überlegt Christian Fuchs und streicht nachdenklich zum wiederholten Mal über seine ergrauten Schläfen. »Wenn nicht, bedenke,

Schreiner, wenn nicht Mörsebrink und Schrademann die Klein Schiesslinger Grazien am Nebentisch beobachtet hätten.«

Ihm gefällt die Situation nicht. Aus seiner Sicht bringt man damit die Frauen, die das Gespräch in der Eggenburger Bäckerei belauscht haben, in Gefahr. Am liebsten würde er zu seinem Flachmann greifen, um besser nachdenken zu können.

»Das Ganze entwickelt sich immer mehr zu einer großen Gefahr für die Frauen, Schreiner«.

Er schüttelt den Kopf und deutet auf die vor ihm liegende Akte.

»Hedwig Uhudler wurde bereits entführt, um eine Falschaussage zu erzwingen. Wer weiß, was diesen Männern noch alles einfällt, um aus der Sache herauszukommen.«

Statt zum Flachmann zu greifen, steht er vom Sessel auf und geht ans Fenster, wo er längere Zeit den Verkehr beobachtet. Sein anfangs leichtes Kopfschütteln wird immer heftiger. Er dreht sich um.

»Nein, Schreiner! Gerade weil sie von den Klein Schiesslinger Frauen gesehen wurden, können die sich ausrechnen, wer ihr Gespräch belauscht hat. Und das wiederum kann für die Damen ganz schön gefährlich werden. Du hast ja gesehen, wozu diese Menschen fähig sind.«

»Wir dürfen kein Risiko eingehen, Chef.«

Sepp Tauber ist ganz auf der Seite seines Chefs.

»Es ist doch schon ein riesengroßer Fortschritt, dass uns dieses Gespräch überhaupt bekannt ist.«

»Richtig, Tauber. Mit dem Wissen können wir weiterarbeiten und die Ganoven vorerst in Sicherheit wiegen.«

Er schaut Sepp Tauber kurz an.

»Nun ist es aber an der Zeit, dass du ins Hotel ›Zur Goldenen Krone‹ gehst, um den Anwalt bezüglich seines Wagens zu überprüfen.«

Tauber springt auf und rennt aus dem Zimmer, während Angela Bauer sich in der Tür an ihm vorbeizwängt und ins Chefzimmer stapft. Das Protokoll mit der Unterschrift Felix Kreuzpointners flattert vor Christian Fuchs auf den Schreibtisch.

»Kreuzpointner wird von einem Kollegen heimgefahren. Ich habe ihn eindringlich darauf hingewiesen, dass er uns unverzüglich verständigen muss, falls ihm zu seiner Beobachtung zusätzlich etwas einfällt.«

»Gut, Bauer. Damit haben wir die Bestätigung, dass sich Schrademann, oder zumindest sein Auto, zur fraglichen Zeit nahe der Vituskapelle aufgehalten hat. Bring ihn gleich einmal her, wir wollen ihn mit der Aussage Kreuzpointners konfrontieren. Ich bin gespannt, was er dazu zu sagen hat.«

»Bei diesen erdrückenden Fakten gibt's kein Herausreden, Chef!«

Schreiners Faust geht schon wieder vorsorglich in Position, um im Ernstfall damit kräftig auf den Tisch hauen zu können.

Kurz darauf wird Riccardo Schrademann ins Zimmer geschoben. Man sieht ihm nicht an, dass er bereits einige Zeit in einer Zelle verbracht hat. Seine Hose sitzt akkurat so, wie sie sitzen soll, das frisch gebügelte Hemd vermittelt den Eindruck, als wäre er soeben einem Modejournal entstiegen. Der Chefinspektor wundert sich.

Jedes Ding hat eben drei Seiten. Ist das die positive?

Der Deutsche nimmt gelassen auf dem angebotenen Sessel Platz und blickt überheblich um sich, während ihm Christian Fuchs die Beobachtung des Grafenbergers vorhält, ohne jedoch Kreuzpointners Namen zu erwähnen.

»Erklären Sie uns, warum Ihr Auto zur Tatzeit in der Nähe der Vituskapelle geparkt war. Ein Leugnen ist zwecklos, dafür gibt es nämlich Zeugen.«

Schrademanns Mund presst sich zu einem dünnen Strich zusammen und er schweigt.

»Außerdem wollen Sie uns weismachen, dass Ihre Frau bereits nach Deutschland zurückgekehrt ist. Für wie bescheuert halten Sie uns eigentlich?«

Schreiner ist die Wut deutlich ins Gesicht geschrieben.

»Sie selbst haben Ihre Frau vor der Vituskapelle erschlagen und versuchen nun, sich herauszuwinden.«

»Meine Frau ist die Tote? Meine Frau tot? Nein!!! Oh Gott!«

Rasch bedeckt er mit beiden Händen sein Gesicht und beginnt erbärmlich zu schluchzen. Christian Fuchs nimmt ihm das entsetzte Gehabe nicht ab.

»Sie wollen uns aber jetzt nicht im Ernst einreden, dass Ihnen das neu ist? Sie wussten das ganz genau! Tun Sie doch nicht so!«

Er hebt die Hand, um Schreiner am Einmischen zu hindern.

»Uns würde nur interessieren, warum Sie das getan haben. Warum haben Sie Ihre Frau erschlagen?«

Schrademann wird sichtlich blass und windet sich in seinem Sessel. »Ohne meinen Anwalt habe ich dazu nichts zu sagen!«, murmelt er leise vor sich hin, sodass die beiden Ermittler Schwierigkeiten haben, ihn überhaupt zu verstehen.

»Dann rufen Sie ihn an!« Schreiner fuchtelt wild mit den Armen, Christian Fuchs blickt ihn warnend an.

Offensichtlich haben Schrademann und sein Anwalt auch für diese Situation die passende Ausrede parat. Denn dass in einem kleinen Ort wie Grafenberg ein Auto mit ausländischem Kennzeichen auffällt, liegt auf der Hand. Und das muss sowohl dem Anwalt als auch seinem Mandanten einleuchten.

Der Chefinspektor ist sich vollkommen sicher, dass die beiden ebenfalls hierfür Vorsorge getroffen haben. Affenzoller-Mainau bewies ja schon im Fall Mörsebrink, dass er mit allen Wassern gewaschen ist. Heimlich muss er grinsen.

»Diese Herrschaften glauben, sie haben die Weisheit mit dem Löffel gefressen und können sich alles erlauben. Aber nicht mit uns!«, denkt er in sich.

Er vermutet allerdings, dass es sich bei der Tat um kein geplantes Verbrechen, sondern um eine Kurzschlusshandlung, um eine Handlung im Affekt gehandelt haben muss, denn jeder halbwegs vernünftige Mensch würde für ein Alibi sorgen und nicht den eigenen Wagen in der Nähe des Tatortes abstellen. Aber handelt ein Mörder vernünftig? Ist ein Mörder mit normalem Maßstab zu messen?

Gespannt wartet er darauf, was der Anwalt für Zaubertricks aus dem Ärmel schütteln wird, wenn er denn überhaupt antanzt. Fuchs könnte sich ohne Weiteres vorstellen, dass diesem Rechtsverdreher die Machenschaften seiner beiden Mandanten über den Kopf gewachsen sind und er deshalb das Weite gesucht und bereits auf dem Heimweg nach Deutschland ist.

Doch da hat er sich getäuscht. Rechtsanwalt Dr. Justus Affenzoller-Mainau erscheint mit aalglattem Lächeln und baut sich vor dem Chefinspektor auf, kurz nachdem Schreiner wieder zurück ist. Während man auf den Besuch des Anwalts wartete, ging dieser in sein Büro, um sich zusätzlich zu einem Häferl Kaffee auch die Akte Mörsebrink zu holen.

»Ich glaube, dass wir heute die beiden Fälle lösen werden.«

Inspektor Schreiner mustert den Anwalt und der Chef ist perplex. Solch optimistische Aussagen von seinem Inspektor bekommt er selten zu hören.

Von Affenzoller-Mainau bekommt er hingegen allerhand zu hören. Staunend reißt er die Augen auf. Da will doch dieser Rechtsverdreher dem Chef tatsächlich einreden, dass Schrademann das reinste Unschuldslamm sei, hingegen die Polizei aus bösen Buben bestehe.

»Noch einmal, zum Mitschreiben, Herr Chefinspektor: Mein Mandant hat weder etwas mit dem Mord an seiner geliebten Frau zu tun noch beging er eine Entführung, wie Sie ihm wiederholt vorgeworfen haben. Dass es sich bei der Toten von der Vituskapelle um seine Frau handelt, ist mehr als erschütternd für den armen Mann. Ich muss schon bitten, ihm etwas mehr Mitgefühl entgegenzubringen. Was sind Sie denn für ein Mensch? Sie sollten sich …«

Was Christian Fuchs sollte, geht in einem Kracher von Schreiners Faust unter, die lautstark auf dem Schreibtisch landet. Schrademann erschrickt und schweigt, der Anwalt verzieht seinen Mund zu einem hämischen Grinsen und Schreiner wird von einem mahnenden Blick seines Chefs getroffen.

»Ist doch wahr, Chef«, brüllt er und springt vom Sessel auf. »Die wollen uns im Ernst …«

Nun ist es dem Chefinspektor zu viel. Wie soll er denn mit einem bockigen Zeugen, einem überheblichen Anwalt und einem cholerischen Mitarbeiter ein effizientes Gespräch führen.

»Schreiner, sieh mal nach, ob du die Akte Mörsebrink bei dir auf dem Schreibtisch liegen hast. Wenn ja, bring sie her.«

»Aber Chef, die liegt …«

Ein scharfer Blick lässt ihn verstummen, und während er mit hängendem Kopf missmutig bei der Tür hinausschlurft, wendet sich Christian Fuchs neuerlich Riccardo Schrademann zu.

»Warum war Ihr Auto in der Nähe des Tatortes geparkt? Waren Sie mit Ihrer Frau auf dem Vitusberg? Haben Sie sie aus einem für uns noch unbekannten Grund erschlagen? Reden Sie endlich!«

Der Angesprochene will aufbegehren, doch Dr. Affenzoller-Mainau legt rasch die Hand auf seine Schulter. »Du sagst nichts mehr. Ich komme morgen wieder und bis dahin verhältst du dich ruhig. Sprich kein Wort ohne mein Beisein.«

Riccardo Schrademann nickt. Was bleibt ihm auch anderes übrig?

KAPITEL 21

Ich öffne verschlafen meine Augen und blicke genau in Sepps schelmisch blinzelndes Gesicht. Langsam rolle ich mich zur Seite.

»Was ist?«

»Nichts! Ich hab' dich nur beim Schlafen beobachtet.«

Meine Arme wandern über die Bettdecke, ihm entgegen, und augenblicklich bin ich von seinem behaglich warmen Körper umfangen. Ein Kribbeln durchflutet mich, während sein Atem sanft über meinen Hals streicht. Zeit, bleib stehen! Sepp hält mich fest umschlungen und ich schwebe auf Wolke sieben. Jedoch nicht lange, weil im schönsten Augenblick sein Handy ratscht.

So wird oft die schönste Stunde
In der Liebe Seelenbunde
Durch Herbeikunft eines Dritten
Mitten durch- und abgeschnitten ...

Womit ich wieder einmal bei Wilhelm Busch gelandet bin.

Fragend blicken wir uns an. Ich weiß, dass er Bereitschaftsdienst hat und rangehen muss.

»Ich sollte abheben«, flüstert er auch gleich. Er zieht diesen mobilen Störenfried an sich und blickt auf das Display. »Es ist Angela.«

»Da musst du rangehen, Sepp. Vielleicht ist sie in Gefahr und braucht deine Hilfe.«

Das Bett knarrt unter seinem Gewicht, während er sich aufsetzt.

»Hallo, Angela!«
»Sepp, wo bist du?«
»Bei der Sandra.«
»Hoffentlich nicht im Bett. Täte mir leid, wenn ich euch gestört hätte. Aber mein Anruf hat einen Grund.«
Sepp steht auf und hantelt nach seiner Uniformhose, die über dem Stockerl liegt.
»Erzähl, Angela, ich bin schon unterwegs.«
Gespannt beobachte ich ihn. Während er dem Anruf lauscht, spannt sich sein drahtiger Körper und sein Gesicht mit dem verschmitzten Lächeln versteinert sich zusehends. Ich fühle, dass dieser schöne Moment von eben dahin ist und werfe einen Blick aus dem Fenster. Wolken jagen über den Himmel, als würden sie Angela Bauer zu Hilfe eilen.
»Bleib, wo du bist, Angela, ich bin gleich bei dir.«

Beunruhigt stehe ich auf und schüttle die Bettdecke durcheinander, als trüge sie Schuld an dem Schlamassel. Dass Sepp weg muss, ist mir schon klar. Angelas Anruf muss wichtig genug sein, sonst hätte sie ihn nicht getätigt. Nicht klar ist jedoch, welcher Zeitgenosse mir das eingebrockt hat. Wenn ich den zwischen die Finger kriege!
Um mich abzulenken, braue ich mir zunächst einen starken Kaffee, was aber nicht wirklich hilft, wie ich kurz darauf feststelle. Also, was tun? Die größte Ablenkung ist entweder Gartenarbeit oder ein Besuch bei unserer Dorftratschen. Ich entscheide mich für Letzteres!

Rasch fahre ich in den Ort hinunter, parke vor Annerls Haus und strebe auf ihre Haustüre zu. Es weht ein scharfer Wind und die Sonne wird im selben Augenblick, in dem ich die Eingangstüre erreiche, von einer Wolke verdeckt. Die Fenster sind geschlossen, ebenso ihre Haustüre. Nanu? Annerl ist nicht zu

Hause! Wo kann sie nur sein? Sie erzählt mir doch sonst alle ihre Aktivitäten, ob ich sie hören will oder nicht. Ein wenig mache ich mir Sorgen.

Und während ich grüble, wo Annerl Passer sich aufhalten könnte, wartet Angela Bauer sehnsüchtig auf ihren Kollegen. Sie wurde vor etwa einer halben Stunde zu einer Rauferei in einem Haus auf der Straße nach Stoitzendorf gerufen. Dort, wo sich dieser Schrademann eingenistet hat. Während sie auf das Haus zueilt, sieht sie im Vorgarten einen Mann auf dem Rücken liegen und muss beim Näherkommen erschrocken feststellen, dass es sich um den Klein Schiesslinger Gemeinderat Heinrich Silvaner handelt, dessen Kopf von einer Blutlache umgeben ist. Unverzüglich ruft sie den Notarzt. Bis dieser eintrifft, beugt sie sich zu Silvaner hinunter. Dieser öffnet die Augen ein klein wenig, hebt vorsichtig die rechte Hand und deutet auf das Haus.

»Da drinnen«, stöhnt er und lässt die Hand wieder sinken.

»Kann ich Sie allein lassen?«

Undeutlich hebt er neuerlich seine Hand, was wohl Zustimmung bedeuten mag.

Angela Bauer zieht ihre Pistole und pirscht sich an den Hauseingang heran. Drinnen ist es mucksmäuschenstill. Sie zögert, ehe sie die Tür einen kleinen Spalt öffnet. Eine raschelnde Bewegung und ein Luftzug lassen sie innehalten. Offensichtlich befindet sich der Täter noch im Haus. »Es wird wohl besser sein, ich warte auf Verstärkung«, überlegt sie.

Vorsichtig schaut sie sich einstweilen draußen um. Auf der Bundesstraße in der Nähe des Hauses parkt ein dunkelgrüner Kleinwagen mit Kremser Kennzeichen. Sie lässt dieses durch die Suchmaschine ihres Streifenwagens laufen und erhält die Auskunft, dass es sich dabei um einen Leihwagen der Firma Allzweck aus Langenlois handelt.

Aha.

Der Nachbar, der den Streit gemeldet hat, wohnt gut hundert Meter weiter entfernt, also wird es sich mit Sicherheit nicht um dessen Auto handeln. Interessiert betrachtet sie die Umgebung und hält gleichzeitig Ausschau nach ihrem Kollegen. Eigentlich müsste Sepp gleich da sein.

Kapitel 22

Es geht auf Mittag zu und Sepp Tauber braust mit finsteren Gedanken auf der Bundesstraße Richtung Stoitzendorf. Abgeerntete Getreideäcker wechseln sich mit Kukuruz- und Kartoffelfeldern ab. Angebaute Sonnenblumen lassen die schweren Köpfe hängen und warten geduldig auf ihre Ernte, während Strauchreihen aus Weißdorn und Schlehen die einzelnen Felder voneinander trennen und vielen Vogelarten Schutz und Nahrung bieten. Auch im Spätsommer vermittelt die Landschaft des Wein- und Waldviertels urwüchsige Schönheit, Vertrautes und Heimeliges.

Doch das alles nimmt Sepp Tauber im Augenblick nicht wahr. »Hoffentlich ist Angela vorsichtig und wartet auf mich«, überlegt er nervös.

Mit Blaulicht und Sirene fährt er an der kleinen Ortschaft Wartberg unterhalb der Wehrkirche vorbei und biegt danach in die Straße nach Stoitzendorf ein. Kurz vor dem Ziel schaltet er die Sirene aus. Rund fünfzig Meter vor sich sieht er den Streifenwagen Angelas am Straßenrand parken und davor einen dunkelgrünen Kleinwagen.

Er stellt sein Fahrzeug hinter Angelas Streifenwagen ab und nimmt gerade noch wahr, wie sie auf die Haustüre zueilt. Im Nu ist er ausgestiegen, will ihr hinterher, bremst sich jedoch abrupt ein und bleibt erschrocken vor Heinrich Silvaner stehen. Silvaners Kopf liegt in einer Blutlache und seine Augen sind geschlossen. Ehe er sich zu ihm hinunterbeugen kann, hört er die Sirene des Notarztwagens.

Angela dreht sich um und atmet erleichtert auf. Das ging ja schnell!

Tauber winkt den Sanitätern zu und zeigt auf Silvaner. Und während der Klein Schiesslinger Gemeinderat medizinisch notversorgt wird, drückt er die Eingangstüre vorsichtig auf. Angela deutet hinein.

»Er muss da drinnen sein, Sepp. Sei vorsichtig! Ich hab‘ was rascheln gehört.«

Tauber zieht vorsichtshalber seine Pistole und gemeinsam dringen sie in das Haus ein. Das Folgetonhorn des sich entfernenden Notarztwagens wird immer leiser und ist bald nicht mehr zu hören. Wenigstens wird Heinrich Silvaner einmal versorgt.

Vorsichtig kontrollieren sie Raum für Raum im Erdgeschoß, danach strebt Angela Bauer die leicht knarrende Holztreppe hinauf in das Obergeschoß, Sepp Tauber kümmert sich um den Keller. Er will die Türe öffnen, aber die ist verschlossen. Kein Schlüssel steckt. Er vermutet, dass sich der Täter dahinter verschanzt hat. Suchend schaut er sich um, schnappt einen Sessel, der im Eingangsbereich steht, und schiebt ihn unter die Türklinke. Damit hat er ihm den Fluchtweg genommen. Um aus dem Keller herauszukommen, bliebe nur ein etwaiges Fenster, er konnte jedoch an der Vorderseite des Hauses keines ausfindig machen.

Leise atmend schleicht er hinter Angela die Holztreppe hinauf, die unter seinem Gewicht zu knarren beginnt. Vor einer Türe rechter Hand bleiben beide stehen. Ihre Blicke treffen sich. Aus dem Raum dringt leises Wimmern. Angela schiebt die angelehnte Türe langsam und vorsichtig auf und erstarrt.

Der Anblick, der sich ihnen bietet, ist zum Heulen. Auf einem Sessel festgebunden sitzt die Dorftratschen von Klein Schiessling, Annerl Passer, über ihrem Mund klebt ein Riesenpflaster, und die Reservedorftratschen Berta Pitzer liegt daneben auf dem Boden, hält sich abwehrend beide Hände vors Gesicht und wimmert erbärmlich.

Angela kniet neben ihr nieder und redet beruhigend auf sie ein, während Annerl hektisch auf dem Sessel herumwetzt und dabei unartikulierte Laute von sich gibt. Sepp Tauber eilt auf sie zu und löst vorsichtig das Pflaster von ihrem Mund, deutet ihr aber gleichzeitig, ruhig zu sein.

»Der Täter ist wahrscheinlich noch im Haus«, flüstert er ihr ins Ohr, worauf Annerl in der Bewegung erstarrt und nickt.

Sie hat verstanden.

Nachdem sich auch Berta Pitzer in der Aufrechten befindet, eilt Sepp aus dem Zimmer und überlässt die beiden Frauen seiner Kollegin. Jetzt hat er es eilig.

Das Haus zu umrunden ist nicht einfach, weil es auf der linken Seite dicht mit Sträuchern bewachsen ist. Er schält sich durch das Dickicht und unterwirft die Hauswand einer genauen Kontrolle. Der Täter darf nicht entwischen, wenn er es nicht bereits getan hat. Zu seinem Schrecken muss er feststellen, dass eine Kellerluke unterhalb des Küchenfensters aufgeklappt ist. Scheiße! Wahrscheinlich ist er durch die Öffnung entkommen.

Er kehrt um und inspiziert die Garage, die sich rechts neben dem Hauseingang befindet. Das Kipptor steht offen, sonst ist – bis auf ein paar Werkzeuge und ein Fahrrad, das an der Wand hängt – nichts zu sehen. Er stiefelt zurück auf die Straße, der dunkelgrüne Kleinwagen ist verschwunden.

Verflucht! Der Kerl ist entwischt, während er sich mit Angela um die beiden Frauen gekümmert hat. Laut ruft er nach ihr.

Angela ist eben dabei, Annerl und Berta die Treppe nach unten zu führen und auf sie einzureden. Resigniert schließt er sich ihnen an. Wenn der Kerl bereits getürmt ist, kann er im Augenblick ohnehin nichts machen, als eine Fahndung nach dem Fahrzeug in die Wege zu leiten. Hoffentlich findet die Spurensicherung wenigstens verwertbare Fingerabdrücke.

Sepp vermutet stark, dass es sich entweder um Konrad Mörsebrink oder um dessen Anwalt, Dr. Affenzoller-Mainau, handelt, da die dritte in den Fall involvierte Person, Riccardo Schrademann, auf der Polizeistation festsitzt. Allerdings passt der Leihwagen nicht zu Mörsebrink, weil dieser einen eigenen Wagen besitzt.

Hoffentlich schafft die Spurensicherung Gewissheit.

»Warum seid ihr denn überhaupt hergekommen?«, will Angela von den beiden Frauen wissen.

Berta stolpert auf der vorletzten Stufe und Angela hält sie am Arm fest.

»Ach, fragen Sie nicht, Angela. Das war wieder so eine verrückte Idee von der Annerl. Die hat 'glaubt, wenn wir den Silvaner Heinrich beschatten, erfahren wir irgendwas über den Mord.«

Annerl mischt sich ausnahmsweise einmal nicht in das Gespräch ein, sondern massiert ihren Mund, welcher vom Pflaster rot wie eine reife Himbeere ist.

»Wie mich die Annerl ang'rufen und g'sagt hat, dass der Heinrich g'rad mit seinem Auto vorm Kulturhaus steht, hat sie die glorreiche Idee g'habt, dass wir ihm folgen sollen. Vielleicht bringt's ja was, hat sie g'meint.«

»Hat's doch auch«, schreit Annerl nun doch laut dazwischen und unterbricht kurz ihre Mundmassage.

»Ja, aber das ham ma jetzt davon.«

»Habt ihr den Täter wenigstens erkannt?«

»Nein! Aber es war sicher ein Mann«, meint Annerl, während sie ihren Mund weiter massiert. »Wir ham nur g'sehn, wie er auf den Heinrich eindrischt und wie der niederg'fallen ist.«

»Das ist alles so schnell gegangen«, wispert Berta geschockt und klammert sich an Angelas Arm fest. »Vom Gesicht konnten wir überhaupt nix sehen.«

Schade!

»Und seine Stimme? Konntet ihr die erkennen?«

Berta kratzt sich hinter dem Ohr und zieht ihre Augenbrauen bis zum Haaransatz hinauf. »Das ist doch alles so schnell gegangen«, wiederholt sie genervt.

Beide Hände landen auf ihrem Gesicht und ihr Kopf bewegt sich leicht hin und her, während sie grübelnd fortfährt.

»Ich glaub' aber, dass das kein Österreicher war. Eher einer von diesen deutschen Urlaubern, die uns in der letzten Zeit wie die Schmeißfliegen überfallen haben.«

Angela muss grinsen. Trotz des riesigen Schocks hat Berta ihren Humor nicht verloren.

»Was ist denn jetzt mit dem Heinrich? Wo ist er überhaupt?«, will Annerl wissen.

»Gemeinderat Silvaner wurde vom Notarztwagen ins Spital gebracht.«

»Und wie geht's ihm?«

Annerl reißt ihre Augen auf und starrt Angela fragend an.

»Der Sepp und ich fahren gleich, nachdem Inspektor Schreiner eingetroffen ist, ins Spital und erkundigen uns nach seinem Befinden.«

»Der kleine Hektiker kommt da her?«

Berta zieht Annerl am Arm.

»Komm, wir gehen, bevor der auftaucht.«

Sie landen vor dem Streifenwagen, während Angela neuerlich nachfragt, was denn genau vor dem Haus passiert sei.

»Na, wir haben den Heinrich verfolgt bis da her, weil der Heinrich wiederum jemand anderen verfolgt hat. Und der andere ist auch bis da her g'fahren.« Energisch deutet sie auf das Haus. Hier unterbricht Sepp die Schilderung.

»Und warum habt ihr zwei überhaupt den Gemeinderat verfolgt?«

»Ham ma doch schon der Angela erzählt«, mault Berta. »Die Annerl wollt' den Heinrich verfolgen, weil sie 'glaubt hat, dass uns das zum Mörder der Frau Mörsebrink führt. Also bin ich mit ihr dem Heinrich hinterhergerast.«

Berta Pitzer schnauft kurz und die Dorftratschen springt ein.

»Und als wir so hinter dem Heinrich herg'fahren sind und uns g'fragt ham, wo denn der eigentlich hinwill, da hat er sich hinter dem dunkelgrünen Auto einbremst. Der Kerl aus dem dunkelgrünen Auto ist ausg'stiegen und zum Haus marschiert, der Heinrich hinter ihm her.«

»Ja, und wie der Heinrich auch zum Haus wollt, hat sich der Kerl um'dreht und ist auf ihn los'gangen.«

»Der Heinrich hat sich noch duckt, aber da hat er auch schon eins über den Schädel kriegt.«

Berta reibt sich ihren Kopf mit den rotbraunen Haaren, als ob sie diesen Schlag selbst abbekommen hätte, und schildert weiter.

»Ja, und dann san ma aus dem Auto g'sprungen und wollten uns um den Heinrich kümmern, weil der ja am Boden g'legen ist, und da hat uns der Kerl von hinten packt und die Stiegen hinauf in das Zimmer zerrt.«

Annerl holt Luft.

»Und oben im Zimmer hat er der Berta a Watschen geben, dass sie a dag'legen ist. Mich hat er am Sessel festbunden und mir den Mund zu'pickt. Ich wollt' schreien, hab' aber kein Wort raus'bracht.«

Kein Wort herauszubringen muss für unsere Dorftratschen besonders schrecklich gewesen sein.

»Der Kerl war brutal!«

Angela und Sepp nicken. Diese Schilderung ist leicht nachvollziehbar. Ehe sie weiter nach dem Täter suchen, verfrachten sie erst einmal Annerl und Berta in Angelas Streifenwagen. Zusätzlich reichen sie ihnen eine Flasche Mineralwasser aus dem

Handschuhfach und schließen das Auto sorgfältig ab. Man weiß ja nie!

»Ich glaub', der ist uns entwischt, Angela.«

»Im Haus ist er jedenfalls nicht mehr. Wir sollten uns im Keller umschauen, vielleicht hat er auf seiner Flucht ja etwas verloren?«

Der Keller ist verschlossen.

»Das sollte doch kein Hindernis sein.«

Sepp grinst verschmitzt und Angela blickt zu Boden. Nachdem das Schloss mit einem Knacks aufgesprungen ist, tapsen sie hintereinander ein paar steile Stufen in die Tiefe. Der Lichtschalter funktioniert nicht. Es wäre stockfinster, wenn nicht Sepps Stablampe den Raum notdürftig ausleuchten würde. Vom Täter ist weit und breit nichts zu sehen. Allzu viel bietet der Keller ohnehin nicht. Außer der geöffneten Luke und einem wackligen Stockerl darunter, das dem Flüchtenden augenscheinlich als Fluchthilfe diente, finden sie nichts, was von Interesse wäre. Verstaubte Regale, in denen Weinflaschen lagern, ein altes umgedrehtes Weinfass und reihenweise Holzsteigen, die vermutlich vor längerer Zeit einmal für die Obsternte gedacht waren.

»Da ist nix, Sepp! Der Kerl ist uns entwischt und wir wissen nicht einmal, um wen es sich gehandelt hat.«

»Aber er hat uns etwas hinterlassen, Angela.«

Freudig dreht er sich um.

»Da, schau her!«

Auf dem Stockerl ist im Staub deutlich ein frischer Schuhabdruck zu erkennen. Tauber kramt sein Mobiltelefon hervor und ruft nun endlich Inspektor Schreiner und die Spurensicherung zum Tatort.

»Die Techniker sollen den Abdruck sichern, vielleicht hilft er uns ja weiter.«

»Hoffentlich haut uns Schreiner nicht ein Kräutl drein«,

meint Angela und lacht. »Wo der auftaucht, gibt's immer Ärger!«

»Ich weiß, Angela, aber er ist nun einmal unser kleiner Vorgesetzter.«

Die Betonung liegt auf »kleiner«!

Annerl streift verstört ihren schwarzen Rock glatt und fährt mit der Zunge immer wieder über ihre Lippen, während Berta sich langsam von dem Schock erholt.

Die Polizisten durchsuchen gründlich das Haus. Sie wollen Inspektor Schreiner keine Möglichkeit geben, an – dessen Meinung nach – mangelhaften Untersuchungen herumzumeckern. Immerhin wohnt Schrademann hier, wenn er nicht gerade auf der Polizeistation brummt. Und dieser Mensch ist nun wirklich kein Unschuldslamm, was er mit der Entführung Hedwig Uhudlers mehr als bewiesen hat.

Gründlichst durchforsten sie Zimmer um Zimmer, können jedoch nichts außer einem Kleiderkasten voll mit Wäsche finden. Es handelt sich dabei sowohl um Damen- als auch um Herrenwäsche. Ein paar T-Shirts, ein paar Jeans und jede Menge Schuhe. Von Badeschlapfen bis hin zu Wanderschuhen, sowohl für Damen als auch für Herren, stehen sauber geputzt unter einer Kommode. Weder ein Foto noch sonst etwas Aufschlussreiches ist zu entdecken, woraus man Schlüsse auf die Person hätte ziehen können. Nirgends finden sich Unterlagen privater Natur wie Personaldokumente, Briefe oder gar ein Laptop. Dies alles hat entweder Schrademann vorsorglich in Sicherheit gebracht, oder der Täter hat es mitgenommen.

Sepp streift seine Handschuhe ab und wendet sich Angela zu, die in der Küche rumort.

»Hast du was, Angela?«

»Nein! Nix! Es ist zum Verrücktwerden!«

Ein weißer Kombi bremst vor dem Haus, drei Männer in

weißen Overalls steigen aus und dringen ins Haus ein. Die Spurensicherung ist vorerst einmal angekommen. Sepp und Angela werden nicht mehr gebraucht und ziehen sich deshalb zu den beiden Dörflerinnen ins Auto zurück.

Kaum sitzen sie, rollt Inspektor Julius Schreiner an. Hektisch springt er aus dem Wagen und pirscht sich ebenfalls an das Haus heran.

»Sollen wir ihm berichten, was wir wissen?«

»Nein! Wenn er etwas wissen will, findet er uns schon, Angela. Er muss doch unsere Streifenwagen gesehen haben.«

Sie warten eine Weile. Da Schreiner aber nicht mehr zum Vorschein kommt – sicherlich steht er der Spurensicherung im Weg herum und löchert sie mit Fragen, die die Beamten nicht beantworten können –, beschließen sie, die beiden Frauen erst einmal daheim abzuliefern und danach ins Horner Spital zu fahren, um sich nach dem Gesundheitszustand des Gemeinderats Heinrich Silvaner zu erkundigen. Um die beiden Fahrzeuge von Heinrich Silvaner und Berta Pitzer werden sie sich später kümmern.

Angela fährt mit Annerl und Berta Richtung Klein Schiessling los und Sepp folgt ihr bis zur Abzweigung nach Wartberg. Von dort wendet er sich Richtung Eggenburg, durchquert die Mittelalterstadt und braust weiter nach Horn. Die Sonne lacht zwischen ein paar Wolken durch und taucht die Landschaft in ein sanftes Licht.

Während Tauber das Geschehen überdenkt, ratscht sein Telefon. Kurz lauscht er, seine Nackenhaare sträuben sich, dann schaltet er Blaulicht und Sirene ein.

Kapitel 23

»Was haben wir hier?«

Inspektor Schreiner, kaum angekommen, fordert bereits endgültige Ergebnisse. Er hat sich hinter den Männern in weißen Overalls aufgebaut und löchert sie mit Fragen. Dabei vergisst er, dass die Spurensicherer nicht viel mehr wissen können als er selbst, sie sind doch fast zeitgleich mit ihm am Ort des Geschehens eingetroffen. Da ihn jedoch alle auf dem Kommissariat mittlerweile gut kennen, ignorieren sie ihn und gehen gewissenhaft ihrer Arbeit nach. Sepp Tauber hat sie auf den Fußabdruck auf dem Stockerl im Kellerraum aufmerksam gemacht, deshalb nehmen sie diesen vorerst einmal in Augenschein. Schreiner steht hinter ihnen.

»Was ist das?«

Seine Frage gilt dem kleineren Mann, der Fotos vom Fußabdruck schießt und sich gelangweilt umdreht.

»Einstweilen nix! Aber wenn die Spuren ausgewertet sind, erfahren Sie es als Erster, lieber Herr Inspektor.«

Mit süffisantem Lächeln schießt er weiterhin Aufnahme um Aufnahme von dem Schuhabdruck, während Schreiner unzufrieden auf dem Absatz kehrt macht, die Kellerstufen hinaufstolpert und in das Obergeschoß stürmt, um nun den beiden Männern in dem Zimmer, in welchem Annerl und Berta festgehalten wurden, auf die Nerven zu gehen. Diese lassen sich aber ebenfalls nicht von ihm stören. Sie sind dabei, den Raum gründlich nach Fingerabdrücken zu durchforsten. Zusätzlich sind sie auf der Suche nach Hinweisen, die zum Täter führen könnten.

Es wurde ja nicht nur Heinrich Silvaner niedergeschlagen, sondern auch die beiden Klein Schiesslinger Frauen brutal außer Gefecht gesetzt. Darüber ist jedoch vorerst nur die Spurensicherung informiert, Schreiner nicht. Er hat es verabsäumt, Tauber und Bauer nach dem genauen Hergang zu fragen. Selbst schuld! Wenn er seine Mitarbeitern freundlicher behandeln würde, kämen sie ihm sicherlich weit mehr entgegen.

Mit einem schweren Seufzer, vom bösen Funkeln seiner Augen begleitet, kehrt er ins Erdgeschoß zurück, marschiert aus dem Haus und nimmt die Garage kritisch in Augenschein. Hier ist er allein und kann zum Glück niemanden löchern.

Er streift Einweghandschuhe über und begutachtet zuerst einmal die vielen Holzsteigen, den Werkzeugkasten und letztendlich den Drahtesel an der Wand. Die Reifen sind nicht aufgepumpt, das Rad ist also nicht fahrbereit. Und während er in dem Werkzeugkasten herumwühlt, wird er vom Läuten seines Smartphons unterbrochen. Kurz hört er zu, lässt den Schraubenzieher, den er in der Hand hält, fallen und rennt zu seinem Wagen. Mit Blaulicht auf dem Dach braust er los.

Der Chefinspektor hat es sich in seinem Büro gemütlich gemacht. Die Füße auf dem Schreibtisch, den Flachmann in der Hand, grübelt er über den Einsatz von Angela Bauer nach. Er fragt sich, was denn seine Abteilung mit einer Rauferei zu tun haben könnte. Und in diese anstrengenden Gedanken hinein schrillt sein Telefon. Die unsympathische Stimme der Sekretärin seines Vorgesetzten, Dr. Dr. Wolfgang Pfeifenhuber, verkündet, dass ihn dieser zu sprechen wünscht.

»Kollega«, kommt Pfeifenhuber sogleich zur Sache, »wie geht's in den beiden Mordfällen voran? Gibt's schon Ergebnisse?«

Christian Fuchs bedauert, im Moment noch nichts Konkretes berichten zu können, da wird seine Bürotür aufgerissen und ein Wachebeamter stürzt ins Zimmer, noch ehe sich die cheflichen Haxen vom Schreibtisch verabschiedet haben. Es dauert eine Weile, bis Christian Fuchs den Doppeldoktor zufriedengestellt hat und sich dem Kollegen zuwenden kann.

»Was gibt's denn so Dringendes?«

»Chef, Angela Bauer und Sepp Tauber haben den niedergeschlagenen und schwerverletzten Gemeinderat von Klein Schiessling, diesen Heinrich Silvaner, in einem Haus auf der Straße nach Stoitzendorf aufgefunden und ins Spital nach Horn bringen lassen. Inspektor Schreiner und die Spurensicherung sind bereits vor Ort.«

»Was ist los? Bitte langsam, zum Mitschreiben! Gemeinderat Silvaner ist verletzt? Er wurde niedergeschlagen? Von wem? Wie geht es ihm? Und was genau ist überhaupt passiert?«

Der Chefinspektor versteht nur Bahnhof, doch bald ist er im Bilde. Der Wachebeamte beruhigt sich ein wenig und schildert chronologisch den Hergang, begonnen mit der Rauferei, die ein Nachbar der Polizei gemeldet hat, bis zur Auffindung Annerl Passers und Berta Pitzers. Chefinspektor Christian Fuchs kommt aus dem Kopfschütteln nicht heraus.

»Wie konnte denn das alles passieren? Und was hatten die zwei Dorftratschen dort zu suchen?«

Nun schüttelt der Wachebeamte seinen Kopf.

»Ich werde sofort Kontakt mit Inspektor Schreiner aufnehmen, dann wissen wir mehr.«

»Ruf lieber den Tauber an!«

»Dem Schreiner seine turbulenten Schilderungen muss ich sonst übersetzen, damit ich weiß, worum es geht«, denkt er und verzieht seine Mundwinkel zu einem angedeuteten Grinsen.

Der Beamte stimmt zu und schließt die Tür hinter sich.

Währenddessen sind Sepp Tauber, Angela Bauer und letztendlich auch Inspektor Julius Schreiner vor dem Horner Spital eingetroffen. Ratlos blicken sie einander an und auf ein Nicken Schreiners wenden sie sich dem Eingang zu.

Die Ankunft der beiden Streifenwagen und Schreiners Auto mit Blaulicht auf dem Dach bleibt nicht unbemerkt und lockt den Portier aus seiner Empfangskabine. Mit ernster Miene geht er auf die drei zu.

»Der Verletzte liegt im ersten Stock, Zimmer 17. Der Stationsarzt ist bei ihm.«

Die Atmosphäre im Krankenhaus ist wie in jedem anderen auch. Der Geruch nach Desinfektionsmittel und verbrauchter Luft schwebt unheilschwanger über ihren Köpfen und ruft nicht nur Beklemmung, sondern auch eine leise, unbegründete Angst hervor. Obwohl das Foyer mit fröhlichen, bunten Bildern geschmückt ist, was gerade diesem Eindruck entgegenwirken soll, löst es bei den Beamten Unbehagen aus. Selbst das zuvorkommende Verhalten des Portiers und sein freundliches Lächeln können daran nicht wirklich etwas ändern.

Sie haben das erste Stockwerk erreicht und stehen vor besagtem Krankenzimmer. Der Portier verabschiedet sich, indem er seinen Kopf leicht neigt und mit einem Mann im weißen Kittel, welcher den Gang entlangkommt, ein paar Worte wechselt.

Eine hübsche Krankenschwester trippelt auf sie zu.

Allen dreien steht der Schock ins Gesicht geschrieben. Angela Bauer und Sepp Tauber lassen ihrem Inspektor den Vortritt. Sie erfahren die Hiobsbotschaft noch früh genug.

Krankenschwester Luise, wie auf einem Anstecker an ihrem Kittel zu lesen ist, betritt vor ihnen das Krankenzimmer und deutet auf das erste Bett zur rechten Hand. Dahinter, vor einem geöffneten Fenster, befindet sich ein weiteres Bett, in dem ein Mann leise vor sich hin sägt.

»Herr Silvaner ist im Moment nicht ansprechbar. Sie müssen wissen, dass, nachdem seine Kopfwunde medizinisch versorgt wurde, ein Unbekannter ein Kissen auf sein Gesicht gedrückt hat. Zum Glück war Schwester Maria in der Nähe und konnte das Ärgste verhindern. Sie rief sofort den Stationsarzt und schaute sich nach dem Täter um. Aber bis Dr. Altenburger kam, war der Mensch bereits über alle Berge. Und dann musste er sich ja erst um den Patienten kümmern. Dem Portier, dem sofort aufgetragen wurde, nach einer verdächtigen Person Ausschau zu halten, ist kein Flüchtender aufgefallen.«

»Wie kann denn so etwas passieren? Man sollte annehmen, dass man in einem Krankenhaus sicher ist!«

Inspektor Schreiner hat den Schock so ziemlich überwunden, und sein bekanntes Temperament ist – leider – zurückgekehrt. Die Krankenschwester senkt den Blick und deutet auf die Tür, durch die soeben mehrere Ärzte das Krankenzimmer betreten. Allen voran ein etwas beleibter Mann mit beginnender Glatze und rötlichem Gesicht.

»Universitätsprofessor Dr. Maximilian Gruber«, stellt er sich vor und streckt Schreiner seine Pranke entgegen. »Und Sie sind der ermittelnde Beamte, nehme ich an.«

Gleich darauf wird nicht nur Schreiner, sondern auch Tauber und Bauer mit einem Bericht, gespickt mit medizinischen Fachausdrücken, konfrontiert. Die begleitenden Ärzte wie auch Schwester Luise stehen ehrfurchtsvoll hinter ihrem Chefarzt und geben keinen Mucks von sich.

Nachdem klar ist, wie es zu dem ungewollten Zwischenfall kam, den Heinrich Silvaner dank des raschen Eingreifens Schwester Marias so halbwegs überstanden hat, greift Chefarzt Dr. Gruber zur Krankengeschichte, die am Fußende des Bettes hängt, und vergleicht die darauf verzeichneten Eintragungen. Er deutet auf das EKG und nickt.

»Alles in Ordnung.«

Und zu den Polizisten gewandt meint er: »Der Patient ist heute bestimmt nicht mehr ansprechbar. Sie können also erst einmal die Klinik verlassen. Vielleicht sollten Sie aber zusätzlich zu unserer Aufsicht und zum Schutz des Patienten einen Beamten vor der Tür postieren.«

Er wendet sich kurz um und nickt Schwester Luise zu, damit diese auch kapiert, dass der Patient polizeilichen Schutz bekommen muss.

»Wir werden Sie umgehend informieren, wenn Herr Silvaner ansprechbar ist. Sie entschuldigen mich!«

Er dreht sich um und verlässt das Krankenzimmer. Nur Schwester Luise steht noch in der Tür, blinzelt in Sepp Taubers Augen, schiebt eine sich vorwitzig aus ihrem Schwesternhäubchen drängende blonde Locke zurück und huscht leicht errötend dem Ärztetrupp hinterher.

»Ich glaub', Sepp, die steht auf dich!«

»Ich glaub' eher, Angela, dass unser Gemeinderat durch Schwester Luise rasch wieder auf die Beine kommen wird.«

»Bauer! Tauber!«

Inspektor Schreiner mag solche Bemerkungen nicht.

»Wir haben andere Sorgen!«

Schuldbewusst verlagert Sepp sein Körpergewicht von einem Bein auf das andere und senkt reumütig den Kopf. Sie befinden sich schließlich in einem Krankenzimmer. Jedoch dass Heinrich Silvaner den Schlag auf den Kopf und den nachträglichen Anschlag verhältnismäßig gut weggesteckt hat, versetzt sie in Freudenstimmung.

Da wird doch ein bisserl Spaß erlaubt sein, lieber Herr Inspektor! Immerhin fällt Schwester Luise garantiert in Silvaners Beuteschema!

Kapitel 24

Am Nachmittag desselben Tages hocken die Dorftratschen Annerl Passer und die Reservedorftratschen Berta Pitzer auf der Polizeistation. Freudig erregt und äußerst gespannt blicken sie auf ihre Hände, die auf ein elektronisches Gerät gedrückt werden, um ihre Fingerabdrücke zu registrieren. Das vormittägliche, dramatische Erlebnis ist ihnen kaum noch anzusehen. Sie haben es einfach weggesteckt. Nur Annerls rot umrandeter Mund deutet noch darauf hin und lässt die Spuren des Pflasters, das sie am Sprechen, ihrem allerwichtigsten Zeitvertreib, hinderte, erkennen. Nachdem Berta Annerls malträtierte Lippen mit Heilsalbe versorgte, ist sie jedoch wieder putzmunter und zu jeder Schandtat bereit. Sie lacht dem Beamten ins Gesicht.

»San ma jetzt Schwerverbrecher und kommen in eure Kundenkartei?«

Berta schaut erschrocken auf.

»In was für a Kundenkartei, Annerl?«

»Na ja, in a Kartei halt. Mit Foto und Nummer auf dem Leiberl, und so.«

Der Beamte schaut zur Seite und muss grinsen. Er atmet tief durch.

»Die Fingerabdrücke brauchen wir nur zum Abgleich, um die des Täters herausfiltern zu können.«

Aha!

»Ist ja langweilig! Ich hab' mir das alles viel aufregender vorg'stellt.«

Berta macht einen Schmollmund und streicht ihre leuchtend

rotbraunen Haare aus der Stirn. Sie sind eindeutig zu lang und der nächste Friseurbesuch steht ins Haus.

»Aber jetzt ham ma was zum Erzählen, Berta. Wir müssen gleich zur Krügerl ins Dorfwirtshaus und zur Liesel ins Pfarrhaus.«

»Ja, und dann durch ganz Klein Schiessling hatschen und vor jeder Tür dasselbe Sprücherl herunterbeten. Nix da, Annerl. Jetzt bring' ich dich erst einmal heim und fahr danach zur Sandra. Vielleicht gibt's dort einen Kaffee!«

»Da komm' ich mit! Ich will auch an Kaffee!«

Währenddessen besucht mich Sepp, um mir die Geschichte zu schildern. Die Rauferei, die Verletzung unseres Gemeinderates und den darauffolgenden Anschlag im Spital ebenso wie das brutale Außer-Gefecht-Setzen von Annerl und Berta.

»Wieso sind die zwei denn überhaupt dorthin gefahren?«, will ich wissen.

»Na ja, wie ich erfahren hab', wollten sie Heinrich Silvaner verfolgen, um vielleicht etwas über den Mord an Roswitha Mörsebrink herauszufinden. Sie dachten, dass Silvaner sicher die Tat an seiner Freundin nicht so sang- und klanglos hinnehmen wird und dem Ehemann auch nicht über den Weg traut. Deshalb haben sie ihn verfolgt, während dieser wiederum hinter Mörsebrink her war. Dachten sie zumindest.«

»Dachten sie zumindest? Wieso dachten sie zumindest? War es denn nicht Mörsebrink, der Silvaner niedergeschlagen und Annerl und Berta misshandelt hat?«

»Das steht nicht fest. Weder Heinrich Silvaner noch die beiden Tratschen konnten den Mann identifizieren. Mehr weiß ich nicht, Sandra. Und mehr darf ich dir auch nicht sagen.«

Ich streiche ihm zart über die Wange.

»Willst was trinken?«

»Nein, danke. Ich muss gleich wieder weg. Der Schreiner hat

Angela und mich verdonnert, vor dem Krankenzimmer Wache zu schieben, damit kein weiterer Anschlag auf euren Gemeinderat unternommen werden kann.«

Kaum ist Sepp weg, bremst Bertas Auto vor meinem Gartentürl. Sie steigt langsam aus und danach schält sich Annerl aus dem Kleinwagen. Etwas mitgenommen sehen die beiden ja aus, aber nicht so arg, wie ich es mir nach Sepps Schilderung vorgestellt habe.

Anscheinend sind die zwei zäh wie Gummi! Dafür muss ich zumindest Annerl bewundern. Immerhin feiert sie bald ihren achtzigsten Geburtstag, na ja, bald ist übertrieben, in drei Jahren ist es erst so weit. Aber trotzdem!

Berta ist ja noch um ein Häusl jünger, aber auch in ihrem Gesicht hätte das Erlebnis weitaus ärgere Spuren hinterlassen können. Hut ab!

Nachdem wir im Wintergarten gemütlich um den Tisch sitzen, fürs Draußenhocken geht zu viel Wind, und vor uns drei Häferln Kaffee stehen haben, erfahre ich das ganze Schlamassel noch einmal aus Sicht der Betroffenen. Und ich muss sagen, dafür, was dieser Unbekannte den beiden Frauen angetan hat, gehört er meiner Meinung nach gerädert, gevierteilt und erschossen! Und zwar genau in dieser Reihenfolge!

Berta berichtet in den schillerndsten Farben, während Annerls verbissener Blick auf ihr ruht. Mit leicht zittriger Hand hebt sie ihr Häferl und führt es zum Mund, danach trifft mich ein strafender Blick.

»Von dem Zeugs da soll ma sich beruhigen?«

Ich habe verstanden! Eilig wusle ich davon und kehre blitzartig mit drei Stamperln und einer Flasche Zwetschkernem an den Tisch zurück.

»Prost!«

Die Verbissenheit löst sich schlagartig aus Annerls Gesicht, während sich ihr Stamperl – eins, zwei, drei – leert und auffordernd vor mir landet. Brav schenke ich nach!

Nachdem die Flasche halb leer ist, bin ich über die schrecklichen Geschehnisse bestens informiert.

»Und was ist jetzt mit dem Heinrich?«, will Berta wissen. »Der wird doch hoffentlich den Schlag auf den Kopf überlebt haben.«

»Ja! Den Hieb auf den Kopf und den Anschlag im Spital! Zum Glück hat er beides überlebt und ist auf dem Weg der Besserung.«

»Den Anschlag im Spital? Was denn für Anschlag im Spital?«

Annerl schnappt nach Luft. Beide hängen starr an meinem Mund, während ich ihnen berichte, dass ein bis jetzt noch Unbekannter einen Polster auf Heinrichs Gesicht gedrückt und Schwester Maria ihn gerettet hat.

»Deshalb werden der Sepp und die Angela ihn heute Nacht bewachen. Hat der Schreiner angeordnet.«

»Der macht a amal was G'scheits?«

Annerl und Berta schütteln synchron ihre Köpfe, während ich mir ausmale, was noch Schreckliches passieren könnte, wenn nicht die Polizei vor Ort wäre, um unseren Gemeinderat zu beschützen.

Kapitel 25

Unter den Dorfbewohnern ist Panik ausgebrochen, nachdem sich herumgesprochen hat, was Gemeinderat Heinrich Silvaner passierte. Im Dorfwirtshaus herrscht Grabesstimmung.

Josef Maria Krügerl blickt betrübt auf die Uhr über der Theke. Er hat wenig zu tun, obwohl der Stammtisch rappelvoll ist. Der halbe Gemeinderat sitzt bedrückt herum und palavert mit todernster Miene nicht nur über belanglose Dinge, sondern in erster Linie auch darüber, was mit dem armen Heinrich geschehen ist und was ihnen allen miteinander auch hätte passieren können.

»Ein Mörder läuft frei herum! Wir alle sind in Gefahr! Und was macht die Polizei?«

Kopfschüttelnd und völlig verstört wendet sich Gemeinderat Hugo Zechbauer mit dieser Frage, vor allem aber mit seinem Vorwurf, an die Runde. Dann herrscht Stillschweigen, bis Gemeinderat Michael Rieslinger meint:

»Nicht nur ein Mörder läuft frei herum, Hugo! Nicht nur ein Mörder!«

Er ist über die Geschehnisse entsetzt wie alle anderen auch.

»Ja, sag' ich doch!«, begehrt Zechbauer Minuten später auf und hebt sein Glas. »Auch ein Totschläger läuft frei herum! Und einer, der unsere Weiber misshandelt!«

Ruhe am Stammtisch!

»Ja, was soll's denn machen, die Polizei?«, wirft Gemeinderat Hubert Burgunder eine Viertelstunde später dazwischen. »Sie sind doch ohnehin an der Sache dran.«

Schweigend werden die Gläser leer getrunken,

»Wie wäre es zum Beispiel, wenn sie ein bisserl flotter arbeiten täten? Man gewinnt ja den Eindruck, dass bei denen überhaupt nix weitergeht«, gibt Josef Maria Krügerl seinen Senf dazu. »Da wird ein Gast in unserem ehrenwerten Wirtshaus so einfach – mir nix dir nix – abgemurkst und die zuständigen Behörden legen ihre Hände in den Schoß und schauen zu. Die Polizei ist ja nicht einmal fähig, den Ehemann als Täter zu verhaften, obwohl das ganze Dorf weiß, dass nur der seine Frau erschlagen haben kann.«

Der neuerlich nachgeschenkte Grüne Veltliner verschwindet langsam und bedächtig hinter den Binden.

»Nein, Josef Maria, da muss ich dir heftig widersprechen! Das stimmt so nicht. Wenn die Polizei genug Beweise gegen den Ehemann hätte, dann wäre er auch verhaftet worden. Wir dürfen Vermutungen anstellen, die Polizei aber muss Beweise vorlegen! Übrigens hat sie zum Beispiel die Hedwig schnell befreit und auch den Heinrich rasch gefunden, sonst wäre er vielleicht an seinen Verletzungen gestorben.«

Der seit ungefähr einem Jahr für die Gemeinde tätige Walter Zweigelt stimmt Hubert Burgunder still nickend zu.

»Ich glaub' auch, dass die Polizei alles Menschenmögliche unternimmt, um die Morde aufzuklären. Aber ich muss euch zu bedenken geben«, fällt er in seinen Gemeinderatsjargon, »dass wir es ja mit zwei Morden zu tun haben, die nicht unbedingt zusammenhängen müssen. Das heißt, die Polizei muss nach zwei Tätern fahnden. Und das ist, könnt ihr mir glauben, gar nicht so einfach. Überhaupt wenn Ausländer involviert sind.«

Unmutig wendet sich der Wirt vom Stammtisch ab und beginnt, seine Gläser zu polieren, während aus der Küche Geschirrgeklapper dringt, was darauf schließen lässt, dass Frau Krügerl mit Essensvorbereitungen beschäftigt ist.

Danach herrscht neuerlich Grabesstimmung und diese hält

an, bis sich die Wirtshaustür öffnet und Bürgermeister Alfons Pummerl schnaufend und mit roter Nase das Lokal betritt, während seine Hängebäckchen lustlos schwabbeln. Schlagartig werden alle Stammtischler rege und bombardieren ihn mit Fragen. Oberjägermeister Hans Sachenberger, der soeben dabei war, einen Schluck aus seinem Bierkrügerl zu machen, verschluckt sich und beginnt zu husten.

»Warst beim Heinrich, Bürgermeister?«, krächzt er.

»Ja! Gestern und heut'! Vorgestern war der Heinrich ja noch nicht ansprechbar.«

»Und, wie geht's ihm heut'?«

Ungeduld hängt spürbar über dem Stammtisch, was Pummerl nicht daran hindert, behäbig auf die Bank neben Huaberl Burgunder zu rutschen und ein Krügerl Bier zu bestellen.

»Und a Paar Debrecziner kannst ma a gleich mitbringen.«

Der Wirt unterbricht das Gläserpolieren, dreht sich um und marschiert in die Küche, um die Bestellung an seine Frau weiterzugeben.

Gemeinderat Hugo Zechbauer, Oberjägermeister Hans Sachenberger wie auch die Gemeinderäte Michael Rieslinger, Walter Zweigelt und Huaberl Burgunder, die bis eben lustlos an ihren Gläsern genuckelt haben, hängen gespannt am rundlichen Antlitz ihres Dorfbosses. Der Grüne Veltliner wie auch das Bier wollen heute einfach nicht so richtig schmecken. Die trüben und besorgten Gedanken an ihren Kumpel Heinrich Silvaner färben alles schal und fade.

»Also, wie geht's dem Heinrich, Bürgermeister! Spann uns nicht so auf die Folter! Red halt!«

»Ja! Lass uns nicht deppert sterben! Red endlich!«

Nachdem der Dorfboss sein Sitzfleisch zurechtgerückt hat, macht er noch einen kräftigen Zug aus seinem Bierkrügerl, stellt es vorsichtig zurück auf den Wirtshaustisch und wischt sich mit dem Handrücken den Schaum vom Mund.

»Na ja, der Heinrich«, nuschelt er, wird aber von Michael Rieslinger sofort unterbrochen.

»Was ist mit ihm? Was ist mit dem Heinrich? So red doch endlich!«

Die Ungeduld ist nicht nur dem zappelnden Rieslinger anzumerken.

»Lasst's mich doch amal ausreden!«

Pummerl hebt mürrisch die Hand und setzt neuerlich zum Reden an, kommt aber nicht dazu, weil ihn schon wieder einer der Herren unterbricht.

»Dann mach halt endlich, Bürgermeister!«

Diesmal ist es der Oberjägermeister, der mit Pummerls Trägheit nicht zurechtkommt.

»Wenn ich vor dem Abdrücken auch so lang überlegen tät'«, brummt er grimmig vor sich hin, »hätt' ich bis heut' noch keinen Bock geschossen.«

Was nicht ganz stimmt, denn Böcke schießt er oft genug.

Da Pummerl von vorwurfsvollen Blicken bombardiert wird, strafft er sich, soweit es die fortgeschrittene Leibesfülle gestattet, und beginnt zu stottern:

»Also … dem Heinrich … ja, dem Heinrich … geht's heut' schon viel besser.«

Er schaut kurz auf, weil Frau Krügerl ein Tablett, beladen mit Debreczinern, Hausbrot und Kremser Senf, zum Tisch schleppt. Die Vorfreude auf diese Köstlichkeit spornt ihn an, ein klein wenig schneller zu sprechen.

»Also, wie ich zum Heinrich ins Zimmer 'kommen bin, er hat ja am Kopf noch immer so a weiße Bandage, ist g'rad a fesche Krankenschwester auf sein Bett g'sessen und hat sei Hand festg'halten.«

»Um Himmels willen! So schlecht geht's ihm?«

Gemeinderat Hugo Zechbauer klingt besorgt, doch Huaberl Burgunder beginnt hellauf zu lachen.

»Unser Heinrich!«

Er schüttelt den Kopf samt Vogelnest und hört gar nicht mehr auf zu lachen.

»Der kann's einfach nicht lassen, der Heinrich. Aus einem Schlamassel raus und gleich ins nächste wieder rein.«

In den Gesichtern rund um den Stammtisch blitzen riesige Fragezeichen auf. Gemeinderat Walter Zweigelt streckt das Kreuz durch, greift zu seinem Glas und Gemeinderat Michael Rieslinger fixiert Hubert Burgunder.

»Was meinst denn damit, Huaberl?«

»Na, denk doch nach, Rieslinger! Der Heinrich im Bett, a fesche Schwester daneben? Na? Hast es?«

Gemeinderat Michael Rieslinger beutelt sich.

»Du willst uns aber jetzt nicht im Ernst weismachen, dass der Heinrich als Halbtoter g'rad sei nächstes Gspusi anfängt, oder?«

Alle außer Pummerl und Rieslinger schütteln sich vor Lachen. Walter Zweigelt haut mit der flachen Hand auf seinen Oberschenkel, zieht ein Taschentuch aus der Hose und trocknet sich die Lachtränen aus dem mageren Gesicht. Und ab da schmeckt auch der Grüne Veltliner wieder. Und der Gerstensaft obendrein!

»Krügerl, noch a Runde!«

Erleichtert über den gesundheitlichen Fortschritt ihres Kumpels fließen zahlreiche Vierterln und Krügerln die durstigen Kehlen hinunter. Josef Maria hirscht eifrig zwischen Theke und Stammtisch hin und her, um allen Wünschen gerecht zu werden, während Frau Krügerl in der Küche alle Hände voll zu tun hat. Die Erleichterung über Silvaners Genesung hat die dörfliche Runde nicht nur durstig, sondern auch hungrig gemacht.

Kapitel 26

Chefinspektor Christian Fuchs und Inspektor Julius Schreiner sind auf Trab, nichtsdestotrotz konnten sie bislang keinen einzigen Beweis finden, um wenigstens Mörsebrink den Mord an seiner Frau nachzuweisen.

Inspektor Schreiner lässt Riccardo Schrademann neuerlich vorführen und konfrontiert ihn mit den Geschehnissen in dem von ihm gemieteten Haus auf der Straße nach Stoitzendorf.

»Wer hat noch einen Schlüssel zu diesem Haus außer Ihnen?«

Schrademann zuckt zusammen.

»Schlüssel? Wieso Schlüssel? Was für Schlüssel?«

Schreiners Gesicht verschließt sich. Er weiß nicht, wo er ansetzen soll, um aus diesem Menschen ein gescheites Wort herauszubringen. Zumindest eines, das zur Aufklärung der Fälle ein klein wenig beitragen könnte. Jede seiner Fragen wird mit einer Gegenfrage beantwortet. Nach einem kurzen Blick aus dem Fenster macht er verärgert weiter. »Konrad Mörsebrink – oder wer auch immer – konnte in Ihr Haus gelangen ohne Schlüssel? Für wie blöd halten Sie eigentlich die Polizei?«

Schrademann hebt seine Augenbrauen.

»Was weiß denn ich, wer in meinem Haus was veranstaltet. Ich war es jedenfalls nicht! Sie halten mich ja schon seit Tagen hier grundlos fest, anstatt die Menschheit vor Verbrechern zu schützen! Gehen Sie lieber korrekt und gewissenhaft Ihrer Arbeit nach und lassen Sie Ihren Frust nicht an Unschuldigen aus! Und finden Sie den Kerl, der sich in meinem Haus unerlaubter Weise breitgemacht hat!«

Sein visueller Frontalangriff lässt Schreiners Faust auf den Schreibtisch sausen. So kommt er nicht weiter! Er wechselt das Thema.

»Aus welchem Grund«, fragt er, nachdem er sich etwas beruhigt hat, »waren Sie mit Ihrer Frau auf dem Vitusberg?«

Dieser Themenwechsel überrumpelt Schrademann sichtlich und er schnappt nach Luft.

»War es nicht so, dass Sie Ihre Frau zu einem Ausflug auf den Vitusberg überredeten, um sie dort zu erschlagen? War es nicht so, dass Ihre Frau von der Ermordung Roswitha Mörsebrinks erfuhr und Ihnen drohte, alles der Polizei zu erzählen? War es nicht so, dass Sie, und nur Sie, Herr Schrademann, Roswitha Mörsebrink und auch Ihre Frau umgebracht haben? Und zusätzlich haben Sie Hedwig Uhudler entführt und festgehalten!«

Der Deutsche springt vom Sessel auf.

»Setzen Sie sich! Ich bin noch nicht fertig!«

Schreiner zieht den vor ihm ausgebreiteten Aktenstapel zu sich und blättert oberflächlich darin herum. Er will diese harte Nuss jetzt und heute knacken. Wie auch sein Chef ist er der festen Überzeugung, dass in diesem Fall nur eine Überrumpelung zum Ziel führen kann. Ein freiwilliges Geständnis ist von Schrademann sicherlich nicht zu erwarten. Keinesfalls! Der ist anders gestrickt und bedarf härterer Maßnahmen.

»Sie haben Roswitha Mörsebrink im Dorfwirtshaus von Klein Schiessling und danach Ihre eigene Frau auf dem Vitusberg erschlagen. Leugnen Sie nicht, dafür gibt es Zeugen!«

Er grübelt, ob er ihm ein weiteres Märchen auftischen soll, um ein Geständnis herauszulocken, oder nicht. Und während er am Überlegen ist, wird die Tür einen Spalt geöffnet und Sepp Taubers Gesicht taucht auf. Schreiner blickt unwillig hoch, doch Sepp Tauber winkt ihn heftig und unmissverständlich zu sich. Widerstrebend verlässt Schreiner seinen Schreibtisch und folgt Tauber auf den Gang.

»Was wollen Sie denn, Tauber? Sehen Sie nicht, dass ich mitten in einem Verhör bin?«

»Eben deshalb, Herr Inspektor. Wie wir gerade erfahren haben, ist der Anwalt Affenzoller-Mainau auf dem Weg hierher.«

Aha!

Der Inspektor beruhigt sich.

»Na, dann soll er nur kommen! Bis dahin haben wir ein lückenloses Geständnis von diesem Schrademann auf dem Tisch.«

Sepp Tauber ist davon nicht ganz so überzeugt, will seinem Inspektor jedoch nicht widersprechen und macht sich, um es einmal »typisch deutsch« auszudrücken, vom Acker!

Schreiner wartet auf den Anwalt, um ihn hochkantig wieder hinauswerfen zu können, weil dieser für Schrademann nichts tun kann, als ihm zu raten, ein Geständnis abzulegen. Die vorliegenden Beweise sind zu erdrückend. In der Zwischenzeit trudelt bei Chefinspektor Christian Fuchs eine elektronische Nachricht ein. Genervt nimmt er diese entgegen und beginnt ohne besonderes Interesse zu lesen.

Doch das ändert sich rapide. Er liest diese Nachricht, liest sie nochmals und ein drittes Mal, dann schnellt er vom Sessel hoch und eilt in Schreiners Büro.

Kapitel 27

Danach überschlagen sich die Ereignisse.

Dr. Justus Affenzoller-Mainau stelzt in Schreiners Büro und lässt sich überheblich lächelnd und unaufgefordert auf einen Sessel fallen. Schreiners sauertöpfische Miene verwandelt sich flugs in Angriffslust und Chefinspektor Christian Fuchs, der neben seinem Inspektor sitzt, mustert Affenzoller-Mainau belustigt, während er süffisant fragt:

»Herr Anwalt! Was können wir für Sie tun?«

Er verlagert sein Gewicht von rechts nach links, blinzelt Schreiner zu und unterwirft den Ankömmling einer eingehenden Betrachtung.

»Ich will sofort meinen Mandanten sprechen«, begehrt dieser auf. »Sie haben kein Recht, ihn grundlos hier festzuhalten. Er ist unschuldig, und das wissen Sie genauso gut wie ich. Sie haben nichts, aber auch schon gar nichts gegen ihn in der Hand.«

»Moment! Nur schön langsam, Herr Anwalt! Verraten Sie uns doch zunächst einmal, von welchem ihrer beiden Mandanten Sie eigentlich sprechen.«

Das Wort »Anwalt« betont Fuchs besonders auffällig und verlagert sein Gewicht wieder zurück, während er das Gespräch fortsetzt.

»Übrigens, Herr Anwalt, kann ich zunächst einmal, bevor Sie sich in einen Wirbel hineinreden, Ihre Zulassung als Rechtsanwalt sehen?«

Damit hat Dr. Justus Affenzoller-Mainau wahrlich nicht gerechnet. Er beginnt zu hüsteln und blickt sich um. Hinter ihm ist nur die verschlossene Tür, und vor ihm baut sich eine eisige, undurchdringliche Wand auf. Er fühlt sich unbehaglich, wetzt auf dem Sessel herum und sein rechter Zeigefinger landet zwischen Hals und Hemdkragen.

»Was soll denn dieses Kasperltheater? Ich kenne Sie und Sie kennen mich!«

»Richtig, Herr Anwalt!«

Die Betonung liegt neuerlich auf dem Wort »Anwalt«.

»Und weil wir Sie nun genau kennen, wundern wir uns über Ihre Unverfrorenheit, so einfach da hereinzuspazieren und Forderungen zu stellen, die Ihnen bei Gott nicht zustehen.«

Schreiners Faust ballt sich gefährlich.

»Jetzt geben Sie es endlich zu!«

Ein mahnender Blick seines Chefs, er öffnet die geballte Hand und legt sie stattdessen flach auf den Schreibtisch.

Christian Fuchs zieht die vor ihm liegenden Notizen zu sich heran und beginnt, provokant langsam darin zu lesen, während Affenzoller-Mainau sichtlich nervös wird und ständig auf seine goldene Armbanduhr blickt, deren Zeiger sich augenscheinlich überhaupt nicht bewegen. Langsam schiebt Fuchs die Notizen von sich und fragt betont leise:

»Aus welchem Grund, Herr Dr. Affenzoller-Mainau, haben Sie Ihre Halbschwester erschlagen?«

Die Reaktion darauf kann man kaum beschreiben. Der Angesprochene springt auf, stützt beide Arme auf dem Schreibtisch ab und brüllt so laut, dass Angela Bauer erschrocken ins Chefzimmer stürzt. Rasch überblickt sie die Situation, sprintet auf Affenzoller-Mainau zu, drückt ihn in den Sessel zurück, lässt jedoch ihre Hand auf dessen Schulter liegen und bewirft ihren Chef mit einem fragenden Blick.

»Der Herr Anwalt wollte soeben ein Geständnis ablegen, Bauer.«

Die Polizistin ist überrascht und blickt neugierig auf Christian Fuchs und Julius Schreiner, die den Deutschen lauernd fixieren. Christian Fuchs schiebt die eingetroffene Nachricht aus Frankfurt über den Tisch. Bauer beginnt zu lesen:

»Bei der Deutschen Anwaltskammer ist kein Rechtsanwalt Dr. Justus Affenzoller-Mainau registriert. Es gibt zwar in Frankfurt am Main einen Dr. Justus Affenzoller-Mainau, jedoch ist dieser Doktor der Philosophie, nicht aber der Rechtswissenschaften. Laut Recherche ist Roswitha Mörsebrink die Halbschwester von Affenzoller-Mainau, deren Eltern, Anna und Ludwig Berger, vor knapp drei Monaten bei einem Flugzeugabsturz vor Thailand ums Leben kamen. Die Erbschaftsangelegenheiten sind abgeschlossen und laut Testament ist Roswitha Mörsebrink, geborene Berger, die alleinige Erbin. Das Erbe besteht aus einer Villa in Königstein im Taunus sowie jeder Menge Aktien und Barvermögen. Insgesamt beläuft sich das Ganze auf rund eine Million Euro.«

Angela Bauer lässt den Bericht sinken und blickt überrascht auf ihren Chef, der bestätigend nickt.

»Noch einmal, Herr Dr. Affenzoller-Mainau!«, meutert Schreiner wütend. »Warum haben Sie Roswitha Mörsebrink erschlagen?«

Schön langsam verliert dieser die Fassung und will aufbegehren, doch Schreiners Wut entlädt sich mit voller Wucht, seine Faust kracht auf den Tisch und er brüllt, was das Zeug hält:

»War es nicht so, dass Sie Ihre Halbschwester umgebracht haben, damit Sie als nächstfolgender Verwandter Anspruch auf das nicht unerhebliche Erbe haben? Sie wollten die gesamte Million an sich reißen! Deshalb haben Sie zunächst Ihre Halbschwester Roswitha Mörsebrink erschlagen und die Schuld dem Ehemann in die Schuhe geschoben, weil dieser als Mörder seiner Frau keinerlei Anspruch auf das Erbe hätte. Danach haben Sie Roseanna Schrademann auf den Vitusberg gelockt, um sie dort ebenfalls umzubringen. Wahrscheinlich drohte sie, alles der Polizei zu erzählen.« Erleichtert lehnt sich Schreiner zurück, während Christian Fuchs Affenzoller-Mainau beobachtet. Bei Schreiners Vorwurf, die beiden Frauen erschlagen zu haben, springt dieser panisch auf.

»Das können Sie nicht beweisen! Das lasse ich mir nicht in die Schuhe schieben!«

Die beiden Inspektoren wiederholen noch einige Male die Vorwürfe, doch Affenzoller-Mainau bleibt stur. Er habe angeblich nichts mit der ganzen Sache zu tun, sondern halte sich nur in Österreich auf, um Urlaub zu machen, bei welchem ihn allerdings Mörsebrink und Schrademann gestört hätten, weil sie seinen Beistand forderten.

Enttäuscht wird die Befragung unterbrochen und Affenzoller-Mainau bis zur Fortsetzung in Gewahrsam genommen.

Nachdem der selbst ernannte Anwalt das Chefzimmer verlassen hat, rückt Chefinspektor Christian Fuchs seinen Sessel zurück, steht nachdenklich auf und marschiert zum Fenster. Durch die Horner Bundesstraße wälzt sich reger Verkehr und es hat leicht zu regnen begonnen.

»So kommen wir nicht weiter, Schreiner«, murrt er, während er sich vom Fenster wieder abwendet. »Der Kerl ist hartgesotten. Wir müssen uns etwas anderes einfallen lassen, um ihn überführen zu können.«

»Sind Sie sich überhaupt sicher, dass es Affenzoller-Mainau und nicht doch Mörsebrink war, Chef?«

»Ziemlich sicher! Du nicht, Schreiner? Er hat ein starkes Motiv! Überleg doch, es geht um ein Millionenerbe.«

Schreiner wiegt den Kopf, stimmt aber seinem Chef letztendlich zu, auch wenn er sich bereits auf Konrad Mörsebrink als Täter eingeschworen hat.

»Was hat eigentlich die Ermittlung bezüglich des Leihwagens ergeben, welcher vor Schrademanns Haus geparkt war? Wer hat das Auto gemietet?«

Zorn macht sich in Schreiners Miene breit.

»In der Firma war an diesem Tag leider nur ein Lehrling anwesend, und der hat aus Dummheit keinen Ausweis verlangt. Aus den Anmeldepapieren geht nur hervor, dass ein gewisser Fritz Müller das Auto für einen Tag gemietet hat.«

Scheiße!

»Das hätte uns weiterhelfen können, Schreiner! Warum haben die so schlampig gearbeitet?« Schreiner zuckt mit den Schultern. »Mörsebrink können wir ausschließen, Schreiner. Der ist ja mit seinem eigenen Auto da und wird sich sicher keinen Leihwagen gemietet haben.«

»Das muss nicht zwingend sein, Chef! Der könnte den Leihwagen gemietet haben, um nicht auf seine Anwesenheit in dem Haus aufmerksam zu machen. Dem trau' ich mittlerweile alles zu.«

Ärgerlich überdenkt Fuchs die Situation wieder und immer wieder und kommt letztendlich zu einem Schluss. Ja, so könnte es funktionieren. Er dreht sich zu Schreiner um und weiht ihn ein. Aber noch während er seinen Plan ausführlich darzulegen beginnt, hebt Schreiner abwehrend beide Hände.

»Nein, Chef!«

Er gibt Christian Fuchs deutlich zu verstehen, dass ihm diese Vorgehensweise nicht gefällt. Er selbst würde ganz anders agieren.

»Meinst nicht, Schreiner, dass das klappen könnte?«, fragt Christian Fuchs nach und ignoriert Schreiners Abwehr.

Ein grantiger Blick trifft ihn.

»Ich glaube, Chef«, widerspricht Schreiner mit grimmigem Blick, »wenn wir den ein paar Tage bei uns brummen lassen, wird er weich wie Butter, und dann schlagen wir zu.«

»Das geht nicht, Schreiner! Ohne Beweise dürfen wir ihn maximal vierundzwanzig Stunden festhalten, und keine Sekunde länger.«

Unzufrieden wendet Schreiner sich ab und stapft ebenfalls zum Fenster, um den regen Autoverkehr einer kritischen Betrachtung zu unterziehen. Der Regen ist heftiger geworden und große Tropfen platschen gegen die Fensterscheiben. Nach einer Weile dreht er sich um.

»Wenn Sie glauben, Chef, dass das funktioniert«, brummt er resigniert, »dann versuchen wir es halt. Irgendwie müssen wir an die Wahrheit ja herankommen. So oder so!«

»Bauer, bring gleich morgen in der Früh Konrad Mörsebrink her! Jetzt machen wir erst einmal Feierabend. Ich habe Hunger und dringend eine Unterbrechung nötig.«

Kapitel 28

»Da, iss erst einmal was, Julius.«

Juliane Schreiner trägt eine Schüssel mit dampfenden Nockerln zum Esstisch, bei dem es sich ihr Mann bequem gemacht hat. Die Füße unter dem Tisch ausgestreckt und ein Glas Bier in der Hand, freut er sich auf sein Abendessen, was dem Duft nach zu schließen äußerst köstlich sein wird.

»Das war heut' wieder ein Tag, Juliane! Schrecklich!«

Er wirft einen Blick auf seine Frau, die soeben ein Reindl mit Schweinsgulasch zum Tisch trägt.

»Wieso? Was war denn los?«, fragt sie mitfühlend.

Er erzählt ihr von der kuriosen Idee, die sein Chef geboren hat und an der er berechtigte Zweifel hegt.

Juliane setzt sich zu ihrem Mann an den Tisch und lädt ihm und sich eine große Portion Nockerln und Gulasch auf den Teller.

»Und du glaubst nicht, dass das funktionieren könnte?«

Julius Schreiner windet sich, während er kaut. Er ist keineswegs überzeugt, damit Erfolg zu haben. Sein Chef ist ganz anders gestrickt als er. Je besonnener dieser agiert, umso ungeduldiger wird er selbst.

»Was würdest du denn an seiner Stelle machen, Julius?«

Schreiner blickt seine Frau an und zuckt mit den Schultern.

»Ich würde den so lange in der Zelle schmoren lassen, bis er schwarz wird und gesteht. Lange hält das kein Mensch aus, nicht einmal der.«

Die Teller sind leergeputzt und Juliane Schreiner räumt den Tisch ab.

Danach setzen sie sich ins Wohnzimmer, Juliane trinkt gemütlich ein Häferl Kaffee, während Julius eine zweite Flasche Bier öffnet.

»Ich hab' heute Vormittag im Einkaufszentrum Susanne getroffen.«

Schreiner hebt fragend seine Augenbrauen.

»Na, die Susanne Magerl! Aus Hollerkogel.«

Aha!

»Und die hat mir erzählt, dass dieser Anwalt von dem Mörsebrink, dieser A...«

»Affenzoller-Mainau!«

»Ja, genau der. Dass dieser Affenzoller-Mainau öfters in Schrademanns Haus gesehen wurde.«

»Und woher weiß sie das?«

»Ich glaub', das hat ihr der Nachbar von Schrademann erzählt. Aber sicher bin ich mir nicht. Soll ich sie danach fragen, Julius?«

»Nein! Mit dem Nachbarn hab' ich mich ausführlich unterhalten, als ich in Schrademanns Haus gerufen wurde. Dem ist außer der Auseinandersetzung mit dem Gemeinderat nichts aufgefallen.«

Schreiner winkt ab.

»Und lass mich mit dieser Susanne in Ruhe. Die quatscht doch pausenlos, wenn der Tag lang ist.«

»Aber vielleicht ist es für dich wichtig? Susanne glaubt, dass der dort etwas gesucht hat.«

»Was gesucht hat? Und was?«

»Keine Ahnung!

Schreiner windet sich. Für ihn ist noch immer Konrad Mörsebrink Kandidat Nummer eins. Aber es kann ja nicht schaden, zusätzlich Affenzoller-Mainau näher unter die Lupe zu nehmen. Immerhin hat er sich als Anwalt ausgegeben, obwohl er gar keiner ist, und außerdem kommt er jetzt, nachdem Roswitha Mörsebrink, seine Halbschwester, tot ist, an ein riesiges Erbe heran.

»Ich glaube, Julius, du solltest vielleicht doch deinem Chef vertrauen. Und bedenke, er trägt die volle Verantwortung, wenn etwas schiefgeht, nicht du.«

Schreiner leert die Bierflasche, stapft ins Bad und anschließend zu seiner Frau ins Bett, wo ihm noch geraume Zeit sowohl Fakten dieser beiden Mordfälle, der Entführung Hedwig Uhudlers als auch die Ereignisse in Schrademanns Haus durch den Kopf schwirren.

Er dreht sich auf die Seite und zieht die Decke über den Kopf. Jetzt will er endlich schlafen. Morgen ist auch noch ein Tag.

Kapitel 29

Die Wartezeit, bis Konrad Mörsebrink eintrudelt, wird mit einem Häferl Kaffee überbrückt. Allzu viel Geduld ist zum Glück nicht aufzubringen, Angela Bauer hat Mörsebrink sofort im Hotelbereich entdeckt. Er hockt in der Lounge, vor sich einen Drink und blickt ungehalten und mit gerunzelter Stirn auf, als er die Polizistin kommen sieht.

»Was gibt's denn schon wieder?«

Ein Augenaufschlag kommentiert sein Missfallen.

»Bitte, kommen Sie mit auf die Polizeistation. Unser Chef will mit Ihnen sprechen.«

»Schon wieder? Und worüber, wenn man fragen darf?«

»Kann ich Ihnen leider nicht sagen, Herr Mörsebrink. Kommen S' einfach mit.«

Kaum hat sich Konrad Mörsebrink auf dem Sessel vor Christian Fuchs und Julius Schreiner zurechtgerückt, ruft Schreiner Sepp Tauber zu sich. Angela Bauer hat sich verabschiedet, sie fährt auf Streife.

»Bringen Sie Dr. Affenzoller-Mainau und Schrademann her.«

Christian Fuchs streckt seine langen Haxen von sich und mustert nicht nur Konrad Mörsebrink interessiert, sondern auch seinen kleinen Inspektor. Schreiner ist blass und seine Nase bebt, während Mörsebrink nicht anzumerken ist, ob er sich freut oder fürchtet. Seine Hände sind ineinander verschlungen und der Blick ist starr nach unten gerichtet.

Schreiner zupft genervt an seinem Aktenstapel herum und

schaut kurz auf, als Dr. Affenzoller-Mainau und Riccardo Schrademann von einem Beamten in den Raum geschoben werden. Dahinter entert Sepp Tauber das Chefzimmer und setzt sich neben Konrad Mörsebrink, der abwechselnd zuerst Schrademann und danach Affenzoller-Mainau fragend mustert.

Schreiner hebt den Kopf.

»Herr Konrad Mörsebrink, stehen Sie auf! Ich verhafte Sie wegen des dringenden Tatverdachts, Ihre Frau Roswitha Mörsebrink im Dorfwirtshaus von Klein Schiessling und Roseanna Schrademann auf dem Vitusberg erschlagen zu haben.«

Eine explodierende Granate hätte Mörsebrink nicht blitzartiger in die Höhe schnellen lassen. Wie von einer Tarantel gestochen, hechtet er vom Sessel hoch. Christian Fuchs grinst in sich hinein und Sepp Tauber, nicht eingeweiht, ist perplex.

»Aber …!«

Schreiners scharfer Blick lässt ihn augenblicklich verstummen. Seine volle Aufmerksamkeit gilt Konrad Mörsebrink, dessen Gesichtsfarbe von rot nach weiß wechselt, während dieser hilfesuchend auf Affenzoller-Mainau deutet.

»Du hast doch …!«

»Schweig!«

»Aber du warst es doch, der …!«

»Du sollst schweigen, hab' ich gesagt!«

Affenzoller-Mainau wendet sich wütend an Schreiner.

»Er weiß nicht, was er sagt! Ich beantrage eine sofortige Unterbrechung des Verhörs!«

»Aber mein lieber Herr Anwalt«, mischt sich Christian Fuchs honigsüß ein. »Hier handelt es sich doch um kein Verhör, sondern lediglich um ein zwangloses Gespräch.«

Riccardo Schrademann betrachtet gelangweilt beide Inspektoren. Er fühlt sich nicht angesprochen und verhält sich deshalb ruhig. Solange ihn die Sache nicht persönlich betrifft, ist es besser, er schweigt. Doch lange ist ihm diese Ruhe nicht gegönnt.

»Und Sie, Herr Schrademann«, nun zuckt er doch zusammen, »haben Ihrem Freund Mörsebrink dabei geholfen. Und nachdem Ihre Frau davon erfuhr und den Vorfall der Polizei hatte melden wollen, haben Sie«, Schreiners Zeigefinger schießt Richtung Mörsebrink, »Roseanna Schrademann ebenfalls erschlagen, um dies zu verhindern.«

Konrad Mörsebrink schnappt nach Luft und presst beide Hände an die Brust. Riccardo Schrademann wird weiß, nur Dr. Affenzoller-Mainau blickt desinteressiert vor sich hin. Noch bemerkt er nicht, wie sich die Schlinge langsam um seinen Hals legt und immer enger wird.

Fuchs und Schreiner beobachten Schrademann und Affenzoller-Mainau scharf, während Konrad Mörsebrink des Doppelmordes beschuldigt wird.

»Abführen, Tauber!«

»Nein!«, brüllt Mörsebrink. »Ich lass' mich doch nicht für etwas verhaften, das ich nicht begangen habe. Ich packe aus!«

Das Desinteresse in Affenzoller-Mainaus Gesicht ist blitzschnell verflogen.

»Du hältst gefälligst deinen Mund! Ich hau' dich da raus, aber bitte, um Gottes willen, schweig!«

Er sinkt zurück auf den Sessel, von dem er hochgeschnellt ist, und zieht geräuschvoll den Atem ein. Seine Ruhe von vorhin ist wie weggeblasen und drohend richtet er seinen Zeigefinger auf Schreiner.

»Sie dürfen Konrad nicht verhaften! Nicht unter den vorliegenden, dürftigen Beweisen.«

Doch Konrad Mörsebrink ist nicht zu stoppen. Seine aufgestaute Wut über das Verhalten seines vermeintlichen Rechtsbeistandes entlädt sich wie ein Wolkenbruch bei Gewitter im Hochsommer.

»Du hast Roswitha im Wirtshaus erschlagen! Ich sollte einstweilen auffällig im Weinberg herumspazieren, um mir ein Alibi zu verschaffen. Du wolltest deine Halbschwester loswerden, um sie beerben zu können! Du allein hast sie auf dem Gewissen. Du bist uns sogar in die Kirche gefolgt, als wir diese besichtigen wollten, doch hat dich der schnarchende Pfarrer daran gehindert, Roswitha schon dort umzubringen. Glaubst du, ich habe nicht bemerkt, wie du das quietschende Kirchentor hinter uns aufgeschoben hast? Du allein bist schuld am Tod Roswithas!«

Affenzoller-Mainau schnellt hoch und funkelt Mörsebrink an.

»Und du bist froh, sie losgeworden zu sein. Ständig hast du dich bei mir darüber beschwert, dass sie fremdgeht. Zuletzt sogar mit diesem Heinrich … Heinrich … irgendwas. Aus welchem Grund hast du dieses hinterwäldlerische Dorf sonst mit ihr aufgesucht? Ha? Ich kann es dir sagen! Weil dort ihr Liebhaber lebt! Und dem wolltest du die Tat in die Schuhe schieben!«

»Das war doch deine Id…!«

Wenn Affenzoller-Mainaus Blick töten könnte, würde Konrad Mörsebrink augenblicklich vom Sessel kippen und seinen letzten Schnaufer von sich geben.

Eine Weile herrscht Stille, dann applaudiert Chefinspektor Christian Fuchs leise.

»Bravo!«

Genauso hat er sich den Ausgang gewünscht. Zufrieden nickt er Schreiner zu, während dieser den Mund zu einem knappen Lächeln verzieht, was immerhin bei Julius Schreiner einem Jubelruf gleichkommt.

»Herr Dr. Affenzoller-Mainau! Da der Mord an Roswitha Mörsebrink somit aufgeklärt ist, kommen wir doch jetzt zu dem Mord an Roseanna Schrademann. War es nicht so, dass sie Ihnen drohte, zur Polizei zu gehen, weil sie wusste, dass Sie Roswitha Mörsebrink umgebracht haben? War es nicht so, dass Sie Roseanna Schrademann mit dem Auto ihres Mannes – Sie halten sich ja zurzeit ohne eigenen Wagen hier auf – zum Vitusberg lockten, ihr vielleicht einen romantischen Spaziergang vorschlugen und sie dann vor der Kapelle töteten? War es nicht so? War es nicht so?«, fragt er lauter und betont dabei jedes einzelne Wort.

Nun hechtet Schrademann vom Sessel hoch, stürzt sich auf Affenzoller-Mainau und packt ihn bei den Schultern.

»Warum hast du das getan?«

Er schüttelt ihn, bis Sepp Tauber dazwischengeht.

»Schluss jetzt!«

Nachdem sich die Hektik gelegt hat, legt Schreiner, dem der Ausgang dieser Gegenüberstellung bis jetzt wider Erwarten ganz gut gefällt, sein Augenmerk auf Affenzoller-Mainau.

»Zwei Fragen habe ich noch. Was haben Sie in Schrademanns Haus gesucht? Und warum haben Sie Heinrich Silvaner niedergeschlagen, im Spital versucht, ihn zu ersticken, und die beiden Klein Schiesslinger Frauen Passer und Pitzer außer Gefecht gesetzt? Warum haben Sie die beiden Frauen nicht auch getötet, wo Sie das doch so vorzüglich beherrschen? Sind Ihnen plötzlich Skrupel gekommen, oder waren Ihnen zwei Morde und ein Mordversuch genug?«

Affenzoller-Mainau schnauft empört. Es fehlt nicht viel und sein Mund beginnt wie bei einem Tollwütigen zu schäumen.

»Das lasse ich mir nicht auch noch in die Schuhe schieben! Damit habe ich nichts zu tun! Das war Konrad. Fragen Sie ihn!«

Er dreht sich zur Seite und droht Mörsebrink mit erhobenem Arm.

»Du warst das doch, nicht ich! Gib es zu!«

Kapitel 30

Im Dorfwirtshaus ist nach Bekanntwerden der Täter und deren Verhaftung endlich Ruhe eingekehrt. Lange genug musste man sich mit Fragen quälen, wer denn die beiden Frauen erschlagen hat.

Aber nun ist es vorbei und der gewohnte Alltag zurückgekehrt.

Der Wirt Josef Maria Krügerl geht seiner gewohnten Arbeit nach. Er wischt die Tische sauber, poliert Gläser und gönnt sich zwischendurch ein kleines Achterl oder auch zwei. Im Extrazimmer wartet jede Menge Arbeit auf ihn, und die Uhr über der Theke tickt ohne Unterbrechung wie eh und je, als hätte es in Klein Schiessling keine Mordfälle gegeben, vor sich hin.

Nur Frau Krügerl wird stets, wenn sie an Zimmer drei vorbeikommt, sehr nachdenklich. Die Erinnerung an Roswitha Mörsebrink in ihrem lustigen »Heiopei«-Shirt macht sie wehmütig. Aus irgendeinem Grund hatte sie diese Frau ins Herz geschlossen.

»Eigentlich ist's schad' um sie, meinst nicht, Josef Maria?«

Sie streckt ihren Kopf aus der Küche raus und mustert ihren Mann.

»Um wen?«

»Na um unseren deutschen Gast.«

Josef Maria ist so in seine Arbeit vertieft und hat seiner Frau wieder einmal nicht richtig zugehört.

»Du meinst den Mörsebrink?«, fragt er brummend.

»Nein! Nicht ihn! Ich mein' seine Frau!«

Er schüttelt den Kopf, brummelt Unverständliches vor sich hin und marschiert ins Extrazimmer, um die Tische vollends abzuräumen. Nach der gestrigen Geburtstagsfeier sieht es dort aus wie in Sodom und Gomorrha. Oder zumindest so, wie Josef Maria Krügerl es sich vorstellt, dass es dort ausgesehen haben könnte.

Der Reihe nach befördert er die schmutzigen Gläser in den Geschirrspüler, als die Tür aufgeht und Gemeinderat Heinrich Silvaner die Wirtsstube betritt. Hinter ihm schnauft Dorfboss Alfons Pummerl die Stufen hinauf.

»Griaß eich!«

Beide streben auf den Stammtisch zu.

Kurz nach ihnen betreten die Gemeinderäte Huaberl Burgunder, Michael Rieslinger, Hugo Zechbauer und Walter Zweigelt im Gänsemarsch das Dorfwirtshaus. Damit ist der Stammtisch rappelvoll und Josef Maria im Stress. Augenblicklich schenkt er sich ein weiteres Achterl Veltliner ein, um seine Ruhe wiederzufinden, was Frau Krügerl mit kritischem Blick quittiert.

Nach dem Anstoßen mit den unterschiedlichsten Gläsern, immerhin trinkt der Dorfboss Bier, die Herren Gemeinderäte Wein, werden sowohl der Mord im Dorfwirtshaus als auch der auf dem Vitusberg heftig diskutiert. Der Bürgermeister ist der Ansicht, man hätte den Täter schon viel eher überführen müssen.

»Wann's den gleich verhaftet hätten, tät' die andere Frau vielleicht noch leben.«

»Geh, Bürgermeister! Du weißt doch, wie so was geht«, unterbricht ihn Heinrich Silvaner. »Die können doch niemanden ohne Beweise verhaften.«

Pummerl schaut von seinem Krügerl auf.

»Denen hätt' ich glei' sagen können, dass dieser merkwürdige Anwalt alle um'bracht hat.«

»Ja?«

Gemeinderat Walter Zweigelt richtet sich auf.

»Hintennach san ma alle schlauer, gell, Bürgermeister!«

»Und warum, Bürgermeister, hast du das dann nicht gleich am Anfang gesagt? Dann hätte sich die Polizei jede Menge Arbeit erspart.«

Gemeinderat Huaberl Burgunder rüttelt sein Vogelnest auf dem Kopf zurecht und mustert Pummerl herausfordernd, doch dieser macht einen Schluck Bier und ignoriert seinen jüngsten Gemeinderat. Wie er den in die Gemeinde aufnehmen konnte, fragt er sich wieder und immer wieder.

Diesen Klugscheißer!

KAPITEL 31

»Und du bist dem Mörsebrink überhaupt nicht gefolgt, Heinrich? Wieso bist du dann zu dem Haus gefahren?«

Berta stiert ungläubig und mit weit aufgerissenen Augen Heinrich Silvaner an. Dieser sitzt Annerl in ihrer guten Stube gegenüber und lacht. Seinen Schlag auf den Kopf und den Spitalsaufenthalt samt Attentat hat er sichtbar gut weggesteckt und sein Humor ist zurückgekehrt.

»Warum sind wir dir dann überhaupt nachg'fahrn, wenn du nicht den Mörsebrink verfolgt hast?«

Silvaner lacht noch immer.

»Was weiß denn ich, Berta, warum du mir gefolgt bist? Aber gut war's! Sonst tät' ich heut' womöglich nicht dasitzen, sondern am Friedhof liegen.«

Oh Gott! Annerl schüttelt diesen Gedanken rasch ab. Das will sie sich gar nicht vorstellen.

»Siehst, Berta, war's doch gut, dass ich dir g'sagt hab', wir fahren dem Heinrich hinterher.«

Silvaner schlürft seinen Kaffee, dessen köstliches Aroma ihm in die Nase steigt, und schaut Annerl und Berta tief in die Augen.

»Dafür bin ich euch auch sehr dankbar. Ihr habt's mich gerettet und dafür habt's was gut bei mir, ihr zwei.«

»Na, na, wir wollen nicht übertreiben, Heinrich.«

Annerl schenkt Kaffee nach und schiebt den Teller mit Butterkeksen liebevoll in seine Richtung.

»Aber ich versteh' das noch immer nicht ganz«, mokiert sich

Berta. »Was hast denn bei dem Haus überhaupt wollen, wenn du den Mörsebrink gar nicht verfolgt hast?«

Heinrich Silvaner betastet kurz sein noch immer mit einem dicken Verband geschmücktes Haupt, unter welchem ein paar Haare hervorspitzen.

»Ich hab' gedacht, da ja dieser Deutsche auf der Polizei festgenagelt ist, steht das Haus leer und ich kann mich ein bisserl umschauen, ob vielleicht irgendetwas zu finden ist, was den Mord an der Roswitha aufklärt.«

Er wischt sich kurz mit beiden Händen über die Augen.

»Immerhin war sie ein liebevoller Mensch und ich wollt' einfach nicht, dass der Täter ungestraft davonkommt.«

»Aber das hätt' schwer ins Auge gehen können.«

Ich stehe in Annerls Wohnzimmertür, schwenke ein Sackerl mit Köstlichkeiten aus der Eggenburger Bäckerei und mustere die illustre Gesellschaft.

»Konntest du den Täter wenigstens erkennen, Heinrich?«

Dies beschäftigt mich schon seit geraumer Zeit. Sepp hat mir darüber nichts erzählt und zusammenreimen konnte ich mir das Ganze auch nicht.

Heinrich Silvaner schüttelt den Kopf.

»Ich hab' ja überhaupt niemanden gesehen, wie ich auf das Haus zu bin. Und wie ich mich umdrehe, und einen Blick auf die Straße zurückwerfe, hab' ich von hinten eins über den Schädel kriegt und bin auch schon am Boden gelegen. Ich habe von dieser Person überhaupt nichts mitbekommen, außer den Schlag auf den Kopf. Und wie ich jetzt von Annerl und Berta erfahre, haben auch sie den Täter nicht gesehen, sondern«, er grinst, »nur gespürt.«

»Das ist aber nicht lustig, Heinrich! Der Kerl hat uns ganz schön malträtiert«, empört sich Annerl. »Da, schau, mein Mund ist noch immer von dem Pflaster außen herum ganz rot.«

»Aber hast du denn gar keine Ahnung, wer es gewesen sein

könnte?«, bohre ich nach. »Ist dir ein Geruch, ein Parfum, vielleicht ein Aftershave, die Stimme oder sonst etwas aufgefallen?«

Mir ist unbegreiflich, dass nicht das Geringste in seinem Gedächtnis hängen geblieben ist.

Heinrich Silvaner schüttelt resigniert den Kopf.

»Aber uns ist was aufg'fallen, Sandra!«

Berta raschelt in dem mitgebrachten Sackerl und stibitzt sich eine Schaumrolle, in die sie genüsslich hineinbeißt.

»Sein Gesicht konnten wir auch nicht sehen«, nuschelt sie mampfend. »Der hat irgendwas herumg'wickelt g'habt. Aber seine Stimme haben wir gehört. Und es war eindeutig keiner von uns. Das war ein Deutscher!«

»Dann kann es doch nur dieser Mörsebrink gewesen sein. Schrademann sitzt und wer sonst hätte ein Interesse daran, in dem Haus herumzuschnüffeln?«

Ich nestle nach der zweiten Schaumrolle, da ich weiß, dass Annerl lieber den Meraner hat, den ich ebenfalls mitgebracht habe, und beiße genüsslich hinein.

Silvaner grinst schon wieder.

»Der Appetit ist euch ja zum Glück nicht vergangen, wie man sieht.«

»Da schau her, ich hab' dir auch was mit'bracht.«

Ich greife nochmals in das Sackerl, ziehe eine Packung Pralinen heraus, von denen ich weiß, dass er sie gerne nascht, und lege sie vor seine Nase.

»Weil du so arm warst und so schwer verletzt und so …«

Jetzt fällt mir nichts mehr ein.

Heinrich springt auf und umarmt mich wild.

»Hö, hö! Schön langsam! Nicht so stürmisch! Ich bin aus Zucker!«

»Und obendrein gehört Sandra dem Sepp! Also lass die Finger von ihr.«

»Was hör' ich da? Ihr redet über mich?«

Wie aus dem Erdboden gestampft steht Sepp Tauber neben mir, legt beschützend seinen Arm um meine Schulter und droht Heinrich lachend mit dem Zeigefinger. Sanft schmiege ich den Kopf an ihn und grinse, fast so dämlich wie Silvaner im selben Augenblick.

»Was macht eigentlich die nette Krankenschwester, Herr Gemeinderat?«

Eine Antwort darauf bleibt Heinrich Silvaner erspart, weil es klopft, Annerl »Herein« plärrt und Angela Bauer sich durch die Tür schiebt. Belustigt mustert sie uns.

»Konferenz bei Annerl Passer?«

»Hockt's euch her da.«

Annerl springt auf, und flugs lassen sich Sepp und Angela auf den freien Platz fallen. Es ist ein bisserl eng, aber wie sagt man so schön? Raum ist in der kleinsten Hütte.

Kapitel 32

Chefinspektor Christian Fuchs hat die Fälle abgeschlossen und einen akribisch genauen Bericht an seinen Vorgesetzten, Ministerialrat Dr. Dr. Wolfgang Pfeifenhuber, gesendet. Entspannt legt er seine Haxen auf den Schreibtisch, greift in die unterste Lade, nimmt seinen Flachmann und macht einen kräftigen Schluck.

Inspektor Julius Schreiner ist allein in seinem Büro. Die Tageszeitung, die ausgebreitet vor ihm liegt, ignoriert er. Die plötzliche und rasche Aufklärung hat ihn überrumpelt. Konrad Mörsebrink war sein klarer Favorit für alle Taten. Nun muss er sich eingestehen, dass sein Chef recht und er unrecht hatte, und das schmeckt ihm nicht. Allzu gern hätte er selbst die Mordfälle aufgeklärt, und zwar nach seiner Methode.

»Immer muss sich der Chef einmischen«, brummt er. »Wann fliegt er denn endlich wieder nach Mallorca.«

Und während Inspektor Schreiner unmutig vor sich hin brummelt, hockt Sepp Tauber neben Angela Bauer bei mir im Wintergarten. Sepp ist mitten in seinem Bericht über die Übeltaten und zugleich voll des Lobes über Fuchs und Schreiner, denen es trickreich gelungen ist, Dr. Affenzoller-Mainau der Tat zu überführen, als Annerl Passer und Berta Pitzer hereinplatzen.

»Hab' ich mir doch gleich 'dacht, dass die hohe Polizei bei dir ist, Sandra.« Berta lässt sich neben Angela fallen und schnappt nach einer Schnitte Mohnstrudel.

»Wart, Berta, ich bring' dir einen Teller!«

»Lass nur!«

Annerl zwinkert mir zu. »Der Strudel schmeckt aus der Hand genauso gut, gell, Berta? Und saftig ist der heut' wieder!«

Während die beiden Weiber mampfen, schildert Sepp, dass nicht Affenzoller-Mainau, sondern Konrad Mörsebrink in Schrademanns Haus Annerl und Berta festgehalten und Heinrich Silvaner niedergeschlagen hat. Er war es auch, der Gemeinderat Silvaner danach im Spital zu ersticken versuchte, aus Angst, er könnte ihn identifizieren.

Annerl verkutzt sich an einem großen Brocken und krächzt: »Dieses Gfrast war des? Und im Wirtshaus hat er so harmlos 'tan!«

»Ich hab' ja nicht g'sehn, wer uns so brutal behandelt hat, sonst hätt' ich der Polizei bei der Aufklärung helfen können«, nuschelt Berta, während sie kaut. »Und den Heinrich hat er fast um'bracht, der Kerl.«

»Jetzt beruhigt's euch«, wende ich ein. »Es ist vorbei und zum Glück ist alles gut ausgegangen. Der Heinrich hockt sicher schon wieder am Stammtisch und lässt sich den Grünen Veltliner schmecken!«

»Oder bei der netten Krankenschwester im Spital«, ergänzt Angela Bauer und zwinkert mir zu.

Ich drehe mich zu Sepp und streiche mit dem Handrücken sanft über seine Wange. Er legt den Arm um mich, ich spüre seinen warmen Atem an meinem Hals. Ernsthaft überlege ich, wie ich den Rest der Menschheit schleunigst und unauffällig aus meinem Wintergarten befördern könnte, um mit ihm allein zu sein.

»Die Menschen sind gut,
nur die Leut' sind schlecht.«
Karl Valentin